人猿泰山全译精编插画系列（全25种）

人猿泰山
之
夺命山谷

［美国］埃德加·赖斯·巴勒斯/著
章旭军/译

Tarzan Lord of the Jungle
by Edgar Rice Burroughs

图书在版编目（CIP）数据

人猿泰山之夺命山谷 /（美）埃德加·赖斯·巴勒斯著；章旭军译. -- 上海：上海文艺出版社，2018
（人猿泰山全译精编插画系列）
ISBN 978-7-5321-6864-4

Ⅰ. ①人… Ⅱ. ①埃… ②章… Ⅲ. ①长篇小说－美国－现代 Ⅳ. ①I712.45

中国版本图书馆CIP数据核字(2018)第202831号

书　　名：	人猿泰山之夺命山谷
著　　者：	[美国] 埃德加·赖斯·巴勒斯
译　　者：	章旭军
责任编辑：	蔡美凤　朱崟滢
装帧设计：	周　睿
责任督印：	张　凯
出　　版：	上海文艺出版社
出　　品：	上海故事会文化传媒有限公司
	(200020　上海市绍兴路74号　www.storychina.cn)
发　　行：	上海文艺出版社发行中心
	(上海市绍兴路50号)
印　　刷：	上海中华印刷有限公司
开　　本：	889毫米×1194毫米　1/32　印张8.125
版　　次：	2018年11月第1版　2018年11月第1次印刷
ISBN：	978-7-5321-6864-4/I·5476
定　　价：	25.00元

版权所有·不准翻印

故事会 大众文化出版基地　www.storychina.cn
上海故事会文化传媒有限公司 出品 (00813) www.storychina.cn

上海故事会文化传媒有限公司所有图书可办理邮购，免收邮费（挂号除外）
汇款地址：上海市绍兴路74号(200020)，　收款人：上海故事会文化传媒有限公司出版发行部
联系电话：021-64338113
如发现本书有质量问题，请与印刷厂质量科联系 T:021-60829062

人猿泰山全译精编插画系列（全25种）
编委会

总策划：夏一鸣

主　　编：黄禄善

副主编：高　健

编辑成员

（按姓氏笔画为序排列）

田　芳　朱鎏滢　李震宇　张雅君　胡　捷

夏一鸣　高　健　黄禄善　詹明瑜　蔡美凤

百年文学经典 文化传播之最
人猿泰山驰骋的奇幻世界

黄禄善

美国文学史上不乏这样的作家：他们生前得不到学术界承认，死后多年也不为批评家看好，然而他们却写出了最受欢迎的作品，享有最大范围的读者。本书作者埃德加·赖斯·巴勒斯即是这样一位作家。自1912年至1950年，他一共出版了一百多本书，这些书涉及多个通俗小说门类，而且十分畅销，其中不少被译成多种文字，在世界各地广为流传。当代科幻小说大师亚瑟·克拉克曾如此表达对他的敬仰："埃德加·赖斯·巴勒斯具有重要地位。是巴勒斯，激起了我的创作兴趣。"另一位著名通俗小说家雷·布莱德伯利也说："埃德加·赖斯·巴勒斯也许可以称为世界历史上最有影响力的作家。"然而，正是这个被众人交口称誉的作家，对前来采访的记者说："我不认为我的作品是'文学'。"而且，面对众多书迷的"如何走上文学道路"的提问，他也只是轻描淡写地回答："那是因为我需要钱。我35岁时，生活中的一切尝试都宣告失败，只好开始搞创作。"

确实，埃德加·赖斯·巴勒斯在从事文学创作前，有过一段十分坎坷的生活经历。他于1875年9月1日出生在美国芝加哥，父亲是南北战争期间入伍的老兵，后退役经商。儿时的巴勒斯对未来充满了幻想，曾对人夸口说父亲是中国皇帝的军事顾问，自己住在北京紫禁城，并在那里一直待到10岁才回国。但是，后来的事实表明，这一良好愿望只不过是一团泡影。从密歇根军事学院毕业后，他在美国骑兵部队服役，不久即为谋生四处奔波。他先后尝试了许多工作，包括警察和推销商，但均不成功。1900年，他和青梅竹马的女友结婚，之后两人育有两儿一女。接下来的日子，埃德加·赖斯·巴勒斯是在

1

贫困中度过的。为了养家糊口,他开始替通俗小说杂志撰稿。他的第一部小说《在火星的卫星下》于1912年分六集在《故事大观》连载。这部小说即刻获得了成功,为他赢得了初步的声誉。同年,他又在《故事大观》推出了第二部小说,亦即首部"泰山"小说。这部小说获得了更大成功。从此,他名声大振,稿约不断,平均每年出版数部书。第二次世界大战期间,他以66岁的高龄奔赴南太平洋,当了战地记者。1950年3月19日,埃德加·赖斯·巴勒斯因心力衰竭在美国逝世。

埃德加·赖斯·巴勒斯是美国文学史上第一个重要的通俗小说家。他一生所创作的通俗小说主要有四大系列。第一个是"火星系列",包括《火星公主》《火星众神》和《火星军魁》。该"三部曲"主要讲述一位能超越死亡界限、神秘莫测的地球人约翰·卡特在火星上的种种冒险经历。第二个系列为"佩鲁塞塔历险记",共有七部。开首是《在地心里》,以后各部依次是《佩鲁塞塔》《佩鲁塞塔的塔纳》《泰山在地心里》《返回石器时代》《恐惧之地》《野蛮的佩鲁塞塔》,主要讲述主人公佩鲁塞塔在钻探地下矿藏时,不小心将地壳钻穿,并惊讶地发现地球核心像一个空心葫芦,那里住着许多原始人,还有许多古生动物和植物。1932年,《宝库》杂志开始连载埃德加·赖斯·巴勒斯的第三个系列,也即"金星系列"的首部小说《金星上的海盗》。该小说由"火星系列"衍生而出,但情节编排完全不同。主人公卡森·内皮尔生在印度,由一位年迈的神秘主义者抚养成人,并被教给各种魔法,由此开始了金星上的冒险经历。该系列的其余三部小说是《金星上的迷失》《金星上的卡森》和《金星上的逃脱》。第五部已经动笔,但因"二战"爆发而搁浅。

尽管埃德加·赖斯·巴勒斯的"火星系列""佩鲁塞塔历险记"和"金星系列"奠定了他的美国早期重要通俗小说作家的地位,但他成就最大、影响也最大的是第四个系列,也即"人猿泰山系列"。该系列始于1912年的《传奇诞生》，终于1947年的《落难军团》，外加去世后出版的《不速之客》，以及根据遗稿整理的《黄金迷城》，总共有25种之多。中心人物泰山是一个英国贵族后裔，幼年失去双亲，由母猿卡拉抚养长大。少年泰山不仅学会了在西非原始森林的生存本领，还具有人类特有的聪慧。凭着这一人类特性，他懂得利用工具猎取食物，并从生父遗留下来的看图识字课本上认识了不少英文词汇。随着时光流逝，他邂逅美国探险家的女儿简·波特，于是生活发生急剧变化，平添了无数波折。接下来的《英雄归来》《孤岛求生》等续集中，泰山已与简·波特结合，生了一个儿子，并依靠猿人和大象的帮助，成了林中之王，又通过一个非洲巫师的秘方，获取了长生不老之术。再后来，在《绝地反击》《智斗恐龙》《真假狮人》《神秘豹人》等续集中，这位英雄开始了种种令人惊叹的冒险，足迹遍及整个西非原始森林、湮没的大陆。

　　从小说类型看，"人猿泰山系列"当属奇幻小说。西方最早的奇幻小说为英雄奇幻小说，这类小说发端于古希腊荷马史诗《伊利亚特》和《奥德赛》，成形于19世纪末英国小说家威廉·莫里斯的《世界那边的森林》，其主要模式是表现单个或群体男性主人公在奇幻世界的冒险经历。他们多为传奇式人物，有的出身卑微，必须经过一番奋斗才能赢得下属的尊敬；有的是落难王子，必须经过一番曲折才能恢复原有的地位。在冒险中，他们往往会遭遇各种超自然邪恶势力，但经过激烈较量，正义战胜邪恶，一切以美好告终。人猿泰山显然属于"落难王子"型主人公。他本属英国贵族后裔，却无端降生在无名孤岛，并险些丧命。在人迹罕至的西非原始森林，他与野兽为伍，经历了难以想象的生存危机。终于，他一天天长大，先后战胜大猩猩和狮子，又打死猿王克查科，并最终成为身强力壮、智慧超群的丛林之王。值得注意的是，埃德加·赖斯·巴勒斯在描写人猿泰山的这些经历时，并没有简单地套用英雄奇幻小说的模式，而是融入了自己的创造。一方面,他删去了"魔法""仙女""精灵"等超自然因素;另一方面,又增加了较多的现实主义成分。人们在阅读故事时,并不觉得是在虚无缥缈的奇幻天地漫步,而是仿佛置身栩栩如生的现实主义世界。正因为如此,"人猿泰山系列"比一般的纯英雄奇幻小说显得更生动、更令人震撼。

毋庸置疑,人猿泰山驰骋的奇幻世界是"人猿泰山系列"的又一大亮点。在构筑这一虚拟背景时,埃德加·赖斯·巴勒斯显然借鉴了亨利·哈格德的创作手法。亨利·哈格德是19世纪英国著名小说家,自80年代中期起,他根据自己在非洲的探险经历,创作了一系列以"遗忘的年代、湮没的城市"为特征的奇幻作品。譬如《所罗门王的宝藏》,述说一个名叫阿兰的猎手在两千多年前的奇幻王国觅宝,几经曲折,终遂心愿。又如《她》,主人公是非洲一个奇幻原始部落的女统治者,她精通巫术,具有铁的统治手腕,但对爱情的执着酿成了她一生最大的悲剧。"人猿泰山系列"的故事场景设置在人迹罕至的原始森林,在那里,虎啸猿鸣,弱肉强食,险象环生。正是在这一极端恶劣的环境中,泰山进行了种种惊心动魄的冒险。在后来的续篇中,埃德加·赖斯·巴勒斯还让泰山的足迹走出西非原始森林,到了传说中的亚特兰蒂斯、废弃的亚马逊古城,甚至神秘的太平洋玛雅群岛。所有这些埃德加·赖斯·巴勒斯笔下的荒岛僻壤,与《所罗门王的宝藏》《她》中"遗忘的年代,湮没的城市"如出一辙。

如果说,亨利·哈格德的"遗忘的年代,湮没的城市"给"人猿泰山系列"提供了诡奇的故事场景,那么给这个场景输血补液的则是西方脍炙人口的动物小说。据埃德加·赖斯·巴勒斯的传记,儿时的他曾因体弱多病辍学,并由此阅读了大量西方文学著作,尤其是鲁德亚德·吉卜林的《丛林故事》、欧内斯特·西顿的《野生动物集》、杰克·伦敦的《野性的呼唤》。这些小说集动物故事、探险故事、寓言故事、爱情故事、神秘故事于一体,给埃德加·赖斯·巴勒斯以深刻印象。事实上,他在出道之前,为了给自己的侄儿、侄女逗乐,还写了一些类似的童话故事,其中一篇还在《黑马连环漫画》上刊登。西方动物小说所表现的是达尔文和斯宾塞的"物竞天择""适者生存",体现了自然主义创作观。以杰克·伦敦的《野性的呼唤》为例,主要角色布克原是法官的看家狗,过着养尊处优的生活。但有一天,它被盗卖,并辗转来到冰天雪地的安拉斯加,当起了运输工具。在那里,布克感到自然法则无处不在:狗像狼一般争斗,死亡者立刻被同类吃掉。但它很快学会了生存,原始的野性和狡诈开始显现,并咬死了凶残的领头狗,最终为主人复仇,加入了荒野的狼群。"人猿泰山系列"尽管将"弱肉强食"的雪橇狗变换成了虎、狮、猿以及由猿抚养长大的泰山,但这些人猿、半人半兽之间的殊死争斗同样表现出"生存斗争"的残忍。特别是泰山攀山越岭、腾掠树梢,战胜对手后仰天发出的一声长啸,同杰克·伦敦笔下布克回到河边纪念它的恩主被射杀时的长嚎简直有异曲同工之妙。

鉴于"人猿泰山系列"成书之前曾在《故事大观》《宝库》等杂志连载,不可避免地带有杂志文学的某些缺陷,如情节雷同、形象单调,等等。历来的文论家正是根据这些否定"人猿泰山"的文学价值,否定埃德加·赖斯·巴勒斯的文学地位。但"二战"以后,尤其是20世纪70年代之后,随着西方通俗文化热的兴起,学术界对于"泰山"小说的看法有了转变,许多研究者都给予积极评价,肯定埃德加·赖斯·巴勒斯的美国奇幻小说鼻祖地位。而且,"读者接受"是评价一部作品的最佳试金石。"人猿泰山系列"刚一问世,即征服了美国无数读者,不久又迅速跨出国界,流向英国、加拿大和整个西方。尤其在芬兰,读者简直到了如痴如醉的地步。一本本英文原著被译成芬兰语,一版再版,很快取代其他本土小说,成为最佳畅销书。更有甚者,许多西方作家,包括芬兰、阿根廷、以色列以及部分阿拉伯国家的作家,在埃德加·赖斯·巴勒斯去世后，模拟他的套路，创作起了这样那样的"后泰山小说"。世纪之交，埃德加·赖斯·巴勒斯的"人猿泰山系列"再度在西方发酵，以劳雷尔·汉密尔顿、尼尔·盖曼、乔·凯·罗琳为代表的一大批作家，基于他的"泰山"小说模式，并结合其他通俗小说要素，推出了许多新时代的奇幻小说——城市奇幻小说，并创造了这类小说连续数年高踞《纽约时报》畅销书排行榜的奇观。而且，自1918年起，"泰山"小说即被搬上银幕。以后随着续集的不断问世，每年都有新的"泰山"影片上映和电视剧播放，所改编的影视版本之多，持续时间之长，观众场面之火爆，创西方影视传播界之"最"。2016年，华纳兄弟影业又推出了由大卫·叶茨导演、亚历山大·斯卡斯加德等众多知名演员加盟的真人3D版好莱坞大片《泰山归来：险战丛林》。21世纪头十年，伴随迪士尼同名舞台剧和故事软件的开发，"泰山"游戏又迅速占领电脑虚拟世界，成为风靡全球的少年儿童宠爱对象。此外，西方各国还有形形色色的"泰山"广播剧、"泰山"动漫、"泰山"玩偶，等等。总之，今天的"泰山"早已超出了一个普通小说人物概念，成了西方社会的一种文化符号、一种文化象征。

优秀的文化遗产是不分国界的。为了帮助中国广大读者欣赏埃德加·赖斯·巴勒斯、读懂埃德加·赖斯·巴勒斯，了解当今风靡整个西方的奇幻小说的先驱，上海故事会文化传媒有限公司组织翻译了这套"人猿泰山系列"，这也将是国内第一套完整的"人猿泰山系列"。译者多为沪上高校翻译专业教师，翻译时力求原汁原味、文字流畅，与此同时，予以精编、插画。相信他们的努力会得到认可。

目录

前言	人猿泰山驰骋的奇幻世界	1
1	大象丹托	001
2	野性的盟友	013
3	托亚特的猿群	023
4	大猩猩	031
5	白人	042
6	闪电	051
7	大十字架	062
8	栽赃陷害	071
9	理查爵士	078
10	乌拉拉还乡	091
11	詹姆斯爵士	104
12	"明天你死定啦!"	117

13	泽伊德帐篷之内	127
14	宝剑与盾牌	136
15	一座孤坟	151
16	大锦标赛	159
17	撒拉逊人入侵	170
18	黑衣骑士	177
19	泰山爵士	187
20	真心告白	201
21	"所夺珠宝必用鲜血偿还"	212
22	巨猿的新娘	221
23	大金毛狮子	229
24	团圆之路	236

人物介绍

伊本加德：阿拉伯人的酋长。

法赫德：伊本加德部落的人，为了娶阿泰雅陷害泽伊德。

费耶安：伊本加德部落的黑奴，也是一位战士。小时候被人从埃尔哈巴什偷走，后来与亲人团聚。

托洛格：伊本加德酋长的弟弟。

阿泰雅：伊本加德酋长的女儿。

泽伊德：贝多因青年，与伊本加德酋长的女儿阿泰雅相恋。

詹姆斯·亨特·布莱克：年轻富有的美国青年，与朋友斯蒂姆博来到非洲丛林探险。误打误撞进入圣墓谷，受到理查爵士等人的盛情款待，后来与公主闺娜塔相恋。

威尔伯·斯蒂姆博：纽约斯蒂姆博公司的老板，性格专横，脾气暴躁。

理查爵士：圣墓谷王国的爵士，在布莱克来到圣墓谷后和他成为朋友。

Chapter 1
大象丹托

大象丹托懒洋洋地倚靠在树荫下，一会儿把身子重心往这边侧，一会儿往那边侧，其庞大的身躯也随之摇晃起来。在丛林里，丹托几乎无所不能，就连旦格（鬣狗）、希塔（猎豹）甚至无比强壮的努玛（雄狮）也不是它的对手。一百年来，丹托来往穿梭于这片土地，就像过去其祖先从这片土地上走过一样，所到之处，大地震颤。

丹托与鬣狗、猎豹以及狮子向来和谐相处，唯独人类总与它们兵戎相见，水火不容。在上帝创造的所有生物里面，只有人类才会向所有生物开战，甚至同类操戈。在大自然进化过程中，人类最是残忍冷酷，无情无义，令人生厌。

一百年来，人类是何情况，丹托早已一清二楚。黑人经常出没此地，有些是大块头，手持长矛和箭矢，有些个头较小。还有些残暴的阿拉伯人，他们通常拿着粗陋的火绳枪。白人则使用火力威猛的快枪和捕象枪，他们虽是最后来到这里的人，却最为凶恶。然而，对于人类，丹托并无一丝怨恨，就连白人它们也不恨。憎恨、报复、嫉妒、贪婪、欲望，这些心理仅为大自然最高贵的生物所有，而低等动物向来不知其为何物。低等动物不同于人类，从不知恐惧是何滋味。它们虽然大胆，但也十分谨慎。羚羊和斑马喝水时，就会亦步亦趋地接近水洼，时刻警惕附近的狮子。

和同伴们一样，丹托始终保持警惕，尽量避开人类，尤其是白人。一天，天气炎热难耐，它打着瞌睡，半睡半醒，庞大的身躯前摇后晃。一个人正躺在它那粗糙的背上，虽然晒得有点黑，但显而易见是个白人。如果当时还有别人看到这一幕，他们可能不相信眼睛所见，或以为是丛林光线过暗看错了。但是，当时并无别人看到这一切。彼时，丹托在正午的高温下打盹，丛林之王泰山躺在他这威猛的朋友背上打瞌睡。一股热风从北方缓缓吹来，就连泰山那灵敏的鼻子也没嗅出一丝异样。丛林一片祥和，这对朋友心满意足，毫无顾虑。

来自埃尔哈尔卜部落的法赫德和莫特罗格两人在树林里打猎。他们带着一群黑奴，从阿拉伯人的酋长伊本加德的营地一路向北打猎于此。黑奴们小心谨慎地向前走着，一声不吭。一看到大象刚留下不久的足迹时，阿拉伯人立马就想到了象牙，而黑奴立马就想到了象肉。费耶安是一名来自加拉的黑奴，也是位战士，走在前面带领着其他人。他皮肤黝黑，爱食生肉，是位小有名气的捕猎能手。

费耶安和伙伴们一样，立马就想到了新鲜的象肉，但他心里还一直想念着埃尔哈巴什。当年他还是个小男孩时就被人从那里偷走了，后来一直想着重返父母的小屋。他想，也许埃尔哈巴什离这里并不远。数月以来，伊本加德带着他们往南走了很长一段

大象丹托 | 003

路,现在他又向东走了很长距离。他觉得埃尔哈巴什肯定就在附近。一旦费耶安确定家乡就在附近,他就要结束为奴的生活,到时伊本加德将会失去他最出色的加拉奴隶。

再向北走两天就到阿比西尼亚的南部边境了,那里坐落着费耶安父亲的圆形小屋。伊本加德听从了一位学识渊博的巫师的建议,进行了这次疯狂的探险之旅。他花了近一年的时间来计划路线,而费耶安父亲的小屋差不多就在他的路线草图上。然而,无论是小屋的具体地址还是伊本加德的真实计划,费耶安都一无所知。他现在的梦想还仅仅是美味的肉食而已。

天气炎热,树林里的叶子垂在猎人头顶上方,像是昏昏欲睡一般。就在距离这些猎人一箭之遥的地方,泰山和他的大象朋友也正在树叶下睡着休息。赤道的正午总是让人昏昏欲睡,加之他们假想的安全感,使感知能力暂时变得迟钝起来。

费耶安突然停下脚步,举手示意后面的人停下来。他透过树干和树叶之间的缝隙看去,依稀瞧见正前方有头大象正摇晃着庞大的身躯。费耶安向法赫德示意,后者悄悄移到他身边。费耶安指给他看那树缝间露出的一块灰色象皮。法赫德立刻把他那古老的火绳枪放到肩膀上。随之,枪火四射,烟雾弥漫,响声轰隆,但丹托未被击中,尖叫了一声就飞快地跑过树林逃走了。

一听到枪声,丹托立即冲上前去,泰山也立马跳了起来,站得笔直。就在这时,丹托恰从一棵大树的矮树枝下跑过,泰山被这树枝扫到地上,惊愕得躺在那里,知觉全无。

惊恐之际,丹托脑海里只有逃跑一个念头。它穿过树林,向北跑去,一路上撞倒不少树木,踩烂不少灌木丛。它当时并不知道朋友受了伤,正无助地躺在那儿,任凭他们共同的敌人——人类处置。丹托从没将泰山视作塔曼咖尼(白人)。白人是不快、痛苦和烦恼的代名词，而泰山对它来说则意味着陪伴、和平与幸福。在所有的丛林野兽中，除了同类之外，它只与泰山有着不错的交情。

"哎呀！没打中。"费耶安失望地喊道。

"胡说！"法赫德说，"肯定是恶魔指引了子弹。不过，让我们去看看，也许打中了大象呢。"

"没有，你没打中。"

他们两人走上前查看，其他人紧随其后，希望可以找到血迹。法赫德突然停了下来。

"安拉！哇！这是什么？我瞄准了一头大象，怎么打死了一个异教徒？"他大叫道。

其他人听了后都围了上来。"这肯定是个基督徒，而且没穿衣服呢。"莫特罗格说。

"也可能是树林里的什么野人，"另外一个人猜测说，"法赫德，看看你的子弹击中他哪里了？"

他们围着泰山，把他翻过来检查了一遍。"他身上根本没有子弹打中的痕迹。"有人说道。

"他死了吗？也许，他也想猎杀大象，不料却被大象给杀了。"

费耶安跪在地上，把耳朵贴到泰山的心脏上听了一会儿后说："他没死。从他头上的伤痕来看，我觉得他只是被撞得暂时昏迷过去了。看，他躺在大象逃跑的路上，可能是在大象忙着逃命时被撞倒的。"

"让我来了结了他。"法赫德一边说，一边拿出刀来。

"看在安拉的分上，别！法赫德，快把刀收回去！"莫特罗格喊道，"让酋长来定夺是否杀他。你怎么总是这么喜欢杀戮啊。"

"他不过是个异教徒，"法赫德接着说，"难道你还想把他带回营地？"

"他动了,"费耶安说,"也许他自己能走路,不需要帮助。但他可能不愿意跟我们走。看看他的身形和肌肉,简直就是个巨人。啊,真主安拉!多么有力气的一个人啊!"

"把他绑起来。"法赫德吩咐道。于是,他们把泰山的双手交叉放在肚子上,用骆驼皮条紧紧绑了起来。不过,这并非一下就可以搞定的事。他们才刚绑好,泰山就睁开了双眼,缓缓将他们看了一遍。泰山摇了摇头,就像狮子醒来时做的动作一样。恢复意识后,他一眼就认出了这些阿拉伯人。

"你们为什么把我的手绑起来?"他用他们的语言问道,"赶快解开皮条!"

法赫德听后大笑起来,说:"好你个异教徒,难道你以为自己是伟大的酋长,可以随意指挥贝多因人,把我们当狗一样看吗?"

"我是泰山,是酋长的酋长。"泰山答道,就像任何一个人可能会说的一样。

"泰山!"莫特罗格惊叫道。他把法赫德拉到一旁低声对他说:"那么多人,我们怎么偏偏得罪了他呀,真是太倒霉了!过去两周,每到一个村庄,总会听人说起他的名字。人们总是威胁说'等着,要是丛林之王泰山回来后,知道你们从他的国家抓走奴隶,他定要将你们碎尸万段'。"

"我刚才拿刀时你就不该阻止我,莫特罗格,"法赫德埋怨道,"不过现在也还来得及。"说着,他又把手放到了刀柄上。

"唉!别!"莫特罗格叫道,"我们从这个国家抢来的奴隶现在也在这里,他们有些人可能会逃跑。要是他们告诉泰山的朋友我们把他杀了,那该怎么办?要是那样的话,我们谁都别想活着回家。"

"那把他带到伊本加德那儿去,让他定夺。"法赫德无可奈何地说。

"啊,安拉,你这话说得很聪明,"莫特罗格回答道,"酋长要如何处置他,那就是酋长的事了。走吧!"

他们回到泰山身边,泰山怀疑地盯着他们看了看。

"你们决定好要把我怎么样了吗?"泰山问道,"聪明的话,就把皮条给解开,带我去见你们酋长,我有话对他说。"

"我们只是可怜人,"莫特罗格说,"我们做不了主,只能把你带到酋长面前,让他定夺。"

阿拉伯人的酋长伊本加德蹲坐在大帐里,旁边坐着他的兄弟托洛格和贝多因青年泽伊德。其实,比起陪在酋长身边,泽伊德倒更想离酋长的妻女近些。她们的房间就在隔壁,与大帐之间仅用一条齐胸纱幔隔着。因此,他可以时不时瞅几眼酋长之女阿泰雅。当然,他也能看到酋长之妻西尔华,但他对此没有任何兴趣。

男人说话之际,这两个女人正忙着各种家务活。西尔华正往一个铜锅里放羊肉,为下顿饭做准备。阿泰雅从一个袋子里拿出用椰枣汁鞣制的骆驼皮做凉鞋。虽然她们一直在忙,但没有错过大帐里的每一句谈话。

"自从离开国土以来,我们已经走了很长一段路了,至今没碰上什么灾祸,"伊本加德说,"路是绕得比原计划远了点,因为我不想经过埃尔哈巴什,以免那个国家的人来攻击或跟踪我们。现在,我们可能要重新转向北方,以便进入埃尔哈巴什。巫师曾预言,我们将在那附近找到宝藏之城尼姆尔城。"

"难道你认为一旦进入埃尔哈巴什,就能轻而易举地找到传说中的城市吗?"酋长的兄弟托洛格问道。

"啊,安拉,当然啦。那里是哈巴什南边,那儿的人都知道这座城。费耶安就是哈巴什人。他虽然从没去过那儿,但他还是个

大象丹托 | 007

小男孩时就听说过这座城了。我们将他们的人抓住当作俘虏，找到方法使他们松口，掏出真相。真主安拉保佑我们一定可以做到。"

"安拉保佑，我希望这里的宝藏不要像麦达因萨利赫平原上的宝藏一样，放在埃尔霍乌哇拉大岩石上。那里的宝藏被封于一座石塔之中，由一位恶魔守护着。人们说，一旦启封宝藏，人类必将惨遭厄运，朋友甚至同胞兄弟反目成仇，世上君王相互争斗不休。"

"是的，"托洛格回应道，"我从哈齐姆那儿听说，一位聪明的莫哥利北人路经此地，看到这里的神秘符号后，查阅了魔法书，发现宝藏的确就在此地。"

"不过，没有一人敢去取这宝藏。"泽伊德说。

"瞎说！"伊本加德大声斥道，"根本没有恶魔守护尼姆尔的宝藏。就算有人守护，也只可能是哈巴什人的血肉之躯。我们尽可大胆取走宝藏。"

"愿真主安拉保佑我们很快找到宝藏，就像发现格瑞尔宝藏那样容易。格瑞尔宝藏位于特布科的北部，是在一座废弃的古城里。每逢周五，就有钱从地下滚滚而出，流向沙漠，直到太阳落山方才停止。"泽伊德说。

"一旦到达尼姆尔城，要找到宝藏绝非难事，"伊本加德向他们保证道，"难的是如何把宝藏和那个女人从埃尔哈巴什带出来。如果那个女人真像巫师说的那般美丽，那么尼姆尔的男人肯定会竭尽全力保护她，可能比保护宝藏还要拼命。"

"巫师经常谎话连篇。"托洛格说。

"谁来了？"伊本加德望向营地四周的丛林突然叫道。

"哇！是法赫德和莫特罗格打猎回来了，愿安拉保佑他们带来象牙和肉。"托洛格说。

"他们回来得也太早了吧。"泽伊德说。

"但他们并非空手而归。"伊本加德一边说,一边指着他们带来的半裸着的巨人。

他们一群人带着泰山朝酋长的大帐走去,然后停下来。

伊本加德头上包着一块缠久了的白棉布头巾,头巾绕过来遮住脸的下半部分,只露出一双凶神恶煞的眼睛。泰山立即审视了一番,除了伊本加德,还有满脸麻子、目光狡诈的托洛格和相貌尚可的青年泽伊德。

"谁是酋长?"泰山问道。虽然他当时双手被绑,但声音洪亮而威严。

伊本加德把他嘴上的头巾往下拉了拉,说:"我就是酋长,你是谁,异教徒?"

"大家都叫我人猿泰山,穆斯林。"

"人猿泰山,"伊本加德沉思了一小会儿说,"这个名字我早有耳闻。"

"当然。没有哪个奴隶掠夺者没有听过我的名字。既然知道我从不允许任何人来我的国土掠夺奴隶,你为何还要来此?"

"我们不是来抓奴隶的,"伊本加德向他保证道,"我们只想和平地进行象牙贸易。"

"你这个穆斯林谎话连篇,"泰山平静地说道,"我认得你们这里来自曼尤和加拉的奴隶。我知道他们并非自愿留在这里。还有,你的手下开枪射击大象时,我不就在现场吗?难道这就是你们所谓的和平的象牙贸易?不!这是偷猎和掠夺。在人猿泰山的国土上,这是绝不允许的。"

"安拉在上!我们绝没撒谎,"伊本加德大叫道,"法赫德和莫特罗格狩猎只是为了弄点肉来吃。要是他们不小心朝大象开了枪,

大象丹托 | 009

那肯定是把大象错当作其他野兽了。"

"够了！"泰山大喊一声，"快把皮条解开，回到你们北方去。你们可能需要些护卫和搬运工才能回苏丹，我会为你们安排好的。"

"我们一路走来，路途遥远，只盼能够和平地进行贸易，"伊本加德坚称道，"我们会给搬运工报酬，保证不抓走一个奴隶，也不会再向大象开火，就让我们继续上路吧。等我们回来后，肯定给你一大笔钱，感谢你放行让我们经过你的国家。"

泰山摇摇头，仍然不松口："不！你们马上就得走。快点，解开这些皮条！"

伊本加德听后眯了眯眼，对泰山说："我们一心寻求和平，向你示好，给你利益。但若你敬酒不吃吃罚酒，想打的话就打吧。你可别忘了，你现在落在我们手上。记住，死的敌人作不了怪，望你三思而后行。"说完，他吩咐法赫德："把他带下去，脚也给捆上。"

"小心点，穆斯林，"泰山警告道，"人猿的手臂长得很——即使死了，它们也可能伸出来掐住你们的喉咙。"

"天黑之前你就要做出决定，异教徒。你要知道，伊本加德做事绝不会半途而废，直到达成此行目的才会罢休。"

他们把泰山带走，将他推进了一顶小帐篷里，与伊本加德的营帐相隔一段距离。不过，虽然泰山双手被绑，但还是需要三个人才能把他翻倒在地，绑好他的双脚。

这些贝多因人在酋长的营帐里小口喝着咖啡。咖啡散发着浓浓的丁香、桂皮和其他香料的气味，令人不适。他们正讨论着目前面临的困境。伊本加德虽然表面上虚张声势，但内心深知，唯有加快速度，适应情势，此次探险之旅才有成功的机会。

"要不是莫特罗格的话，"法赫德埋怨道，"我们现在根本不用担心这个异教徒。我当时要拿刀取他狗命,莫特罗格硬要拦着我。"

"要是他的死讯传到他的国家,他的人民第二天就会追上我们的。"莫特罗格反驳道。

"哎呀,"托洛格说,"我真希望法赫德当时就杀了他。毕竟,如果现在让这个异教徒活着,我们的处境又能好多少呢?我们都知道,要是把他放了,他肯定要集合他的人民把我们从这个国家赶出去。如果把他关起来,逃跑的奴隶把消息带给他的人民,他们一样要来攻击我们,这和杀了他又有什么区别呢?"

"托洛格,你说得很有道理。"伊本加德一边说,一边点头表示赞许。

"可是,等一下,"托洛格说,"我还有几句更重要的话要说。"他身体微微前倾,示意其他人靠过来,压低声音说道:"如果这个叫做泰山的人夜间逃走了,或者我们把他放了,那么逃跑的奴隶就没有坏消息可以带回去了。"

"哎呀!"法赫德反感地大声叫道,"真那样的话,就用不着逃跑的奴隶把消息传给他的人民了——他自己就会带人来攻打我们。唉!托洛格的脑袋就像骆驼粪一样。"

"听我把话说完,哥哥,"托洛格不顾法赫德,继续说,"我们只是骗奴隶们说他逃走了而已,反正第二天早上他早就不见了。我们故意对此深感痛惜,或者故意说:'安拉,伊本加德本来打算和泰山和平相处,岂料他非要离开这里,回到丛林去,但愿他能安全到家。'"

"我没明白你的意思,弟弟。"伊本加德说。

"这个异教徒被关在远处的小帐篷里,手脚双双被绑。夜里一片漆黑,只要一把细刀插进他的肋骨就足以取他狗命。我们当中有忠诚的哈巴什人,他们将按吩咐行事,事后也绝不会重提此事。"

挖一个深沟，把泰山埋进去，他死后绝对伤不了我们分毫。"

"安拉！你不愧是我们酋长一族的血脉，托洛格，"伊本加德高兴地称赞道，"你能说出这么聪明的话就足以证明这一点。这件事由你全权处理，必须秘密进行，做得天衣无缝。安拉将会保佑你！"说完，伊本加德起身进入后帐。

Chapter 2

野性的盟友

夜幕降临,伊本加德的营地一片漆黑。泰山被拘禁在一顶小帐篷里,挣扎着想要挣脱手上的皮条。但这皮条由骆驼皮制成,坚韧无比,即使是像泰山这样的大力士也无可奈何。夜间,丛林里发出各种各样的声音,泰山静静地躺在那儿侧耳聆听。这其中的许多声音,除了泰山,别人怕是听不到的,而他不仅能听到,还能洞察其中玄机。狮子和猎豹什么时候从这儿路过,他都一清二楚。突然,他听到微弱的细语声从远处隐约传来,一头雄象的嚎叫声随风飘来。

这时,伊本加德的女儿阿泰雅和泽伊德,正在营帐外一起散着步。泽伊德拉着阿泰雅的手,两人站得非常近。

"告诉我,阿泰雅,"泽伊德说,"除了泽伊德,你不会再爱其他任何人。"

"还要我和你说多少次啊?"阿泰雅小声说道。

"你真的不爱法赫德吗?"泽伊德又问道。

"哎呀,当然不!"她不假思索地回答。

"但你父亲总让人觉得,他将来要把你许给法赫德为妻。"

"我父亲可能希望我嫁给法赫德,但我对他并无半点信任。一个我既不喜欢又不信任的人,我是断不会嫁的。"

"我也觉得法赫德不可信。听着,阿泰雅!我怀疑他对你父亲不忠,不止他,我还怀疑另外一个人呢,但那人的名字我倒不敢说。有次,我偶然看到他们一起低声私语,他们还以为周围都没人呢。"泽伊德说。

阿泰雅点点头,立马接道:"我知道。不用你说名字,我也知道。我讨厌他就像讨厌法赫德一样。"

"但他可是你的亲人啊。"泽伊德提醒她说。

"那又怎样?他也是我父亲的兄弟啊。我父亲向来善待他,如果兄弟之情都不能让他献上忠诚,那我有何理由佯装好意?不,我认为他早就背叛了我父亲,但父亲似乎并没看出来。现在,我们出门在外,远离国土,万一我父亲有何不测,托洛格是近亲,最有可能继承酋长的职责和荣誉。我猜他肯定向法赫德许下了承诺,说要在我父亲面前帮他追求我,以此赢得了他的支持。我注意到托洛格拼命在我父亲的耳根前为他说好话呢。"

"或许,他还答应把宝藏城的宝藏分一部分给法赫德呢。"泽伊德猜测道。

"不是没这种可能,"阿泰雅回答道,"可是——安拉!那是什么?"

这时,坐在火前煮着咖啡的贝多因人,突然一下子跳了起来。黑奴吓了一跳,连忙从他们那简陋的帐篷里往外看,却只见外面一片漆黑。他们当中,有火绳枪的都拿起了火绳枪,一个个都紧张地竖起耳朵来，仔细听着营地里的动静。但突然间，一切又恢复了原来的安静，刚才那怪异而可怕的叫声这会儿却没了。

"哎呀！"伊本加德突然叫道，"这声音从营地中间传来，听起来像是野兽的声音，但我们这里只有人和一些家畜啊。"

"难道是……？"说话者突然停了下来，仿佛是怕心里的担忧，一说出来就会成真一样。

"但他只不过是个人而已，而那叫声却是野兽的声音，不可能是他。"伊本加德坚称道。

"但他可是个异教徒，也许他和魔鬼是一伙的呢。"法赫德提醒道。

"而且，这声音的确是从关他的小帐篷那方向传来的。"另一个人补充道。

"走！"伊本加德说，"我们一起去看看。"

说完，这些阿拉伯人就准备好火绳枪，提着纸灯笼向泰山所在的小帐篷走去。到达后，走在最前面的人胆怯地向里望了望。

"他在里面。"这个人报告道。

泰山坐在帐篷中央，看见几个阿拉伯人进来后，朝他们不屑地瞅了瞅。伊本加德走上前去，问他道："你刚才听到什么叫声了吗？"

"嗯，听到了。伊本加德酋长，你来这儿打扰我休息，难道就为了这种鸡毛蒜皮的事吗？还是说，你打算放了我啊？"

"这是种什么叫声？这叫声有什么意义啊？"伊本加德问道。

人猿泰山漠然一笑，回答说："那只不过是野兽在呼唤同类而已，莫非你们高贵的贝多因人，一听到丛林居民的声音就吓得瑟瑟发抖吗？"

"简直是胡说八道！"伊本加德咆哮道，"贝多因人什么都不怕。"

我们还以为声音是从这个小帐篷传出去的,所以连忙赶来,生怕丛林里的野兽溜进来攻击你呢。既然没事,我打算明天就放你走。"

"为什么不今晚就放我走?"

"我的人都怕你。他们都希望把你放了后,你马上就走。"

"会的,我肯定立马就走。你这营地满是虱子,我可不想多留。"

"但现在已经是夜里了,我们不会把你一个人送进丛林的,狮子可正在外面捕猎呢。"酋长辩解道。

人猿泰山又笑了,说:"我在这茂密的丛林里安全得很,比你们贝多因人在沙漠里还要安全。对我来说,夜晚的丛林没什么可怕的。"

"明天!"伊本加德斩钉截铁地说。说完,他向手下示意了一下就离开了。

泰山看着他们提着纸灯笼穿过营地,进了酋长营帐。然后,他完全伸展开身子来,把一只耳朵紧贴到地面上。

刚才,这野兽般的叫声,打破了夜晚的宁静。营地里的人听到后,心中隐隐不安,却又不知这叫声到底是什么意思。但是,在丛林的远处,一头巨大的灰色野兽隐约听到了这声嚎叫,一下就明白了他的意思——那就是丛林大力士大象丹托。它的象鼻伸得高高的,发出轰隆的吼声,一双小眼睛闪着红光,摇摆着大步穿过树林。

慢慢地,伊本加德的营地重新恢复了宁静。这些阿拉伯人和他们的奴隶都向各自的睡垫摸去,只有伊本加德和他弟弟还坐在营帐里抽烟——他们一边抽烟,一边轻声谈着。

"托洛格,你杀了这个异教徒,万万不可让奴隶看见,"伊本加德提醒他说,"你亲自出马,不要闹出动静,完事后再悄悄叫醒两个奴隶。费耶安就不错,他自小就跟着我们,忠诚得很,是个不错的选择。"

"阿巴斯也很忠诚，而且也很强壮。"托洛格建议道。

"好，那就再算上他一个，"伊本加德同意道，"但最好别让他们知道泰山怎么死的。你不妨告诉他们，你听到有声音从那顶小帐篷传来后，前去一探究竟，结果却发现他已经死了。"

"你就相信我的处理能力吧，哥哥。"托洛格保证道。

"警告他们万万不可声张此事。泰山死了，死后葬在何处，除我们四人外，绝不能让第五个人知道。明天清晨，我们就告诉大家，泰山在昨夜里逃跑了。留下他弄断的皮条作为证据，明白了吗？"伊本加德继续说。

"安拉在上，我全都明白了。"

"很好！那现在就去吧，反正其他人都睡着了。"说完，伊本加德站了起来，走进了后帐。托洛格也起身离开，趁着茫茫夜色，悄悄朝泰山所在的帐篷摸去。

大象丹托穿过丛林，所经之处，所有野兽，不论温和的还是凶猛的，全都绕道而行。见到这威猛的大象，即使狮子也得咆哮着跑到一边让路。

黑暗中，托洛格悄然爬进那顶小帐篷里。此时，泰山正躺在那儿，一只耳朵贴着地面。其实，早在托洛格离开伊本加德的营帐时，泰山就听到了动静，知道他要动身来此。泰山还听到了其他声音，听出了个中玄机。他心里琢磨着，这人鬼鬼祟祟到这儿来到底有何目的？等到托洛格一踏进帐篷，泰山就确定他肯定没安好心。一个贝多因人三更半夜来这里，要不是为了取自己性命，还能是为了什么呢？

托洛格在黑暗里摸索着前进，走进泰山所在的帐篷后发现，他正笔直地坐着。就在这时，托洛格又听到了一阵可怕的叫声。

野性的盟友 | 017

这叫声早在傍晚时就惊扰过营地，不过，这次的声音是从这顶帐篷里传来，而且就响在托洛格身边。

托洛格立马停下来，吓得目瞪口呆。"安拉！"他大叫一声，往后退了一步问道，"这是什么野兽？异教徒！你遭到什么袭击了吗？"

营地里的其他人也被这叫声惊醒了，但没一个人敢出来查看。听到他这样问后，泰山只是笑了一下，沉默不语。

"异教徒！"托洛格又叫道，但泰山依然默不作答。

托洛格十分警惕，赶紧拿着刀从小帐篷撤了出来。他站在外面，竖起耳朵听着，却再没听到有声音从里面传出来。于是，他迅速回到自己营帐，点亮一盏纸灯笼，又连忙赶回小帐篷。这次，他带上了自己的火绳枪，备好了子弹，随时都可开枪。托洛格把灯笼举至头顶，偷偷向里探视，只见泰山坐在地上看着他。原来，这里压根就没有野兽！托洛格恍然大悟。

"可恶！异教徒，刚才那可怕的叫声是你弄出来的吧。"

"贝多因人，你来这里就是来杀我的，对吧？"泰山问道。

这时，一阵狮吼和象哮从丛林里传来。不过，营地周围防兽围栏高筑，上面装有锋利的尖刺，还有众多守卫和篝火。因此，托洛格听到这早已习以为常的吼叫声后，并未多想。他没有回答泰山的问题，只是默默地把枪放到一旁，拿出刀来。其实，这就是对泰山的回答了。

在纸灯笼昏暗的火光下，泰山眼看着他做完这一系列准备动作，恶毒的脸上露出残酷的表情，手握着刀慢慢向前靠近。

现在，托洛格已经走到了泰山面前，双眼发出凶狠的目光。泰山听到营地外围传来一阵骚乱，还夹杂着阿拉伯人的高声咒骂。突然，托洛格挺刀刺向泰山的胸膛，泰山用绑着的手直劈托洛格

018

拿刀的胳膊,躲过了这一刀,挣扎着跪了起来。

托洛格大骂一句,又一次刺向泰山,泰山再次防御。这一次,他双手迅速往托洛格头上狠狠一击,把他打得踉踉跄跄地跌到帐篷的另一边。但托洛格立刻站了起来,再次出击。这次,他就像一头发疯的公牛,凶猛无比,而且比之前更加狡猾。他没有直接从正前方攻击,而是迅速跳到泰山身后,从后面向他发难。

泰山拼命转身,想要面对着敌人,但因为双膝跪地,双脚被绑,回转不及,失去了平衡,倒在了地上,任凭托洛格处置。托洛格险恶地笑了起来,露出一口黄牙。

"去死吧,异教徒!"他大喊道。接着,又突然惊呼:"天呐!那是什么?"倏忽间,整个帐篷从他头顶被连根拔起,猛地扔到了夜色之中。他连忙转身,只见一头大象双眼通红,愤怒地矗立在眼前。他着实被吓到了,不由发出一声惊叫。就在那时,丹托那灵活的鼻子将他的身子紧紧卷住,然后高高举起,一把扔向茫茫夜色之中,就像扔那顶帐篷一样。

丹托站在那儿愤怒地朝四周看了看。它伸出鼻子把泰山从地上卷起来,举过头顶放到背上,然后转身迅速穿过营地,直奔丛林。一个哨兵受到惊吓,开了一枪后就逃走了。另外一个哨兵,早在丹托刚进营地时就被扔到一旁地上,一命呜呼了。不一会儿,泰山和丹托就进入了丛林,消失在茫茫夜色中。

伊本加德的营地顿时陷入一片哗然。有武器的人赶紧拿起武器,加快步伐,四处查看引起骚动的原因,寻找来犯的敌人。一些人来到关押泰山的小帐篷,发现帐篷和泰山都不见了。伊本加德一位好友的帐篷就在附近,现在都被压扁了,只听到一群女人在那儿哭哭啼啼,一个男人在那儿骂骂咧咧。托洛格落在了帐篷上面,满嘴都是贝多因人恶毒的谩骂。其实,他已经非常幸运了,

野性的盟友 | 019

理应赞扬和感谢安拉。丹托粗鲁地把他卷起来扔出去后，他幸好落到了用销钉固定的帐篷顶上，要是落在了别处，就算不摔死也得摔成重伤。

伊本加德急着打探消息，来到这里时，托洛格正好从帐篷堆里爬出来。

"天呐！"伊本加德大声喊道，"到底发生了什么？弟弟，是你把阿布都·埃尔阿瑞的帐篷弄成这样的吗？"

这时，一个奴隶跑到酋长面前，大声喊道："异教徒走了，把小帐篷都带走了。"

伊本加德转过来对着托洛格，问他："这是怎么回事，弟弟？异教徒真的走了吗？"

"是的，异教徒的确逃走了，"托洛格回答道，"他和魔鬼是一伙的。魔鬼假扮成一头大象混了进来，把他带回丛林去了。它还把我扔到了阿布都·埃尔阿瑞的帐篷顶上。我现在还能听到阿布都·埃尔阿瑞的尖叫和咒骂声，好像是他而非我受到了攻击一样。"

伊本加德无奈地摇了摇头。他当然知道托洛格在撒谎——他一向都知道托洛格谎话连篇——但令他费解的是，托洛格怎么到了阿布都·埃尔阿瑞的帐篷顶上呢？

"那哨兵有没有看到什么？"伊本加德问道，"他们当时在哪儿？"

"他们当时正在站岗。我当时刚好在那儿，他们一个死了，另一个在入侵者逃跑之际开了枪。"莫特罗格回答道。

"他怎么说？"伊本加德问道。

"啊！他说一头大象闯进了营地，杀了那个守卫，冲进了关着异教徒的小帐篷，撕破后扔到一边，把托洛格扔到了半空中，然后就带着异教徒直奔丛林里去了。它从哈桑旁边经过时，哈桑开了枪。"

"没打中吧？"伊本加德猜测道。

伊本加德站在那儿沉思良久，然后才转身慢慢走回自己营帐去。他下令说："大家明天一大早就启程出发。"他的命令很快传开，全体次日一大早就拔寨启程。

丹托驮着泰山一直往丛林深处走去，最终来到一处不大的空地，这里绿草如茵。丹托将泰山轻轻放到地上，站在一旁守卫着他。

"明天早上，"泰山对丹托说，"库杜（太阳）再次到天上'打猎'时，这里光亮得能看见了，我们就知道怎样解开绳子了。现在先好好睡一觉吧。"

那天夜里，狮子、鬣狗、猎豹刚好从附近路过，清楚地嗅到了泰山的气味。但它们一看见丹托站在熟睡着的泰山身边，一听到它轻哼几声就悻悻地走开了。

天一亮，伊本加德营地里的人就赶紧行动起来了。一吃完简便的早饭，女人们就把营帐拆下来收拾好了。这就好像一个信号，其他人见了，纷纷拆下其他粗毛帐篷，收起来放好。不到一小时，这些阿拉伯人就启程出发，向北朝着埃尔哈巴什行进了。

这些贝多因男女都骑在沙漠驮马上。这些驮马是他们从北方到这里来，经过漫长的旅途后仅剩的坐骑。他们从自己国家带来的奴隶则徒步行走，走在一队持有火绳枪的士兵前后。一些土著人受到这些贝多因人的压迫，无奈地充当他们的挑夫，一路为其效劳。他们挑着扎营的设备和行李，沿路放牧山羊和绵羊。

泽伊德和阿泰雅并排骑马前行，目光时不时落在阿泰雅身上，根本无心看路。法赫德骑马跟在伊本加德身边，时不时生气地朝他们瞄一眼。托洛格把这一切都看在眼里，不禁笑了起来。

"法赫德，追起女人来，泽伊德可要比你胆大得多啊。"他轻声对法赫德说。

"他成天就知道对着她耳朵小声地说些甜言蜜语,我可不这么干。"法赫德埋怨道。

"要是酋长更倾向你的求婚就好了。"托洛格提示道。

"但他并没有啊,"法赫德沮丧地说,"不过,要是你替我美言几句,或许会有所帮助,而且你答应过我的。"

"哦,是的,但我的兄长总是溺爱他这个女儿。他并非不喜欢你,法赫德,但他更希望女儿能够幸福快乐,所以就允许她自己决定终身大事。"托洛格解释道。

"那我该怎么办?"法赫德问道。

"要是我是酋长的话……"托洛格暗示道,"但可惜我现在还不是。"

"要是你是酋长的话,你会怎样?"

"那我就要亲自给我的侄女挑选男人。"

"但你并不是酋长。"法赫德提醒他说。

托洛格靠上来,伏在法赫德的耳边轻声说:"像泽伊德那样大胆的求婚者,一定会找到方法让我成为酋长的。"

法赫德听了后,没有作答,只是默不作声地骑马前行。他低垂着头,眉毛紧锁,陷入了深思。

Chapter 3

托亚特的猿群

三天慢慢过去了。太阳从东到西,在热气蒸腾的丛林上空爬过。三天来,阿拉伯人向北朝着埃尔哈巴什缓慢行进。而人猿泰山一直躺在那一小片林中空地上,双手被捆,万分无助。所幸的是,丹托一直站在旁边护卫着他,每天都为他带来食物和水。

骆驼皮条将泰山的双手紧紧捆住,令他愈发感到难受和危险,但似乎没有任何外力可以助他走出困境。他早先叫玛纽(猴子)来帮他将绳子咬断,但这些小猴子向来不负责任,只是空口答应,随后便抛诸脑后。泰山只得待在那儿,也不埋怨,就像被困的野兽耐心等待着释放,尽管心里知道最终可能难逃一死。

第四天清晨,丹托显得有些烦躁不安。短短几天,它在这周围觅食,已经将附近吃得空空如也,再也没食物可供他们享用了。它想带上泰山继续往前走,但泰山确信,如果继续前行,一旦进入大象的活动地区,获救机会便会减小。他认为,丛林之中,唯有曼咖尼（巨猿）能够帮他解开绳子。泰山知道，他其实已经在巨猿活动地区之外了，不过仍有一丝希望，巨猿可能路经此地而发现他。但如果丹托带着他继续往北走的话，就连最后这渺茫的希望都将消失。

丹托想要离开这里。它用象鼻轻轻推了推泰山，把他卷起来翻个身，从地面上轻轻抬起。

"快把我放下来，丹托！"泰山高声对它说。丹托听他的话把他放下来，无奈地转身走开了。泰山看着它穿过空地，朝着远处的树木走去。走到那里后，它突然犹豫了一会儿，停下脚步转过身来，往回望了望泰山，吼叫了几声。它看起来一副愠怒的样子，猛地用象牙往地上一挖，掘起一大块土。

"你先走吧，去吃点东西，"泰山朝他喊道，"记得回来。明天曼咖尼可能会来。"

丹托听后又发出了一声吼叫，然后转身消失在丛林之中。泰山有好一阵躺在那儿，静静听着老朋友远去的脚步声。

"它走了，这也不能怪它。也许这样也好。今天、明天还是后天，它哪天走又有什么区别呢？"泰山自言自语道。

上午过去了，正午的丛林一片静谧，只有昆虫还在泰山周围嗡嗡地骚扰着，就像它们骚扰丛林里其他动物一样。不过，泰山对昆虫叮咬的毒素却是终生免疫的。

突然间，树林里传来一阵蹦蹦跳跳的声音，好像是有动物在树上，原来是小猴子们来了。它们成群结队发了疯似的从树枝上跳下来，一边跳一边叽叽喳喳叫个不停。

"玛纽！"泰山叫道，"是谁来了？"

"曼咖尼！是曼咖尼来了！"猴子们尖声回答道。

"去把它们叫过来，玛纽！"泰山命令道。

托亚特的猿群 | 025

"我们可不敢。"

"快去，从高处的树枝上叫它们，"泰山急促地说，"它们到不了那么高的地方，靠近不了你们。告诉它们，有一个它们的伙伴正躺在这儿，急需帮助。叫它们赶快来帮我解开绳子。"

"我们真的不敢啊。"

"你们在高处的树枝上，它们接近不了你们。快去！以后它们就是你们的朋友了。"

"它们没法爬到那么高的树枝上，我去吧。"一只老猴子说。

其他猴子都停下脚步，转过身来，看着那只老猴子迅速爬到最高的树枝上，向丛林深处跳去。泰山则静静等待着。

不久，泰山就听到了熟悉的深沉的喉音，知道那是巨猿来了。也许，它们中间有认识他的。也许，和之前一样，这群巨猿从远方而来，全都不认识他，但他觉得这不太可能。不过，他全部的希望都在它们身上了。他躺在这里，一边听着，一边等着。他听到猴子们在巨猿上方的树枝上蹦来跳去，叽叽喳喳说个不停。但过了一会儿，一切突然安静了下来，只听得见昆虫发出嗡嗡的鸣声。

泰山躺在那儿，听到巨猿正在靠近，眼睛望着声音传来的方向。虽然茂密的树叶就像一堵墙一样，挡住了视线，但对于墙那边发生的一切，他都了如指掌。他知道，等会儿会有一双锐利的眼睛要来审视自己，查看这片空地，寻找可能的敌人，小心翼翼地试探是否有阴谋诡计或者任何陷阱。他知道，巨猿第一眼可能并不信任自己，还会感到害怕甚至愤怒。毕竟，有什么理由要求它们去爱或者信任一位残酷无情的塔曼咖尼（白人）呢？

如果他们看见泰山后不愿现身，悄悄撤退，那么泰山的处境将十分危险。若真如此，那一切就完了。除了巨猿，泰山不知道还能向谁求救。一想到这儿，他就赶紧用猿语和它们说话了。

"我是你们的朋友,"他朝巨猿喊道,"塔曼咖尼抓了我,把我手脚都给绑了,动弹不得。我无法保护自己,也没法获取食物和水。请来这儿帮我松绑。"

这时,从树叶后传来一声回应:"你是一个塔曼咖尼。"

"我是人猿泰山。"泰山回答道。

"真的!"猴子大喊道,"他是人猿泰山。塔曼咖尼和高曼咖尼把他绑了起来,是丹托把他带到这里来的。他被绑住手脚躺在这里的时候,库杜已经在天上'打猎'四次了。"

"我认识泰山。"树丛后面突然传来另外一个声音。随之,树丛被拨开,一只毛茸茸的巨猿缓缓走进空地。它两手撑地,身体一荡一荡地朝泰山走了过来。

"蒙瓦拉特!"泰山激动地喊道。

"他是人猿泰山。"这只巨猿说,但其他巨猿都不明白。

"什么?"它们问道。

"这是谁的猿群?"泰山问道。

"托亚特是我们的猿王。"蒙瓦拉特回答说。

"那你先别告诉它们我是谁。你先帮我把皮条弄断。托亚特十分恨我,要是知道我毫无能力自卫,肯定要杀了我。"泰山小声对它说。

"好的。"蒙瓦拉特答应道。

"这里,把皮条咬成两段。"泰山一边说,一边伸起绑住的双手。

"你是人猿泰山,是我的朋友,我会照你说的做的。"蒙瓦拉特对他说。

当然,他们用猿类间贫乏的语言交流,听起来一点都不像人类之间的对话,只不过是些嚎叫声、咕噜声和表意手势。不过,和所有最正式的文明语言一样,这些已经足够满足所需了,能够在大猩猩和白人之间，以及巨猿和白巨猿之间传递信息。

猿群其他成员相继走向空地，只见蒙瓦拉特弯下身去用尖利的牙齿帮泰山松绑。它先用力咬断了他手上的皮条，后来又咬断了他脚上的皮条。

当泰山站起来时，猿群全都迅速来到了空地，一个个看起来十分凶猛，浑身毛茸茸的。领头的是托亚特猿王，跟在后面的还有八只成年雄猿、六七只雌猿以及一些幼猿。幼猿和雌猿踌躇不前，而雄猿则径直向泰山和蒙瓦拉特走去。

猿王立即大声咆哮，极具威胁性。"塔曼咖尼！"它大声喊道。很快，它就一跃而起，转了一圈，接着四肢着地，用紧握的拳头猛捶地面，愤怒地放声咆哮，满嘴都是白沫，一遍又一遍地跳上跳下。托亚特这么愤怒是为了鼓起勇气攻击泰山，也希望借此来激起伙伴们昂扬的斗志。

"这是人猿泰山，是曼咖尼的朋友。"蒙瓦拉特说。

"他是塔曼咖尼，是曼咖尼的敌人！"托亚特大喊道，"他们带着毛瑟枪来杀我们，只听到一声巨响，就杀害了我们的雌猿和幼猿。杀了这个塔曼咖尼！"

"他是人猿泰山，"盖亚特咆哮道，"当年我还是幼崽的时候，是他把我从努玛手中救下。人猿泰山是曼咖尼的朋友。"

"杀了这个塔曼咖尼！"托亚特跳得高高地尖声叫道。

看到盖亚特来到泰山身旁，几只雄猿也开始围着泰山转圈，跳上跳下。对于它们，泰山再了解不过了。他清楚地知道，它们其中一个迟早会发起狂来，猛地一下跳到自己身上发起攻击。蒙瓦拉特和盖亚特为了帮他也可能会打起来，到时候更多雄猿将会加入这场战斗。到那时，一场混战免不了死伤。但泰山并不想与朋友们兵戎相见，自相残杀。

"停下！"他大声命令道，同时高高举起伸开的手掌以引起注意。"我是人猿泰山，是强悍的猎人、威武的战士。我和克查科的猿群认识已久，有着不错的交情。克查科死后，我成了猿王。你们当中很多巨猿都认识我，大家都知道我原先是一个曼咖尼，但后来成了所有曼咖尼的朋友。托亚特叫你们杀我，是因为它恨我。而它恨我，并不是因为我是塔曼咖尼，而是因为我以前让它当不成猿王。那是很久之前的事了，当时你们当中一些还年幼。如果托亚特是一位好猿王，那我替它感到高兴，但现在看来，它的所作所为完全不像一位好猿王。它竟然想要你们和最好的朋友自相残杀。"

"你，祖托！"泰山突然大叫了一声，指着一只大雄猿说，"你跳上跳下，大声咆哮，唾沫横飞，想要把獠牙咬进我的血肉。祖托，难道你忘了当初生病时，其他巨猿都弃你而去，任你自生自灭，是谁为你带去食物和水了吗？难道你忘了那些茫茫长夜里，是谁替你赶走了赛贝（雌狮）、希塔和旦格，保你平安了吗？"

泰山继续讲着，他的声音颇具威慑力，猿群都逐渐停下来听他讲话。对于丛林里的它们来说，这算得上是一段很长的讲话了。不论是巨猿还是小猴子们，都难以将注意力长时间集中在同一件事上。未等泰山讲完，就有一只雄猿听不下去了，把一根腐烂的木头翻过来，看看有没有多汁味美的昆虫。这时，祖托突然回忆起了什么，皱了皱眉头，然后开始说话。

"我记得，"他说，"他是我们的朋友泰山。"说着，它便站到了蒙瓦拉特边上。看到这一幕，除了托亚特外，其他雄猿都失去了兴趣，不想再和泰山为敌，要么去漫步觅食，要么蹲坐在草地上。

托亚特依旧怒不可遏，但见众多巨猿都不支持自己，便后退了几步，在安全距离外对着泰山和他的保卫者们张牙舞爪。不过没多久后,他也开始捕捉昆虫来吃,毕竟,这才更有利可图嘛。

于是,泰山再次与巨猿聚到了一起。他和那些毛茸茸的朋友们一起在树林里悠闲地走着,突然间想起了自己的养母卡拉。卡拉是一只雌猿,是泰山知道的唯一的母亲。记忆中,它曾经为了保护泰山,勇敢地向丛林里的天敌反抗,向她那满心怨恨和嫉妒的伴侣塔布拉特反抗,向可恶的老猿王克查科反抗。这点点滴滴的回忆,无不让泰山为之感到骄傲。

泰山想起第一次见到克查科的时候,仿佛就在昨天,眼前立马映现出克查科那硕大的体形和它那凶神恶煞的模样。多么威风的一头野兽啊!在年幼的泰山眼中,克查科就是野蛮和威风的象征。时至今日,一想到它,一种敬畏之感依旧油然而生。泰山推翻了克查科的统治,杀了它。但现在想来,这一切似乎不可思议。除此之外,泰山还和特克兹打过,也和宝咖尼(大猩猩)打过。他想起了曾经深爱的缇凯,想起了赛凯和塔娜,想起了他曾经抚养过的黑人小男孩蒂博。白天里,泰山睡得美美的,一直处于梦乡,悠闲得很,而这时伊本加德和他的队伍正从北方缓缓而来,朝着尼姆尔城行进。与此同时,在丛林的另一处正上演着一些事件,这些事件将把泰山牵扯进一次大冒险中去。

Chapter 4

大猩猩

一名黑人搬运工被藤条缠住,不小心绊倒,背上的行李落了一地。虽是小事一桩,不料也招致了危机。这次危机将彻底改变詹姆斯·亨特·布莱克的一生。

布莱克是位年轻富有的美国人,这是他第一次和朋友威尔伯·斯蒂姆博来非洲猎杀大型动物。斯蒂姆博两年前曾在丛林里待过三周,自然而然就成了这支探险队的领队。在非洲丛林、游猎、食物给养、天气和土著生活状况等诸多方面,他绝对是位不可置疑的权威人士。更何况,他比布莱克年长 25 岁,这更让人觉得他知识渊博,什么都懂。

这两个男人之间的分歧越来越大,但根本原因并非这些因素本身。布莱克多少是一个有些懒散的年轻人,一开始对斯蒂姆博的自负并无不满,只是觉得有点好笑。他们最初的分歧发生在铁路末端。斯蒂姆博态度专横,脾气暴躁,使得他们不得不舍弃此次探险之行的目的。本来是要对非洲野生动物的生活进行科学摄影研究，结果却彻底成了大型动物猎杀活动。

到达铁路终点站后，大家开始为探险队准备给养和装备，但斯蒂姆博把东西撂下后，不管不顾，自己到海边去了。这种行为对布莱克而言，简直就是冒犯和侮辱。布莱克非常失望，但他下定决心继续下去，即使只有一台摄像机，也要尽量拍出一些好照片。布莱克不是那种只为杀生而享受杀戮的人。按照原计划，除了为获取食物或者战利品外，不可过多杀戮。但斯蒂姆博做梦都想得到几只战利品，以增加收藏数量。

斯蒂姆博对黑人搬运工向来不好，他们二人也因此吵过一两次。不过，这些事情都已经过去了，至少布莱克是这么希望的。况且，斯蒂姆博也有过承诺，让布莱克处理探险队的有关事宜，保证不再虐待黑人搬运工。

现在，他们已经进入内陆，走得比原计划更远些，但运气不佳，狩猎成果并不如意，于是打算回到铁路终点站去。布莱克以为不会再遇上别的困难，可以和斯蒂姆博一起回到美国，两人不管怎么说都还是朋友。但就在那时，一名黑人搬运工被藤条缠住了脚，不幸跌倒，把行李扔到了地上。

当时，斯蒂姆博和布莱克在这名搬运工正前方并排走着。但这些行李像是受了邪恶力量指引似的，偏偏径直向斯蒂姆博撞去，将他撞倒在地。两人挣扎了一会儿才爬起来，其他搬运工见状不禁大笑起来。摔倒的搬运工自己也笑了起来，斯蒂姆博顿时怒不可遏。

"你个该死的蠢猪！"他厉声骂道。说罢，愤怒的斯蒂姆博一脚跨过散落在地的行李，往搬运工脸上猛地打了过去，把他打倒在地。这一切发生得太突然，布莱克都没来得及制止，搬运工也没来得及自卫。搬运工倒下后，斯蒂姆博还是不依不饶，又从旁边打了他一下。不过，还没来得及继续，布莱克就一把抓住他的肩膀，把他甩到了一边，就像他打搬运工一样打了他一拳。

这下，斯蒂姆博也倒在了地上，翻过身来，伸手去掏挂在腰间的自动手枪。虽然他动作迅速，但布莱克动作更快。"住手！"布莱克连忙喊道，同时拿出手枪对着斯蒂姆博。斯蒂姆博不得不把手从枪柄拿开。"站起来！"布莱克命令道。搬运工也站了起来。"听我说，斯蒂姆博，你我之间一刀两断，到此结束。明天早上，我们将探险队人员和设备一分为二，以后你走你的阳关道，我过我的独木桥。"

布莱克一边说着话，一边把枪放回了枪套。那个挨打的搬运工也站了起来，鼻子还流着血，其他黑人站在一旁看着，一副闷闷不乐的样子。布莱克示意搬运工捡起行李后，探险队伍继续前行了，但整个队伍既无欢声笑语，也无号子声，一片沉闷。

快正午时，布莱克到达一片空地后就扎营了，以便下午早点分完设备、食物和人员，明天一早两队人马动身出发。

斯蒂姆博闷闷不乐，不愿帮一点忙，反而带了两个给探险队当保卫的土著士兵出去打猎。他们沿着一条松土覆盖的小路，悄无声息地走了不到一英里，队伍前列的土著人突然停下脚步，举手示意后面的人停下。

斯蒂姆博小心翼翼地往前走去，只见这位土著人把手指向了左边。透过茂密的树叶看去，斯蒂姆博隐约看到一团黑色的庞然大物正缓缓离他们而去。

"那是什么？"他轻声问道。

"是大猩猩。"这个黑人回答道。

斯蒂姆博举起枪，朝着远去的大猩猩打去，但没打中。不过，这个黑人对此并不惊讶。

"见鬼!"斯蒂姆博不快地叫道,"快点,追上它!我要打中它。天呐!多么好的战利品啊!"

这里的丛林似乎比其他地方更加空旷,大猩猩想要离开,他们却紧跟不舍,一次又一次进入大猩猩的视线。斯蒂姆博打了好几枪,枪枪落空。这些黑人并不喜欢斯蒂姆博,见此情形,心里忍不住暗暗嘲笑。

不远处,人猿泰山正和托亚特的猿群一起打猎。那边枪声一响他就听到了,于是立刻爬到树上,朝着枪声传来的方向跑去。泰山能区分火绳枪发出的枪声和现代武器发出的声响,他确定这枪声并非来自贝多因人的武器。

他想,也许他们当中有一支步枪,这也并非不可能,不过更有可能是白人来了。在自己的国家,探清来者何人、来此目的是他的责任。这些人最早从来没有来过这里,现在来得也不是很多。一想到那些日子,泰山不禁感到惋惜,只要白人一来,和平幸福便消失无影。

泰山飞奔于树木之间,从一根树枝跳到另一根树枝,听着接连不断的枪声,总能循声前进,不会搞错方向。斯蒂姆博他们还在追赶大猩猩。泰山离他们越来越近,听到灌木丛被踩得哗哗作响,还听到有人正在呼喊。

大猩猩慌不择路地奔跑着,无意间放松了警惕。它满心想着如何逃离可恶的白人和可怕的毛瑟枪,根本顾不得前面是否还有别的敌人。其实,就在它前面不远处的一棵大树上,正蜿蜒地盘绕着一条西斯塔(蟒蛇)。

大蟒蛇天生脾气暴躁,容易动怒。他们追来赶去发出好大动静,一声声枪声震耳欲聋,早就惹恼了蛇。通常情况下,要是成年雄性大猩猩从此地经过，大蟒蛇不会多加干扰，但它现在心情不佳，就是大象丹托从这儿路过，它也可能去攻击。

现在，它的一双眼睛露出凶光，目不转睛地盯着跑来的大猩猩。大猩猩一跑到它盘绕的大树枝下，它就猛地扑下来缠住了它。

大蟒蛇一声不响，用尽力气把大猩猩紧紧缠住，一刻也不放松。大猩猩试图用力将大蟒蛇扒开，虽然它力大无比，但大蟒蛇的力气更大。大猩猩意识到自己大祸临头了，嘴里发出和人一样的惨叫声。它倒在地上竭力挣脱，奈何始终徒劳无功，大蟒蛇就像钢铁一般活生生将它缠住，缠得越来越紧。大蟒蛇一心想要了它性命，把它骨头挤碎，把它全身的肉都给挤成香肠一样，然后张开血盆大口一下吞到肚子里。

就在这时，斯蒂姆博和泰山几乎同时赶到这里，看到了眼前这一幕。斯蒂姆博踉跄地走过灌木丛，动作十分笨拙，而被人们称为丛林之神的泰山，却是穿过丛林的树枝摇荡而来，动作十分敏捷。

尽管他们同时到达，但其他人对泰山的存在浑然不觉。泰山一如既往地谨慎，由于不确定情况如何，他悄然行动，没发出任何声响。

泰山眼光敏锐，迅速往下看了看，凭着对丛林的了解，一眼就看出了大猩猩处境悲惨。同时，他又看见斯蒂姆博正举起步枪，试图一石二鸟，一枪将两个珍贵标本收入囊中。

对于这只大猩猩，泰山心中并无什么好感。从小，这毛茸茸的雄猩猩就是泰山的天敌。泰山人生第一场生死决斗便是同大猩猩进行的。数年来，泰山都对大猩猩有所畏惧，总小心翼翼地躲着它们。自成年以后，泰山依然躲着它们，巨猿也都躲着它们，互不侵犯。

大猩猩 | 035

036

不过，大蟒蛇是巨猿和大猩猩共同的天敌。泰山看到大猩猩遭它袭击，心中不免有所同情，把往日的私人恩怨暂且抛到一边。

泰山现在正位于斯蒂姆博的正上方，他思维灵敏，肌肉发达，身手敏捷，斯蒂姆博才把武器举到肩上，泰山便纵身跳到他的肩膀上，把他压倒在地上。未等斯蒂姆博反应过来，泰山就一把从斯蒂姆博的刀鞘中抽出刀来，奋身跳到正扭动身体、挣扎搏斗着的大蟒蛇和大猩猩身上。斯蒂姆博好不容易才站起来，准备开枪，但看到眼前这一幕，心中复仇的欲望顿时冷却了下来。

斯蒂姆博看过去，只见一位白人正在和可怕的大蟒蛇浴血奋战。他棕黄色的皮肤，黑黑的头发，体形硕大，只在腰上裹了一张狮子皮。斯蒂姆博站在那里看着，听到他时不时发出的吼声，想起原先大猩猩发出的叫声，几乎完全一样，他不寒而栗。

泰山的手指就如钢铁一般，死死掐住大蟒蛇的脑袋后面，另一只手拿着斯蒂姆博的猎刀，一次又一次捅进大蟒蛇弯曲的身体。见到有更危险的新敌人加入战斗，大蟒蛇被迫放松对大猩猩的控制。起初，它还想同时缠住泰山和大猩猩，试图将二者一同消灭，但不久就发现这个光秃秃、长得像人的家伙对自己的生命造成了直接威胁，需要集中注意力来对付，于是赶紧放开了大猩猩。大蟒蛇疼痛难忍，怒不可遏，用它那长长的身体卷住了泰山，想要将他毁灭。它试图将泰山紧紧缠住，但不论缠在哪里，泰山都用那锋利的猎刀，一刀刀深深地刺入蛇身。

大猩猩从鬼门关走了一遭，气喘吁吁地躺在地上，根本无力帮助救命恩人。斯蒂姆博瞪大眼睛看着这场人蛇大战，心生敬畏，不敢走向前去，一时忘了战利品和复仇之事。

大蟒蛇是大自然最凶猛的动物之一，泰山单枪匹马和它进行了一场生死鏖战。斯蒂姆博站在一旁观战，依他看来，结局如何似乎早已注定。一个血肉之躯的凡人，仅凭一己之力，怎么可能从大蟒蛇致命的缠绕中逃脱呢？

大蟒蛇已将泰山的身体和一条腿紧紧缠住，但自己早已身受重伤，力不从心，缠绕的力度逐渐减弱，未能使泰山陷入无助的境地。而泰山则集中注意力，用猎刀反复捅进一个地方，想要把大蟒蛇砍成两截。

泰山和大蟒蛇身上全是血迹，一片通红。周围的草木全都被血迹染红。大蟒蛇最后奋力一拼，用力缠绕泰山。就在这时，泰山用力往上一刀，将大蟒蛇的椎骨砍断。大蟒蛇的下半段身子最后挣扎着摇动几下，掉落到一旁，而泰山依旧在和它的上半段身子斗争，最大限度地发挥其超人的力量，使得蟒蛇缓缓放开他的身体，然后把死掉的蟒蛇从身上拿开。接着，他看都没看斯蒂姆博就径直走向了大猩猩。

"你伤得重吗？有没生命危险？"他用巨猿的语言问道。

"没那么严重，"大猩猩回答道，"我是宝咖尼！我会杀人的，塔曼咖尼！"

"我是人猿泰山，我把你从蟒蛇口中救了下来。"泰山说。

"你来这儿不是为了杀我吗？"大猩猩问道。

"不是的，我们交个朋友吧。"

大猩猩皱了皱眉，努力想办法解决眼前的大难题。它说："我们可以成为朋友，但你身后的塔曼咖尼会用枪杀了我们。我们得先想办法把他给杀了。"说着，它忍痛踉跄着站了起来。

"不行！"泰山反对道，"我会叫他离开的。"

"你？他不会走的。"

"我是泰山，是丛林之王，我的话就是丛林的律令。"泰山对它说。

斯蒂姆博站在一旁观看，以为他们两个在向彼此咆哮，一场新的战争即将开始。要是他知道实际情况，怀疑他俩将自己视为共同敌人的话，他肯定就不会像现在这样放松了。这会儿，他重新拿起步枪，开始瞄准泰山，而就在这时，泰山转过身向他走去。

"站一边去，年轻人，"斯蒂姆博说，"我要解决了这只大猩猩。在和蟒蛇奋战一番后，你应该不希望它再向你扑来吧。"斯蒂姆博不确定泰山态度如何，刚才他现身的方式令人惊讶不安，现在仍然历历在目。不过，斯蒂姆博自觉安全，毕竟他有步枪，而其他人都没有。他猜想，泰山也许正高兴自己现在不被大猩猩注意了呢。斯蒂姆博自以为很了解这些野兽，觉得这野兽对泰山来说显然是个威胁。

泰山在大猩猩和斯蒂姆博的正中间停了下来，打量了斯蒂姆博一番，然后对他说："把枪放下，你不可以开枪杀大猩猩。"

"见鬼，我才不呢！否则你以为我在丛林里追着它跑是为了什么？"斯蒂姆博大声问道。

"都是误会。"泰山回答说。

"什么误会？"斯蒂姆博问道。

"你原来打算射杀他，但现在不了。"

"年轻人，你知道我是谁吗？"斯蒂姆博问道。

"我没兴趣知道。"泰山冷漠地答道。

"好吧，不过你最好知道。我是威尔伯·斯蒂姆博，纽约斯蒂姆博公司的老板！"在纽约，这可是个鼎鼎大名、影响巨大的公司。就算在巴黎和伦敦，这个名下也都开有许多让人另眼相看的分公司。斯蒂姆博傲慢自大，每次报出这个名字，基本都能达到他的目的。

"你在我的国家做什么？"泰山问道，全然不顾斯蒂姆博在旁自我吹嘘身份如何。

"你的国家？你到底是谁？"

泰山转身走向两个黑人，一个站在斯蒂姆博后边，一个站在他旁边。他用他们的方言对他们说："我是人猿泰山，这个白人在这干吗？他们一共有多少人？有多少白人？"

"先生，"其中一个真诚而尊重地回答道，"我们看你往来于树间，杀死大蟒蛇，就知道你是人猿泰山了。整个丛林里，只有你才有这个本事。这位白人可不是位好角色，和他一起的还有另外一个白人，那个白人倒很善良。他们来这儿猎杀辛巴（加拉语言，指狮子）和其他大型猎物，但运气不好，什么都没弄到，明天就要回去了。"

"他们的营地在哪儿？"泰山问道。

刚才说话的黑人指了指，说："离这儿不远。"

泰山又转向斯蒂姆博，对他说："你先回营地去，我今晚会去那儿找你和你的同伴谈谈。在这期间，你不要再捕猎了，除非是为了获取食物。"

虽然斯蒂姆博观察力并不敏锐，但看着面前这位陌生人，还是感觉到了他言谈举止之间的某种力量让人心生敬畏。除了在比他更多的财富面前，他以前很少体验过这种敬畏感。他没有回答，只是站在那儿看着这个皮肤棕黄的巨人又回到了大猩猩身边。他听到他们相互咆哮，然后，令他大吃一惊的是，这两个家伙竟然肩并肩一起走进丛林里去了。随着树叶逐渐阻挡住视线，他摘下头盔，用丝绸手巾擦去前额上的汗水，盯着泰山他们踏过的树木。

最后，他终于转身向他的手下大声咒骂。"一整天都浪费掉了！"他埋怨道，"刚才那家伙是谁？你们好像认识他。"

"他是泰山。"其中一个黑人回答道。

"泰山？从没听说过。"斯蒂姆博不屑地说。

"所有知道丛林的人都知道泰山。"

"呵！"斯蒂姆博不屑地说，"没有哪个野人可以指挥我，哪儿能打猎，哪儿不能打猎，由不得他说。"

"主人，"最先说话的那个黑人说，"泰山的话可是丛林里的律令，千万不要冒犯他啊。"

"我付钱给你们这些蠢蛋，不是叫你们给我提建议的，"斯蒂姆博骂道，"要是我说打猎，我们就打猎，你们给我记住了。"但是，在返回营地的途中，他们什么猎物都没看到，或者说，至少斯蒂姆博没有看见。至于黑人们看见了什么，那就是他们的事了。

Chapter 5
白人

斯蒂姆博离开营地期间，布莱克把食物和设备平均分成了两份，以备斯蒂姆博最后的检查和同意。但他没有分配搬运工和非洲士兵，打算留到斯蒂姆博回来再分配。白天外出打猎的一行人回来时，布莱克正写着日记。

布莱克一眼就看出来斯蒂姆博心情不佳，但他脾气向来不好，所以布莱克也没怎么放在心上。相反，布莱克觉得自己终于得到了解脱，明天就不用再忍受他那粗暴脾气了。

不过，看到非洲士兵们闷闷不乐的样子，布莱克更加担心了，他以为自己的同伴又找到了新法子来欺凌、虐待或侮辱他们了。要是这样的话，非洲士兵的分配工作就更难进行了。他决心要与斯蒂姆博分道扬镳的那一刻，他就知道，实施该计划最大的困难在于人员的分配问题，也就是要找到足够数量的人愿意接受斯蒂姆博的管理，带着行李和给养一路护送他到目的地。

斯蒂姆博进来后，看见两堆设备，皱起了眉头。他来到布莱克面前对他说："看来你已经把东西都安排好了。"

"是的。你检查一下，要是满意的话，我再把它们打包好。"

"不用麻烦了，我知道你不会贪我便宜的。"斯蒂姆博回答道。

"谢谢。"布莱克说。

"那搬运工怎么分？"

"这可能有点难办。你也知道，你对他们不怎么好，可能没几个想和你一起回去。"

"布莱克，这就是你错的地方，大错特错。你的问题就是，你根本不了解这些土著人。你对他们太友好了。他们丝毫不尊重你。其实，他们不喜欢谁，就不会尊重他。他们知道，打自己的人才是主人，知道主人会照顾他们。他们不愿和你一起长途跋涉。既然你已经分好东西了，人员分配就交给我吧——这事我更擅长——我会确保公平，让你得到一伙好的随从。我要让他们从心底里敬畏上帝，不敢对你不忠。"

"那你要怎么样来分配人员？"布莱克问道。

"首先，我希望你能带上那些主动想要跟着你的人——我猜应该有几个——所以我们要先把他们召集起来，告诉他们我们将要分开行动。谁想要和你一起回去，我让他们向前一步。然后再从剩下的里面挑几个好的给你，确保你能得到一半的人，明白了吗？这应该够公平了，是吧？"

"嗯，这很公平。"布莱克同意道。他倒希望计划真能像斯蒂姆博想的那样容易执行，但他十分怀疑，认为最好再提出一个备用方案，他确信最后肯定会用得上。"为了防止我们其中一人不能得到半数人员自愿追随，"他说，"我认为我们可以答应他们，在安全抵达铁路终点站后再付给他们额外奖金，以此来征集必需人员。要是我人员不够的话，我愿意这样做。"

"这主意不错，要是担心我走了后，你没法团结他们，你可以这样做，"斯蒂姆博说，"而且，这对保障你的安全也有好处。但我不需要，我的人员肯定会履行最初的合同，除非有些搬运工力气不足。我们先把他们叫来，看看手上到底有多少工作要做，怎么样？"斯蒂姆博环顾四周，看到一个黑人领头人，对他叫道："你过来！来这里，快点。"

这个黑人走过来，在他们两人面前停下，问道："你叫我，老板？"

"把营地里所有人都叫来，"斯蒂姆博命令道，"五分钟后，所有人在这里集合，每个人都得来。"

"好的，老板。"

这个领头人走后，斯蒂姆博转向布莱克，问他说："今天营地来了什么陌生人吗？"

"没有，为什么这么问？"

"今天打猎时碰到了一个野人，他竟然命令我离开丛林。你知道什么情况吗？"斯蒂姆博问道，说着就笑了起来。

"一个野人？"

"是的。估计是个疯子，非洲士兵似乎知道他。"

"他是谁？"

"他自称泰山。"

布莱克听了，不由皱起了眉头，惊呼道："啊！你遇见人猿泰山了？他命令你离开丛林？"

"你听说过他吗？"

"当然了，要是他命我离开丛林，我肯定会照办。"

"你会照办，但我威尔伯·斯蒂姆博绝不会。"

044

"他为什么叫你离开丛林?"布莱克问道。

"他就是命令我离开,仅此而已。我追了大猩猩一路,但他却不让我开枪。他把大猩猩从大蟒蛇手中救下,杀了蟒蛇。他命我离开丛林,还说晚点会来营地找我们,然后就和大猩猩一起离开了,他们俩就像旧相识一样。我从没见过这种事,但不管他自以为是谁,都与我无关,我知道我自己是谁就好了。除非我自己准备好了要走,否则的话,是不会被一个傻瓜吓跑的。"

"所以你认为人猿泰山是傻瓜吗?"

"不论是谁,要是光着身子在丛林里晃来晃去,还不带武器,那肯定是个傻子。"

"斯蒂姆博,你以后就会发现,人猿泰山并非傻子。你最好照他的话去做,否则你会陷入意想不到的麻烦。"

"你了解他吗?见过他吗?"

"没有,"布莱克回答道,"不过,我从我们人员的口中听说过很多关于他的事。他就像丛林和狮子一样,已经成为这里不可或缺的一部分了。很少有人见过他,就算有也非常少,但是黑人怕他就像害怕恶魔一样。比起那些恶魔,他们更怕引起泰山的不快。如果他们认为泰山要和我们作对的话,那我们就彻底完蛋了。"

"好吧,我能说的就是,如果这个像猴子一样的人想好过点的话,他就不会插手我威尔伯·斯蒂姆博的事。"

"他会来找我们,是吗?"布莱克问道,"我倒是很想见见他。自从来到他的国家,除了他,我基本就没听说别的什么事。"

"这真好笑,我怎么从来没听说过他。"斯蒂姆博说。

"你从来没和咱们的搬运工和士兵聊过。"布莱克提醒他道。

"真是好笑,说得好像我没事好干,只能和他们聊天一样。"斯蒂姆博咕哝道。

白人 | 045

"我是说，和他们聊聊。"

"我才不和搬运工混在一起呢。"斯蒂姆博轻蔑地说道。布莱克听完只能笑了笑。

"人都到齐了。"斯蒂姆博说。他转过身朝向等着的搬运工和非洲士兵们，清了清嗓子，宣布说："布莱克先生和我将要分开前行，所有物品都已分成两半。接下来，我将继续西行狩猎，绕一个圈朝南去，然后沿着新路线返回海岸。布莱克先生日后计划如何，我还不清楚，但他需要一半的搬运工和非洲士兵。我要强调的是，这绝非玩笑。不管愿意与否，你们当中的一半人必须跟着布莱克先生走。"

说着，他特意停了一下，想要他们完全认识到此事的重要性。"通常，"他继续说，"我希望大家都能满意开心，所以，我先给你们一个机会，让想要跟着布莱克先生的人都能跟着他。现在，你们听好！那边的行李是布莱克先生的，这边的是我的。凡是想要跟着布莱克先生的人都站到那边去！"

听了这话后，大家有点不知所措。犹豫了一会后，一部分人默默走到了布莱克的行李边上。其他人也慢慢开始理解斯蒂姆博的意思，也跟着走了过去。最后，所有人都站到了布莱克的行李那边。

这时，斯蒂姆博转过身去，对着布莱克笑了笑，摇了摇头，大喊道："天呐！你见过这样蠢的人吗？没人比我说得更清楚明白了吧，但你看看他们，居然没一个能理解我说的话！"

"斯蒂姆博，你确定是这样吗？"布莱克问道。

斯蒂姆博一开始还没明白他的意思，等到反应过来时，脸上顿时阴沉了下来。"别傻了，"他不高兴地说，"他们肯定是误解我的话了。"说着，他又转过去面向大家，一脸不悦。"你们这些头脑迟钝的黑人傻瓜！你们难道没有一点理解能力吗？"他厉声问道，"我没叫你们所有人都跟布莱克先生走——只是那些愿意跟他走的人。现在，剩余的人——那些想要跟我走的人——重新回到我的行李这边，动作快点！"

但是，根本没人朝斯蒂姆博的行李走去。他一下子就恼了，气得双脸通红。

"你们这简直就是造反！"斯蒂姆博怒骂道。"不管谁是主谋，都要为此付出代价。过来，你！"他朝领头人示意，"是谁指使你们这么做的？是布莱克先生叫你们这样做的吗？"

"别犯傻了，斯蒂姆博，"布莱克说，"没有谁指使他们这样做，也没有你所谓的造反。计划是你定的，这些人也都是完全按你说的做的。要不是你总那么自负，让人难堪，你早应该猜到这样的结果。这些黑人也是人，从某些方面来看他们极其敏感，在许多方面就像孩子一样。你打他们，骂他们，侮辱他们，他们就会怕你，恨你。你做了那么多让他们又怕又恨的事，种什么因得什么果，看在上帝的分上，希望你能吸取教训吧。现在看来只有一种办法了，那就是你得给他们一笔高额报酬。你愿意吗？"

最终，斯蒂姆博没了自信，意识到布莱克是对的，一下子蔫了。他无助地朝四周看了看，只见黑人们面无表情地站在那里，像哑巴一样盯着他，眼中没有一丝友好的目光。于是，他只好转过身对着布莱克说："事到如今，只能看看你有什么办法了。"

布莱克面向这些非洲士兵和搬运工，对他们说："斯蒂姆博先生需要你们当中的一半人陪他回到海岸边。谁和他一起去，对他忠诚，替他效劳，他将支付双倍工资。你们自己再相互商议一下，商量好后让领头人告诉我们结果。好了，现在就说这些，你们可以解散了。"

后来整个下午，布莱克和斯蒂姆博待在各自帐篷里。黑人们则各自成堆小声讨论着。布莱克和斯蒂姆博不再一起行动了，但晚饭过后，他们各自拿着烟斗一齐现身，等待领头人来回话。一个半小时后，布莱克派人去召唤他们，领头不一会儿就回来了，面朝布莱克站着。

"你们决定好哪些人跟着斯蒂姆博先生了吗？"布莱克问道。

"没人愿意跟着斯蒂姆博先生，"他们的代言人回答道，"所有人都要跟着你走。"

"但斯蒂姆博先生将给你们很多钱，"布莱克提醒他们说，"而且必须有一半人跟他走。"

这个黑人摇了摇头，说："他给的工资再多也没用，没人愿意跟着他。"

"你们和我们一起出来然后一起回去，这可是当初说定了的，你们必须遵守诺言。"布莱克说。

"我们当时同意和你们两个人一起出来，一起回去，提都没提分开回去的事。我们会履行诺言的，但你们两个人必须一起回去。"这位领头人的语气带有一丝坚决，似乎不容商量。

布莱克思忖了片刻才回答说："你可以走了，明早我再和你谈谈。"

黑人们才走了没一会儿，突然从黑暗里跳出一个人影，走到了营火的光亮处。

"是谁——哦，是你吗？"斯蒂姆博大声叫道，"布莱克，这就是那个野人。"

布莱克转过身来，仔细端详眼前这位巨人，只见他皮肤棕黄，正站在篝火光亮处。布莱克注意到他外形雄健，表情庄严，神态高尚。想起白天斯蒂姆博是怎样描述眼前这位神一样的人，骂他是傻瓜时,心里忍不住暗自笑了起来。

"所以,你就是人猿泰山?"布莱克问道。

泰山微微点了下头,问他:"那么你是?"

"我是纽约来的詹姆斯·布莱克。"他回答道。

"来这儿打猎?"

"我带了一台摄像机。"

"你同伴用的可是步枪啊。"泰山提醒他道。

"我无法对他的行为负责,我也管不了他。"布莱克回答道。

"谁也管不了我!"斯蒂姆博不屑地说。

泰山转过来,看了看斯蒂姆博,但没有理会他的自我吹嘘。

"我刚才听到了你们和领头人之间的对话,黑人告诉过我有关你同伴的一些事,我今天也有两次机会亲自观察做出判断。我猜测,你们之所以要分道扬镳,就是因为你们之间产生了分歧,对吗?"泰山问道。

"是的。"布莱克承认道。

"那你们分开后,你有什么计划?"

"我打算继续西行,然后转向——"斯蒂姆博回答说。

"我在和布莱克讲话,你别插嘴。关于你嘛,我早有计划了。"泰山打断他说道。

"呃,你是——"

"闭嘴!"泰山告诫道,"布莱克,你继续说!"

"到目前为止,我们一直没什么运气,"布莱克说,"这主要是因为我们在采取什么方法的问题上总是不能达成一致的意见。结果就是,我到现在一项野生动物研究都没做好。我原计划向北而去,拍摄狮子的照片。我花了那么多时间和金钱在这次旅行上,不想空手而归。但现在这些黑人不愿分开护送我们,我们别无他法,只能沿最近的路线回到海岸去。"

"你们两个人似乎压根就没考虑过我,"斯蒂姆博咕哝道,"和布莱克一样,我也投入了时间和金钱啊。你们别忘了,我是来这儿打猎的,我要继续打猎还是直接回到海岸,都由我自己决定,这和看没看见一个猴子一样的人无关。"

泰山还是没有理他,只对布莱克说:"做好准备,明早大概日出一小时后出发,非洲士兵的分配不会有问题的。我会来这儿处理好一切,并给你们最终指示。"

说完,泰山就转身消失在了黑暗中。

Chapter 6
闪电

天还没亮，营地里就开始忙起来了。等到指定时间，所有行李都已打包好，一切准备就绪。搬运工徘徊着，等待指令启程出发，向东朝海岸行去。布莱克和斯蒂姆博抽着烟，沉默不语。突然，附近一棵树上的树叶随着树枝摇曳起来，只见人猿泰山纵身一跃，轻轻跳进了营地。黑人们不由发出一阵惊呼声——惊讶中还夹杂着一丝恐惧。泰山转过身去，面对着他们，用他们的方言和他们说话。

"我是人猿泰山，"他说，"我是丛林之王。你们把白人带进我的国家，杀害我的人民，我对此很不高兴。如果想要活着回家，你们就要好好听着，按我的指令行事。"

"你，"他指着一个领头人说，"跟着那个年轻的白人走。他可以在我的国家拍照，任何时间任何地点都可以。选一半的人和你一起跟着他走。"

"然后你，"他又对另外一个领头人说，"带着剩下的人，护送那位年长者回到铁路终点站，抄最近的路走，不得拖延片刻。我不准他打猎，除了获取食物和自卫，不得多加杀生。不要让我失望。记住，我会一直看着你们，绝不会忘记的。"

接着，他转过去面向这两个白人，对他们说："布莱克，一切都安排好了。你随时都可以出发，带上你的人，无论去哪儿都可以。打猎的事由你自己决定。在这里，你就是我的客人。"

"你嘛，"他对斯蒂姆博说，"他们会沿着最近的路带你离开我的国家。你可以带上枪用以自卫。但如果你滥用枪弹，马上就会没收。不准打猎——这点领头人会负责的。"

"慢着！"斯蒂姆博大发雷霆说，"你怎么如此霸道，还妄想干涉我作为美国公民的权利。如果你以为我会忍气吞声的话，那你就大错特错了。我一分钱没花，凭什么要买你的账？看在上帝的分上，布莱克，告诉这个可怜的傻瓜我是谁，以免他自找麻烦，自讨苦吃。"

泰山没有理他，转过去对他为斯蒂姆博挑选的领头人说："你们可以带上行李启程了。如果这个白人没有跟上你，就把他撂在后面好了。如果他遵照我的吩咐行事，那你好好照看他，把他安全带回铁路终点站。只要他的命令不和我的吩咐冲突，就按他的命令做事。启程吧！"

过了一会儿，在泰山的命令下，斯蒂姆博的队伍准备启程，布莱克的队伍也开始离开营地。斯蒂姆博大声咒骂，威胁众人，但他们面无表情，全然不理他，排成一列纵队进入了丛林，向东而行。泰山也离开了，早就在树枝间荡得无影无踪了。最终，整个营地只剩斯蒂姆博一人孤零零在那儿站着。

斯蒂姆博感到十分挫败和羞辱，心里火冒三丈，但也不得不跑着去追队伍。他大叫着发号施令,还威胁他们,但根本就没人理他。当天晚些时候,搬运工和非洲士兵排成一条长长的纵队向前行进。他在队伍前头走着,脸色阴沉,一言不发,终于相信自己根本斗不过泰山。他心里怒火中烧,不时盘算着这样那样的复仇计划——但他知道,不论计划如何,终是徒劳无功。

泰山早已遥遥领先众人,在斯蒂姆博队伍必经之路旁的一棵大树的枝丫上等着,想要亲自确认自己的指令是否得到了执行。他听到远处队伍走来的脚步声,还听到有什么东西正沿着这条路,从另一个方向朝这边靠近。虽然还没看见,但他早就知道是什么了。这时,树顶上乌云低垂,丛林里却无一点风。

一个浑身长着黑毛的大个儿,沿着丛林小路而来,走近泰山蹲着的树枝时,泰山向它打了招呼。

"宝咖尼!"他低声唤道。

大猩猩听到后停了下来,用后腿高高地站起来,往四周看了看。

"我是泰山。"泰山说。

黑猩猩咕哝一声,回答道:"我是宝咖尼。"

"塔曼咖尼马上要来了。"泰山提醒它说。

"我杀了他们!"大猩猩咆哮着说。

"让他们过去,"泰山说,"他和他的手下有许多毛瑟枪,我已经盼咐他离开丛林了。让他过去,你往路边上去一点——高曼咖尼那么愚蠢,塔曼咖尼更加愚蠢,他们经过这里也不会发现我们就在这附近的。"

这时,天空越来越暗了,远处雷声轰隆不断,泰山和大猩猩抬头向上看,不由感叹大自然力量无边,比自己的力量更加威猛,更具破坏力。

"潘达(雷)正在天上'打猎'。"泰山说。

"是在'猎杀'乌莎（风）吧。"大猩猩说。

"现在，我们可以听到乌莎穿过树枝在逃跑，"泰山看着低垂的乌云说，"就连库杜也怕潘达，在潘达'打猎'时，赶紧把脸给遮起来了。"

阿萨（闪电）在天空划过一道道亮光。对于泰山和大猩猩来说，这是从潘达的弓箭射出来的利箭，而紧接着不断下落的密达（雨）是乌莎伤口流出的血滴。

丛林狂风大作，但到目前为止，除了隆隆雷声，听不到其他声音。风呼呼地扫过丛林，树梢就像鞭子一样甩过来甩过去。天空越来越黑，雨点也越大越密。树叶和折断的小树枝不断在半空中飞旋，树木被吹得摇来晃去，相互撞击。随着震耳欲聋的怒吼，各种元素释放了它们郁积的愤怒。那些野兽在这令人畏惧的天威之下蜷缩着，深感这种力量是至高无上的。

泰山蹲在一棵大树的枝丫下，弓着背对着瓢泼大雨。大猩猩蹲在路边，全身湿透，一副可怜样。他们只能静静等待着，除此之外，什么也做不了。

狂风暴雨在他们头顶上肆无忌惮地再发淫威，焦雷一个接一个，发出震耳欲聋的巨响。忽然一道闪电划过，万分耀眼，恰好击中泰山蹲踞的枝杈，枝杈折断下来直砸到树下的小路上。泰山也跟着一个跟头倒栽下来，躺倒在地，一脸愕然，部分身体被大树枝盖住。

这暴风雨来得快，去得也快，不一会儿便雨过天晴。太阳再次从云端里发出光芒。大猩猩蹲在原地，还没从沮丧和恐惧中摆脱出来，动也不动地沉默着，大概是不想引起雷的注意。

斯蒂姆博浑身湿透，又冷又气，沿着湿滑泥泞的道路艰难地走着。他还没意识到队伍已经落后好一段距离了。之前暴风雨来临时,其他人都到树下躲雨了,就他一人一直在往前走。

在小路的一个拐弯处,一根折断在地上的树枝挡住了路。起初,他并未发现树枝下方还压着一个人。等他看清楚那底下压着的就是泰山后,他心中突然感觉到了一丝希望。他心想,要是泰山死了,自己就大可任意妄为了。但是,泰山真的死了吗?

斯蒂姆博立刻跑上前去,双膝跪到地上,耳朵贴近泰山的胸口听,脸上顿时露出一副失望的表情。原来,泰山还没死。突然,他脸上的神情又变了个样。他双眼露出狡猾的目光,朝着道路往回望了望,又迅速朝周围看了看。一个人影都没见到!他心想,泰山曾让自己受尽屈辱,而现在却意识全无,身边只有自己一人。这真是天赐良机啊!

他没有看见大猩猩,以为这里只有自己一人。但是,大猩猩耳朵灵敏,一听到他靠近就悄悄站了起来,这会儿正透过树叶窥视着这里,看着他和静静躺着的泰山呢。

斯蒂姆博从刀鞘拔出猎刀。这里没人,他大可一刀插入泰山的心脏,然后沿路返回,等其他人到了再一起往前走。随后,他可以装作无意间和他们一起遇见了泰山的尸体,到那时,这些黑人绝对猜不到是他杀死了泰山。

可就在这时,泰山动了一下,开始慢慢恢复意识。斯蒂姆博意识到必须赶快行动。说时迟那时快,一只毛茸茸的手臂突然从树叶后伸了出来,一把抓住了他的肩膀。斯蒂姆博猛一转身,忽然看见大猩猩那可怕的毛脸,不由惊叫一声。他用猎刀径直向大猩猩胸口刺去,但大猩猩一把夺过猎刀,扔进了灌木丛。

大猩猩露出发黄的獠牙,直向斯蒂姆博的喉咙咬去,正在这时,泰山睁开了眼睛。

"别!"泰山大声喊道。大猩猩听到后停了下来,看了看泰山。

"让他走。"泰山说。

"他刚才差点杀了你,是我阻止了他。我非杀了他不可。"大猩猩解释道,大声咆哮,看起来可怕得很。

"不!"泰山说,"放了他吧!"

听泰山这样说,大猩猩只好放开了斯蒂姆博。这时,那些黑人搬运工和非洲士兵的队伍已经出现在小路的另一头了。大猩猩看见黑人,发现他们人数众多,越发感到紧张恼怒。

"回到丛林里去,宝咖尼。这些塔曼咖尼和高曼咖尼,我会处理的。"泰山说。

大猩猩咆哮一声后便离开了,最后消失在了浓密的树丛中。人猿泰山面对着斯蒂姆博和他的人员。

"斯蒂姆博,你刚才算是死里逃生了,"泰山说,"你幸好没能把我杀死。我来这里有两个原因。其一,我想确定你是否遵照了我的命令;其二,是为了保护你免于这些黑人手下的伤害。今天早上在营地里,从他们看你的眼神中可以看出,他们对你不怀好意。你也知道,在这偌大的丛林里,想把你甩了并非难事,而且,不论用毒或用刀,都可将你送上黄泉。因为你也是白人,所以我总觉得自己多少对你有点责任,这可能算是种族纽带关系吧,但看到你刚才的所作所为,我觉得自己不必再有这种责任了。"

"我不会杀你的,斯蒂姆博,虽然你的确该死。但从此刻起,你要靠自己返回海岸。你会发现,在丛林里,朋友多多益善,而敌人多一个,你都吃不消。"他又转过去对黑人说:"我马上就要离开了,你们可能不会再见到我了。只要这个白人按我命令行事,你们就要对他尽忠职守,但务必确保他不再打猎。"

给完这最后的警告后,泰山就跳进了灌木丛,消失不见了。

后来,斯蒂姆博反复问黑人泰山说了什么,知道泰山向他们确保自己不再出现后,他又恢复了往日的狂妄,大肆吹捧自己。他又重新成了这些人的领导,朝他们大喊大叫,咒骂他们,嘲讽他们,认为这样做可以让他们意识到自己的伟大和威风。他以为他们头脑简单,可以故意反抗泰山的命令让他们相信自己不惧怕泰山,从而赢得他们的尊重。既然泰山答应不再出现,斯蒂姆博就更加肆无忌惮地违背命令了。还没到达扎营地点,他在路上看见了一只羚羊,毫不犹豫就开枪杀了它。

当天晚上,营地一片沉闷。黑人们三五成群地小声交谈着。"斯蒂姆博杀了一只羚羊,泰山知道会生气的。"其中一个人说道。

"他会惩罚我们的。"一个领头人说。

"这位先生是个坏人,真希望他死了算了。"另外一个人说。

"泰山说过我们不可以杀他。"

"要是我们把他独自留在丛林里,他必死无疑。"

"泰山叫我们做好分内之事。"

"他说的是,如果这个坏人遵照他的吩咐的话,我们要对他负责。"

"但他已经违背泰山的吩咐了。"

"那我们就可以离开他了。"

一天跋涉过后,斯蒂姆博早已精疲力竭,睡得像猪一样。等他第二天醒来时,太阳早已高挂空中。他大声叫唤手下,但无人回应。他又高声喊了几句,骂了几声,但还是没来一人。营地里一片寂静,空无一声。

"一群懒猪!我出去后,看他们敢不动作快点。"他抱怨道。

他起身穿衣服,发现营地里万籁俱寂,安静得几乎让人感到危险。他加快步伐,走到帐篷外,快速扫了一眼,立马就明白是怎么一回事了。眼前空无一人,只剩一小堆够他一个人用的给养

闪电 | 057

留在那儿,其他东西都不见了。他被抛弃在了非洲腹地!

一开始,他想拿起自己的枪,赶紧去追黑人,但又想了一下,觉得这样做很危险,不该让自己再度落到这些人手中。他们将他抛弃,任其自生自灭,却毫无懊悔之心。要是追上他们,硬要跟着,而他们又想摆脱他的话,轻而易举就能想出抛弃他的办法。

现在只剩一个办法了,那就是赶快找到布莱克,和他一起走。他知道布莱克不会把他丢在丛林里,任他自生自灭的。

黑人给他留了一份给养,也没拿走他的枪支弹药,但现在最大的困难在于如何运输食物。剩下的食物还很多,够他维持好几天,但他知道,他根本没法同时带着食物和枪支弹药穿过丛林。但要是和食物一起留在原地也是行不通的,因为布莱克正沿着另一条路线返回海岸。此外,泰山也说不会再跟着斯蒂姆博的队伍,因此,可能数年内都没人路经此地。

他知道,他现在和布莱克大约相隔两天的行程,要是他能轻装上路,布莱克走得又不是很快的话,就有可能在一周之内追上他。

也许布莱克找到了什么好的拍摄对象,在那里建立了较长久的营地。要是这样的话,他甚至可以更早找到他。

等到制定好行动计划后,他才感觉稍微好点了。他吃完一顿丰盛的早餐后,打包好了一小部分食物,足够自己撑过一周,又往皮带上和口袋里装满弹药,沿着原路返回。

路很好走,十分平坦,而且这是斯蒂姆博第三次走这条路了,所以很容易就回到了他和布莱克分开的旧营地。

那天下午,他走进那片小空地,下定决心天黑之前,一定要沿布莱克前行的路尽快赶路,但过了一会儿他就休息了。他背靠一棵大树坐下,没注意到几码之外的草丛里有东西在移动。不过就算他注意到了,肯定也不会觉察到其中有什么危险。

他坐在树下抽完一根雪茄后，站起来重新拿好行李，准备沿着布莱克一行人马早上走过的路前进。但他只往前走了一两码，就听到可怕的吼声从前面不远处的草丛里传来。几乎同时，旁边的草开始向两边散开，一只大黑鬃狮子露出头来。

斯蒂姆博吓得大叫一声，扔下行李，把枪往旁边一丢，撒腿就向刚才休息的大树跑去。狮子一开始反而有点惊讶，望着斯蒂姆博停了一下，过了一会儿才不紧不慢地追上去。

斯蒂姆博向后看了一眼，顿时惊恐万分——狮子看起来是如此之近，而最近的树又是如此之远。如果远距离可以为景色平添一分魅力的话，距离近点有时也有其好处。眼下，他急于逃命，看到还有这么些距离，不得不加快速度，快得令人惊讶。虽然他现在已不算年轻，但还是及时跑到了那里，抓住了较低的树枝，其速度简直不亚于训练有素的运动员。

幸好他动作足够快，一秒都不能慢。狮子的利爪抓到了他的靴子，他赶紧往上爬到了更高的树枝上，紧抱着树枝，气喘吁吁地往下看着这咆哮着的狮子。

狮子向上看了一会儿，对着他咆哮了一阵，最后无可奈何地咕噜了一声，转身往草丛大步走去。半路上，它停下来闻了闻斯蒂姆博丢下的粮食等行李。显然，那上面人的气味刺激了它，它愤怒地翻动这些行李。行李滚到了一旁，它又往回退了几步，谨慎地看了看，咆哮了几声，猛扑上去一阵狂咬，将行李撕碎，里面的东西散落满地。它咬破罐子和盒子，几乎没放过任何一样，而斯蒂姆博只能蹲在树上，眼睁睁看着粮食被糟蹋，却毫无半点办法阻止。

斯蒂姆博逃跑时吓得扔了枪，现在懊悔得直骂自己，但他发誓要报仇雪恨。不过，他想到布莱克应该就在不远处，觉得他那儿应该有足够的食物，而且通过购买和打猎应该会有更多食物，于是就安慰起自己来。只要狮子一走，他就可以溜下树来，沿着布莱克的足迹追上去。

狮子闹腾了一阵，厌倦了行李包里的东西，重新向远处的草地走去。但没一会儿就又注意到了斯蒂姆博的步枪，在枪上嗅来嗅去，用爪子扒了扒，然后捡起来就走了。斯蒂姆博看着这一幕，心里吓得半死。要是这个野兽把唯一的武器也破坏了，那可咋办？那样的话他就无法自卫，也无法觅食了！

"把枪放下！"斯蒂姆博着急地大喊，"放下来！"

但狮子根本就不理会他那发了疯似的怒吼，带着步枪朝狮穴大步走去了。

那天下午和晚上，斯蒂姆博一直处于惊吓之中，没缓过神来。天黑之前，狮子一直留在附近草丛里，他不敢继续前去追赶布莱克，这让他很不开心。夜幕降临后，不管怎么急，斯蒂姆博也不敢下来。虽然他知道狮子已经离开，也没声音表明附近存在危险，但丛林的夜晚恐怖至极，让人不敢动弹。然而，的确有声音传来，让他意识到附近就有危险。天黑之后直到翌日黎明，树下一片喧闹混乱，嚎声、吼声、咳嗽声、咕哝声，各种声音交织成一片，仿佛丛林里所有的野兽都聚在这棵树下相互交流。那棵大树虽然能让他避避难，但也算不上安全。

第二天清晨，周围丛林一片安静祥和，只剩下撕碎的帆布和掏空的罐子，这是鬣狗大饱口福后留下的无声的证据。狮子已经离开了，它给鬣狗留下由它捕杀的动物残骸当作主餐，而斯蒂姆博的那些罐装食品就好像是它们的餐前开胃小吃了。

斯蒂姆博颤颤巍巍地从树上下来。他睁大眼睛快步走在丛林里，风声鹤唳，草木皆兵，不论听到什么声音他都惊慌不已。如今的他年纪已大，衰老不堪，几乎无人可以认出他就是威尔伯·斯蒂姆博，纽约斯蒂姆博公司的老板了。

Chapter 7
大十字架

斯蒂姆博的队伍遇到的这场暴风雨给布莱克造成的灾难甚至更大,就在一道闪电划过天空的那一刻,他的整个人生轨迹都被改变了。

布莱克带着一个黑人替他拿相机和一支备用枪,与他的队伍暂时分道而行,前去寻找狮子进行拍摄。有迹象表明,他们所经之地可能会发现大量狮子。

布莱克自己提议和队伍分道而行,事先说好了队伍前进的方向和速度,等到下午再与他们在营地会合。布莱克带着的那个黑人聪明机智,足智多谋,由他全权负责把布莱克安全带回营地。布莱克完全信任他,自己丝毫没有留意时间和方向,全神贯注地寻找狮子进行拍摄,以后好拿回去进行研究。

刚离开队伍不久后,他们两人就看见了一群狮子,大约七八只,其中包括一只威武的雄狮和一只年迈的母狮,以及五六只年轻狮子，有的已经成年，有的尚未成年。

这群狮子看见布莱克他们后，就朝着丛林比较稀疏的地方悠闲地走去了。布莱克两人跟在它们后面，耐心等待好时机拍取心仪的照片。

随从布莱克的黑人在脑海里清晰地描绘出狮群迂回曲折的行进路线和主队伍的行进路线，知道他和主人距离目的地多远、在目的地的哪个方向。对他来说，返回到主队伍路线上并非难事，但布莱克完全没留意时间方向，一切都得指望这个黑人带路。

两个小时里，他们一直紧跟狮群，看到几只狮子在树丛间时隐时现，但从没合适机会进行拍摄。顷刻间，天空突然乌云密布，不一会儿，暴风雨袭来，来势汹汹，也只有赤道上的暴风雨才有此威力。顷刻过后，雷声轰隆，震耳欲聋，一道闪电劈了下来，布莱克即将面临一场大灾难。

突然，一道闪电劈了下来，直击离他不到几英尺的地面，把他吓得昏了过去。他张开眼后，不知自己在那儿躺了多久。这时，暴风雨已经过去，太阳高挂天空，阳光透过茂密的树冠照射下来，闪闪发光。布莱克依旧一脸茫然，不知道到底发生了什么，也不知道情况到底有多糟。他一只手撑住身体，慢慢起来，看了看四周。

他看见就在离自己不到一百英尺处，正站着一群狮子，其中的七只死死盯着自己看。见此情形，他立马恢复了意识。不同的人有不同的性格，同样，不同的狮子也有不同的性格，而且，像人一样，狮子也有心情起伏，也有自己的特质。

那些狮子仔细盯着布莱克，它们以前没有什么机会与人相处，见过的人没几个。它们从未被猎杀，而且现在都已经饱餐过了。狮子生性容易动怒，幸好布莱克还没做出什么事惹它们不悦，它们现在不过是有点好奇罢了。

但布莱克哪能知道这些呢？他只知道，现在有一群狮子离自己不到一百英尺，而且没有笼子关着。虽然他之前一直跟着它们，一心想要拍出好照片，但现在只想拿到自己的步枪，才不想要什么相机呢。

布莱克可不想惹恼狮子，他偷偷朝四周看了看，想要找个武器。但他连枪的影子都没见到，就连拿着另外一支枪的黑人都不见了，这下布莱克更慌了。同行的黑人去哪了呢？毫无疑问，他肯定被狮子吓得逃掉了。现在，距布莱克二十英尺外有一棵树，这是最近的一棵了。布莱克不确定如果自己站起来，狮子会不会立马朝他扑来。他试图回想以前听到的有关野兽的知识，想起了一桩几乎是不言自明的事实——如果你见了野兽就逃跑的话，那么它们肯定会去追你。但要到达那棵树下，几乎要朝狮子径直走去。

这下，布莱克陷入了困境，不知如何是好。就在这时，一只小狮子好奇地向前走了一步！对布莱克来说，事情变得更加紧迫了，因为狮子们越往前走，他逃到树上的机会就越小。

在这偌大的丛林当中，到处都有树木环绕，而这一次，大自然偏偏选择将他击倒在一片空地的中央。这里还有另外一棵大树，在狮子的相对方向，也就是布莱克的背后一百英尺，而距狮子两百英尺的地方。布莱克渴望地看了看这棵树，在心里快速地盘算着。如果他朝较远的那棵树跑去，他需要跑一百英尺，而狮子需要跑两百英尺才能追上他；如果他朝较近的那棵树跑去，他需要跑二十英尺，而狮子需要跑八十英尺。所以，答案似乎毫无疑问，近的那棵树是更好的选择，按概率来看，成功概率是另一棵的两倍。然而，要到达那棵树，必须朝那七只狮子迎面跑去，这对布莱克的心理可谓是一大障碍。

布莱克当时真是吓坏了，这千真万确。但除非这些狮子是心

大十字架 | 065

理分析学家，否则，当布莱克故作镇定，开始朝着它们和那棵树走去的时候，它们绝对猜不到他真实的心理状况。他的腿想跑，脚想跑，心里、脑子里都想跑，只能靠意志才能将它们控制住。他把自己的两条腿给控制住了，这可真算得上是他迄今为止最伟大的壮举了。

这个时刻对布莱克来说，简直紧张得令他窒息——他在几只大狮子的眼皮底下向它们走了五六步。他看见狮子开始紧张起来，母狮变得焦躁不安，开始走动，年老的雄狮放声咆哮。一只小雄狮用尾巴拍打两旁，低垂着头，露出一口獠牙，开始向前走，悄悄向他靠近。

就在布莱克要到达树下时，突然发生了不可思议的一幕——母狮子突然转身离去，发出低沉的呜呜声，其他六只狮子也跟着离开了。布莱克也不知道究竟是什么原因。

布莱克靠在树梢上，用头盔扇风。"喔！"他长舒一口气，"下次看到狮子，我希望是在中央公园的动物园里。"

接下来的时间里，布莱克似乎将狮子抛到了脑后，反复大声呼唤同行的黑人，但是始终无人回应。于是，布莱克决定出发去找他。他没走多远，还没走出空地，就在回去的路上发现了一具残留的尸体，肉都烧焦了，枪筒熔化掉了一半，看上去一片焦黑。相机里的照片一张不剩。之前那道闪电把布莱克吓昏了过去，肯定也恰好击中了这个黑人，一下要了他的命，引爆了弹药，毁坏了相机和枪。

布莱克意识到自己迷失了方向，根本不知道队伍营地在哪个方位。别无他法，他只能硬着头皮出发，希望瞎猫碰上死耗子，所走的路刚好是对的。然而，他走错了路。主队伍正在往东北方向走，而他却在往正北方向走。

两天来，布莱克长途跋涉，白天在茂密的树林里赶路，夜里就露宿大树枝上。一天晚上，他在一棵树上睡觉，睡得不深，突然感觉树枝摇晃，就醒了过来。醒来后，他感觉树枝正在往下垂，好像有大型动物压着一样。他睁开眼来搜寻，只见一双眼睛在黑暗中闪闪发光。布莱克知道那是只豹子，于是赶紧掏出自动枪，摸黑开了枪。只听得一声惊恐的吼叫，也不知这只豹子是跳了下来还是摔到了地上。那一枪到底有没有打中，布莱克永远都不会知道了。第二天早晨，豹子没有返回来，也没留下任何踪迹。

后来，布莱克找到了大量食物和水。第三天早上，他终于走出了丛林，来到一处高耸的山岭脚下。这是他数周来第一次看见开阔的蓝天，自己和地平线之间的一切尽收眼底。之前他并未意识到，无尽的黑暗和林立的树木使他倍感压抑。不过，他现在精神抖擞，心情愉悦，就像一个人长期被关，没有自由，不见天日，最终被释放了一样。他相信自己肯定能够获救，只是早晚的问题。他想放声歌唱，大声呐喊，但还是决定保留精力，开始向着山走去。树林里未曾见到一座土著村庄，所以他推断在一个水源丰富、猎物充足的地方肯定有村庄。他相信会在山坡上找到村庄和人家。

布莱克跋涉来到一个小山岗上，看见下面峡谷里有条小溪流淌其中。他想，必有村庄沿水而建。

只要跟着小溪走就能到达村庄。这再简单不过了！他从山上下来，抵达小溪后发现沿溪有条路，看起来经常有人走，为此高兴不已。他相信很快就可以碰到土著人，获得他们的服务，帮助自己重新找到队伍。于是他沿着这条路往上走，进入了峡谷，但走了大约三英里，一直没发现任何有人居住的迹象。他转过一个路口后，发现一座巨大的白色十字架赫然矗立在面前。十字架由石灰岩雕凿而成，耸立在道路中间，足足有六十英尺高。历经风雨侵蚀，十字架上已有裂缝，给人一种悠久古老的印象。十字架巨大的基座上刻有铭文，但已经几近消失，模糊不清，这进一步证实了其历史之久。

布莱克仔细看了看刻在上面的铭文，却看不明白有何含义。这些文字似乎源于早期英语，但他认为这太荒谬了，根本不可能。他知道自己离阿比西尼亚的南部边境已经不远了，也知道阿比西尼亚人信奉基督教。这样的话就能解释这里为何有十字架了。不过，为何这座孤独古老而又象征耶稣苦难的十字架让人感到一种邪恶的威胁，这仍然让他百思不得其解。这是为什么？这用来做什么？

这座十字架无言地耸立于此，历经风雨沧桑，似乎是在要求他停下来，不要冒险踏入前方未知险境。十字架仿佛在警示他退后，但这警示似乎并非出于善意，反而带有一丝傲慢和憎恨。

布莱克对自己这些胡思乱想不禁哑然失笑起来，于是丢掉迟疑不决的坏心情，继续往前走。虽然不是基督徒，但经过大十字架时，他不由用手画了个十字。他也不知道自己为何做出这不寻常的举动，只能说这座陈旧破裂的大十字架给了他一种神秘的无形压力，使他产生了敬畏。

又到了另一个转弯处，道路突然变窄，仅从两块大岩石中间穿过，这两块岩石可能是从高耸的山崖上面掉落下来的。路越来越窄了，显然他快走到峡谷尽头了。但这里至今毫无半点村落的痕迹。这条道路通往何处呢？这条路肯定有一个终点，建这条路肯定有一个目的。他相信自己能找到这条路的尽头，如果运气好的话，或许还能发现建这条路的目的。

这座巨大的十字架依旧给人一种压抑的氛围。布莱克从两块巨石之间通过，刚走过去就钻出来两个人，一前一后挡住了他的去路和退路。他们都是体形高大匀称的黑人。布莱克早就预料到会在非洲遇见黑人，但没想到会是眼前这样穿着奇装异服的家伙：他们穿着皮制的紧身无袖外套，外套胸前显眼地绣着一枚大红十字；外套里面是一件合身的长袍；脚上穿着由皮条几乎缠绑到膝下的凉鞋；头上戴着豹皮制的头盔，头盔紧贴着头，向下一直盖过耳朵；手里各拿着一把大刀和长矛。

布莱克一下就感觉到这两个黑人手中长矛的威力，一支矛尖正对着他的肚子，另一支也正好顶在他的后腰上。

"来者何人？"布莱克面前的黑人问道。

这个黑人讲的话就像20世纪的人一样，古老而奇怪，布莱克一听就惊讶得说不出话来。要是他们用希腊语来问布莱克，他都不至于像现在这样惊讶。

"保罗，这家伙肯定是撒拉逊人！"站在布莱克后面的黑人说，"他听不懂你说的话，可能是个间谍。"

"不，彼得·威格斯，我以我的名字保罗·博德金保证，他不是异教徒。我知道我不会看走眼的。"

"不管他是谁，都得带到城门队长面前接受问话，保罗·博德金。"

"但现在先问问也无妨嘛，他会回答的。"

"不要再问了，直接带他去队长那儿，我继续守在这儿看路，等你回来。"彼得说。

于是，保罗走到一旁，示意布莱克走在前面，他自己跟在后面，循路走去。布莱克不用回头看也知道，这个人肯定用锋利的矛尖对着自己，时刻防备着。

前面的路十分平坦，布莱克沿路往山崖走去，那里有一个洞口，引向在岩石上开出的一条隧道，隧道直接通进了山崖里面。入口处的壁上有一个壁龛，里面斜放了好多用芦苇或细树枝绑起来蘸了松脂的火把。保罗·博德金从中拿了一支火把，从侧身袋子里取出一个金属盒子，从里面里取出一些火绒，用火石和火镰敲打出火星，吹起火苗点燃火把。火把着了后，他又用矛尖赶布莱克往前走，两人一起进入了隧道。布莱克发现隧道十分狭窄，蜿蜒曲折，非常适合防御。隧道里的地面早就被磨得光滑平整，石板在火把的照耀下闪闪发光。长年累月，火把的煤烟把隧道两侧和顶上都熏黑了。但是，这条隧道到底通往哪里呢？

Chapter 8
栽赃陷害

斯蒂姆博并不熟悉在丛林里生活的技能，还没从巨大的灾难中缓过神来，仍然恐惧得不能自已，失去了理智。他如一只惊弓之鸟，小心翼翼地穿过丛林，向前走去。途中任何一个被惊起逃跑的小动物都让他吓一大跳，幻想出种种可怕的遭遇。如今的他瘦骨嶙峋，衣衫褴褛，又脏又臭，灰发变成白丝，一口白须也已经四天没剃了。

斯蒂姆博沿着一条宽阔的道路前进。过去的这周里，人、马、绵羊和山羊都从这条路上走过。他以前居住在城市里，盲目而无知，以为自己正跟着布莱克的足迹走着。早已精疲力竭的他，一看见伊本加德的营地就蹒跚着闯了进去。

费耶安首先发现了他，立刻把他带去了酋长的营帐。这时，酋长和托洛格以及其他几个人正蹲在大帐的地毯上小口喝着咖啡。

"安拉！费耶安，你抓到了个什么陌生人？"伊本加德问道。

"也许是个虔诚的人,"费耶安回答道,"他又穷又脏,没有武器——是的,他肯定是个非常虔诚的人。"

"你是谁?"伊本加德问斯蒂姆博。

"我迷路了,饿得不行,给我点吃的吧。"斯蒂姆博祈求道。但他们彼此语言不通,难以相互理解。

"又是个异教徒,可能是个法国人。"法赫德轻蔑地说。

"他看起来倒更像英国人嘛。"托洛格说。

"也许,他从法国来,"伊本加德猜测道,"法赫德,用他们那种鬼语言问问他。你在阿尔及利亚的时候,不是从士兵那儿学会了嘛。"

"陌生人,你是谁?"法赫德用法语问他。

"我是美国人。"斯蒂姆博回答道。斯蒂姆博发现可以用法语与这些阿拉伯人沟通后,长舒一口气,非常高兴。"我在丛林里迷了路,现在快要饿死了。"

"他来自新世界,在丛林里迷了路,现在饿得不行。"法赫德翻译给伊本加德听。

伊本加德盼咐人把食物拿来。斯蒂姆博狼吞虎咽的时候,他们又叫法赫德和他聊了聊。斯蒂姆博向他们解释说,他手下人抛弃了他,如果能把他带回海岸,他定会重金酬谢。伊本加德不想因为这个虚弱的老家伙而耽误行程,想直接给他脖子上来一刀,一了百了。但法赫德却为斯蒂姆博吹嘘的巨大财富所打动,想着以后也许可以得到一大笔报酬或赎金。于是,他拼命说服酋长先留他一命,至少先让他待上一段时间再说,并答应带他到自己营帐,自己负责看管他。

后来,法赫德对斯蒂姆博说:"本来伊本加德是打算杀了你的,异教徒,但我救了你。以后给报酬的时候你可别忘了这事。还有,你要记住,伊本加德随时都想杀了你,你的命可攥在我的手里呢。这得值多少钱啊?"

"你放心,我肯定会给你很多钱的。"斯蒂姆博回答他说。

接下来的日子里,法赫德和斯蒂姆博彼此慢慢熟悉了起来。斯蒂姆博恢复了体力后,感觉很安全,又像以前一样自吹自擂起来。他吹嘘自己如何富裕、如何重要,以此打动了法赫德,并向他许下诺言,很快就可以让他拥有巨大的权力,过上奢侈安逸的生活。法赫德的贪欲和野心与日俱增,越来越怕有人会把他的财富抢走。从逻辑上来说,伊本加德是他最大的竞争对手。于是,他一有机会就告诉斯蒂姆博,酋长仍然杀心不死,想取走他的性命。但实际上,伊本加德根本不关心他的生死,要不是偶尔在行进中或营帐旁看见他,早已忘记还有这么个人了。

不过,法赫德使得斯蒂姆博知道,在这些贝多因人家族中,有些人之间存在着分歧,彼此也不忠诚。要是有必要的话,他决心利用这一点为自己谋取利益。

虽然队伍行进得十分缓慢,但这些阿拉伯人离传说中的尼姆尔城越来越近了。在行进过程中,泽伊德找到了机会来进一步追求阿泰雅,而托洛格总在伊本加德面前迂回地为法赫德美言。但是,托洛格总是或者说只会在法赫德在场时才替他美言。事实上,托洛格只是想让法赫德明白自己亏欠他多少罢了。要是托洛格真成了酋长,他才不会在意谁将赢得阿泰雅的芳心呢。

但法赫德觉得进展太慢,很不满意。嫉妒使他心神不宁,以至一看到泽伊德,就想把他除掉。他整天琢磨如何除掉这个比他更优秀的竞争对手,甚至到了鬼迷心窍的程度。他常常监视泽伊德和阿泰雅的一举一动,最终机会来了,他想出了一个计划。

法赫德发现,夜里男人们齐聚在酋长营帐里的时候,泽伊德总是借机离开,而女人们在做家务时,阿泰雅总是偷溜出去。后来,法赫德尾随其后,证实了原来的猜测,他俩的确是去偷偷幽会了。其实这显而易见,根本不用怀疑。

不久后的一天夜里,法赫德没有去酋长的营帐开会。他躲在泽伊德帐篷旁边,待他前去幽会后,偷溜进帐篷,拿走他的火绳枪。法赫德检查了一下,发现枪已经装满了铁砂子,只需装足了火药就可以使用了。他沿着原路悄悄走过帐篷,来到泽伊德等阿泰雅的地方,从他背后悄悄靠近。

在不远的地方,伊本加德和朋友们围坐在营帐中的地毯上。帐篷的上方,吊着一盏不甚明亮的纸灯笼。帐外的法赫德和泽伊德都能清楚地望见帐篷里的人。这时,阿泰雅还在后帐里忙碌着什么。

法赫德站在泽伊德后面,举起了手中古老的火绳枪,把枪柄抵在肩上,非常小心地瞄准目标,但目标并非泽伊德。他当然不会杀了泽伊德。法赫德就和狐狸一样狡猾,他知道,要是泽伊德被杀,阿泰雅肯定会认定自己就是杀人凶手。他明白这点,也明白阿泰雅绝不会放过杀害自己心爱之人的凶手。

泽伊德那边过去是伊本加德,但法赫德也没向伊本加德瞄准。那他到底在朝谁瞄准呢?没有谁。法赫德心里有数,杀害酋长的时机尚未成熟。首先,他要确保能够得到宝藏,而他认为,宝藏的秘密只有伊本加德才知道。

其实,法赫德瞄准的只是酋长营帐中的一根柱子。他非常小心地瞄准,然后扳动了扳机。帐篷的柱子立马裂开,碎片从伊本加德头上一英尺的地方崩落下来。这时,法赫德立刻扔掉手里的火绳枪,一下跳到受惊的泽伊德身上,假装大声呼救。

人们听到枪声和叫声,惊恐万分,一时从四面八方跑来。酋长也一起来了，只见法赫德从身后紧紧抱住泽伊德。

"你们这是干什么？"伊本加德问道。

"安拉！伊本加德酋长，他刚才差点杀了您！"法赫德大喊道，"幸好我及时赶到，见他正要开枪，一把扑到了他的背上，要不然他就把您给杀了呀。"

"他瞎说！"泽伊德大声说，"那一枪是从我后面打来的。要说有人要开枪杀酋长，那一定是法赫德他自己。"

阿泰雅惊讶地睁大眼睛，跑到泽伊德身边说："这不是你干的，泽伊德。告诉我，这不是你干的。"

"我以真主安拉和先知穆罕默德的名义发誓，这真不是我干的。"泽伊德发誓道。

"我也从没想过他会做这种事。"伊本加德说。

法赫德狡猾得很，故意不提火绳枪。他心想，要是别人发现了枪，这证据就更有说服力了。而且，他确信会有人发现那把枪的。果然，他猜对了，托洛格找到了那把枪。

"看，"托洛格叫道，"武器在这里呢。"

"拿到亮处去检查检查。这枪比任何花言巧语都有用，更能消除我们的疑虑。"伊本加德说。

看到他们朝酋长营帐走去，泽伊德这才松了一口气，就像是刚从鬼门关走了一遭。他知道，检查火绳枪可以洗脱自己的嫌疑，他相信那枪绝不可能是自己的。他紧紧握着阿泰雅的手，和她一起并排走去酋长营帐。

大家走到帐篷里后，伊本加德把枪举到眼前，借着灯光，伸长了脖子来看，周围的人也一起围了过来。这枪只需看一眼就能看出是谁的，酋长的表情突然凝重起来，皱了皱眉。

"这是泽伊德的枪。"他说。

阿泰雅听了后，倒吸一口气，从泽伊德身边走开了。

"不是我干的！这肯定是阴谋诡计！"泽伊德大声喊道。

"把他带下去！"伊本加德命令道，"把他给绑紧了。"

阿泰雅连忙跑到父亲面前，跪了下来，哭着哀求道："不要杀他！这不可能是他干的。我知道这绝非他所为。"

"闭嘴，女儿！"酋长严厉呵斥道，"回到后帐里去，不准出来！"

他们把泽伊德带到他自己的营帐，把他绑得紧紧的。各位长者聚集在酋长的营帐里，共同商议如何处置泽伊德，并做出最终判决。阿泰雅在酋长后帐里，躲在帘子后面竖起耳朵听着。

"明日凌晨，必须将他击毙！"这是阿泰雅听到的他们对自己心爱之人下的判决。

法赫德听到后，露出了狡黠的笑容。泽伊德被关在自己的营帐里，挣扎着想要解开绳子。虽然他没听到判决，但也知道自己即将面临怎样的下场。阿泰雅躺在后帐中，难以入睡，心中十分煎熬。她虽然痛苦万分，但忍住没哭出声来，长长的睫毛为泪水所浸湿。她尽量睁大眼睛，一直耐心等着，听着外面的动静。终于，她的耐心得到了回报，等到了她所希望的时刻。她听到了父母均匀的呼吸声，知道他们都睡着了。

阿泰雅悄悄爬起来，轻轻抬起睡毯旁的帐篷底边，悄悄从下面钻进前帐。这会儿，前帐空无一人，她暗中摸索，找到了酋长放在那儿的泽伊德的火绳枪。她还拿走了一包食物，那是有天晚上她趁母亲忙于家务活的时候偷偷藏起来的。

阿泰雅从父亲帐篷里出来，在营地里排列得不规则的帐篷之间，悄悄地走着。来到泽伊德的帐篷处，她先在门口停下来听了一下，听到周围没有声音才穿着凉鞋轻轻地走进去。

这时，泽伊德还醒着，正挣扎着要挣脱绑着他的绳子，听到了她的脚步连忙问道:"是谁?"

"嘘!"阿泰雅连忙提醒他道,"是我,阿泰雅。"她一边说着,一边慢慢走到了他身边。

"亲爱的!"他小声叫她。

阿泰雅灵巧地砍断绳子,松开他的手脚,告诉他:"我给你带了食物和枪。我把这些给你,还你自由,剩下的事就要靠你自己了。你的马和其他马拴在一起。这里离埃尔瓜得还很遥远,路途艰辛,困难重重,但我会日夜为你祈祷,愿安拉保佑你一路顺风,平安抵达。快点,我的爱人!"

泽伊德紧紧地抱住她,亲了她一下后才离开,最终消失在茫茫夜色中。

Chapter 9
理查爵士

保罗命令布莱克继续沿着隧道往前走，隧道不断向上，每走一段路就要上台阶。在布莱克的眼中，这条路似乎无穷无尽，永不休止。尽管布莱克本来十分好奇，一心想要解开这隧道的谜团，但一路走来，所有墙面都一模一样，亮了前面又黑了后面，如此反复，永无休止。

不过，正如世间万事皆有终结，这条隧道肯定也有尽头。前方不远处有光亮照来，布莱克这才瞥见了隧道的尽头。他从隧道里走出来，来到太阳光下，环顾四周，发现自己身处山谷之中。这里十分宽阔，树木繁盛，风景秀丽。他发现自己正站在一座离山脚几百英尺高的山崖上。这条隧道正是从这座山里挖出来的。他的前面是陡峭的崖壁，右边过去约一百英尺处，岩脊戛然而止。他又向左瞥了一眼，不禁惊讶地瞪大了眼睛。

放眼望去，只见一面砖砌的高墙横跨岩脊，墙两侧各有一座高耸的圆塔,塔壁上面满是狭长的射击孔。高墙中间是高高的城门入口,有一扇精心锻造的巨大铁闸门。布莱克看见门后站着两个黑人守卫,其穿着和抓住他的两个人一模一样,但不同的是,他们手持巨大的战斧,斧柄拄在地上。

"喂,把门打开!"保罗大声喊道,"把门打开,我是外面的守卫,带来了一个俘虏!"

过了一会儿,铁闸门缓缓升起,布莱克和保罗从下面走过去。一进城门后,一眼就可以看见建在左边山腰里的哨亭。二十个左右的士兵在哨亭前面走来走去,穿着和保罗一样的服装,每件衣服胸前都绣着一个大红十字。木栅栏上拴着一排马匹,这些马都打扮得很漂亮,全都穿着华丽的马衣。看到眼前这些,布莱克不禁想起了以前在画上看到的中世纪英国骑士的战马。

这些黑人奇异的穿着、建在路中间的碉堡以及这些战马的披挂,一切都显得如此不真实,使布莱克惊呆了。布莱克看见哨亭一共有两扇门,其中一扇门打开后,从里面走出一位英俊的青年。他穿着一身盔甲,外面套着一件紫色铠甲罩衫,头上戴着一顶豹皮头盔,下端挂着护喉甲胄,将喉咙和脖子全部盖住,从而提供保护,身上还佩着一把剑和一把匕首。布莱克还看到,在哨亭的旁边,也就是这个青年停下来看着他的地方,放着一把长矛,边上还有一块盾牌,上面的圆形凸饰上纹有一个红色十字。

"啊,上帝!"这个年轻人大声叫道,"你这个仆人来此有何事?"

"我带来了一个俘虏,希望能让您开心,我尊贵的主人。"保罗谦恭地回答道。

"肯定是个撒拉逊人。"这个年轻人说道。

"不,理查爵士,我这么说可能有些过于大胆,不过我认为他不是撒拉逊人。"保罗回答说。

"为什么?"

"我亲眼看见他在十字架前用手画了个十字。"

"那么,把他带到这里来!"

保罗用矛在后面顶了下布莱克,但布莱克几乎没有察觉到,他一心想搞清楚这是怎么一回事。他突然想到了答案,顿时灵机一动,想出了对策。他内心嘲笑自己之前怎么如此愚钝。不过,现在一切都明白了。他心想,难道这些人以为可以骗过我吗?唉,他们差点就骗到我了,不过还是差了一点点。

他快步走到这个青年面前,嘴角上扬,隐约露出一个讽刺的笑容。而这个青年则一脸傲慢地看了看他。

"你从哪里来?"他问道,"你这个卑贱之人来到圣墓谷干什么?"

布莱克脸上一下没了笑容——这简直太过分了。"难道你们在拍喜剧吗?停下别拍了,年轻人,"他拉长声调慢慢说道,"导演在哪?"

"导演?我实在不知道你什么意思。"

"是的,你不知道!"布莱克生气地说,还带着一丝嘲讽的语气,"不过,我现在就告诉你,就算给我75美元一天,也别想叫我给你们拍这些东西!"

"天呐!你这家伙!虽然我不知道你什么意思,但你说的这种语言,我真是不喜欢。在我理查·蒙特默伦西听来,你这是话里藏刀。"

"做你自己,别再演了,"布莱克建议道,"如果导演不在,就叫副导演来,或者摄影师也行,就算编剧也比你懂得多吧。"

"做我自己?我就是尼姆尔高贵的骑士理查·蒙特默伦西啊,

如假包换，要不然你认为我是别的哪个人啊。"

布莱克绝望地摇了摇头，然后转向站在一旁听着他们对话的士兵。对自己开这种玩笑，他认为他们当中的某些人可能会忍不住笑场，但是这些士兵每个都不苟言笑，一脸严肃的样子。

"看看你们，"他对保罗说，"难道你们没一个人知道导演在哪吗？"

"导演？"保罗一边重复道，一边摇了摇头，"尼姆尔没有你说的这种人。甚至在整个圣墓谷，据我所知，也没有啊。"

"抱歉，"布莱克说，"是我的错。但如果这里没有导演，肯定有一个管理员吧。我可以见见他吗？"

"哦，管理员！"保罗大声叫道，一脸恍然大悟的模样，"理查爵士就是这里的管理员。"

"我的天！"布莱克转过去，对着这个青年惊呼道，"不好意思，我还以为你和他们一样，是个普通工作人员呢。"

"普通工作人员？事实上你讲的话真的很奇怪，但听起来又有种英语的味道，"这个青年一脸严肃地说道，"不过他说对了，今天城门由我掌管。"

布莱克开始怀疑自己的理智和判断是否正常。看看他们脸上的表情，不论是这个年轻的白人还是这些黑人都不像疯狂之人。他突然抬头看了看这个看守城门的人。

"不好意思，"布莱克说着，脸上露出爽朗的笑容，认识他的人都喜欢他的笑容，"我刚才的所作所为就像一个什么都不懂的粗人。但这段时间以来，我神经一直处于高度紧张的状态，而且我在丛林里迷了路，已经好几天没吃东西了。"

"刚才，我还以为你们在开我玩笑呢。说真的，我现在根本没心情开玩笑，只想你们把我当朋友，给我点吃的。"

理查爵士 | 081

"您能告诉我,我现在在哪儿吗?这是哪个国家?"

"你现在离尼姆尔城很近。"这个青年回答道。

"我猜现在正值你们民族的节日,是吗?"布莱克问道。

"我不知道你在说什么。"青年说道。

"为什么?难道你们不是在举行盛大庆典吗?"

"老天!这个人说话真奇怪!盛大庆典?"

"是的,这么多戏装。"

"我们的服装有什么不妥吗?诚然,这算不上新颖,但我认为,至少比你的衣服要强得多。这些衣服至少可以满足骑士的日常服务。"

"你不会是说你们每天都穿成这样吧?"布莱克惊讶地问道。

"为什么不呢?好了,别再说了。我没兴趣和你多费口舌。你们两个把他带进来。保罗,你回到外面去守卫!"说完,这个青年转过身去,重新回到了哨亭。两个士兵一把抓住布莱克,推推搡搡地把他架到哨亭里去了。

布莱克进去后发现,房间的房顶很高,四面墙壁都是由石头筑成的,梁和椽十分巨大,由手工凿出,由于年岁已久而发黑了。石地板上摆着一张桌子,桌子后面有一张椅子。这个年轻人进屋后就坐到椅子上,让布莱克站在桌子前面,左右各站着一位守卫。

"你叫什么名字?"青年问道。

"布莱克。"

"这就是全名吗?就布莱克吗?"

"詹姆斯·亨特·布莱克。"

"你在自己的国家有什么头衔?"

"我没有头衔。"

"啊,那你不是绅士吗?"

"人们都说我是绅士。"

"你是哪个国家的?"

"美国。"

"美国!朋友,这世上根本没有你说的这个国家。"

"为什么没有?"

"我从没听说过它。对了,你来我们圣墓谷干什么?你不知道这里是禁止入内的吗?"

"我跟你说了,我迷路了,根本不知道自己在哪儿。我只想找到我的探险队,重新回到海岸去。"

"那不可能。我们为撒拉逊人所包围。735 年以来,我们一直被他们的军队包围着。你是怎么穿过敌人防线的?是怎么通过他们重围的?"

"外面并没有任何军队啊。"

"你这个卑贱之人竟敢对我理查·蒙特默伦西撒谎?如果你是血统高贵的人,你一定会对我说,有人要来攻击我们这块神圣的土地。我想你肯定是出身卑微,被撒克逊人的苏丹派来当间谍的。你要是现在就从实招来,一切好说。要不然,等我把你带到亲王面前,他肯定有办法从你嘴里掏出实话来,不过到时候就没这么舒服了。你现在有什么要坦白的吗?"

"我没什么可交代的。带我去见亲王,或任何一个你的上级。或许,他至少会给我点吃的。"

"你可以在这儿吃点东西。我绝不会把一个饿着肚子的人拒之门外。喂!米歇尔!米歇尔!这个懒惰的小家伙又去哪儿了?米歇尔!"

这时,内室的门打开了,走进来一个小男孩。这个孩子睡眼惺忪,用一只脏手揉了揉眼睛。他穿着一件短上衣和一条绿色紧身裤,帽子上还插着一根羽毛。

"又睡觉了,嗯?"理查爵士问道,"你这个小懒虫!拿点面包和肉来给这个可怜人,快点,可别又拖到明天!"

这个小男孩瞪大眼睛,呆呆地盯着布莱克,问道:"主人,这是个撒拉逊人吧?"

"这有什么问题吗?"理查爵士厉声问道,"耶稣给众人食物,不也没问他们是否信仰上帝吗?快点,你个混账!他快要饿死了。"

听罢,小男孩转过身去,慢慢走出房间,用袖子抹了抹鼻子。理查爵士又把注意力转回到布莱克身上。

"朋友,你长得并不难看,可惜并非高贵血统出身。不过,你的举止仪表可不像出身卑微之人。"

"我从不认为自己出身卑微。"布莱克笑着说。

"你的父亲,现在——他以前最起码是个骑士吧?"

布莱克现在思维迅速。目前,他还猜不出眼前的人为什么穿着过时的衣服,说着古老的语言。但他肯定的是,这个人不管神志是否清醒,至少非常真挚。要是他神志不清的话,那更要顺着他,迎合他了。

"是的,当然,"布莱克回答道,"我的父亲是位三十二级共济会会员,而且是一位圣殿骑士。"

"很好!我就知道!"理查爵士大声叫道。

"我也很高兴。"布莱克继续说道。他注意到理查爵士听了自己的话很高兴。

"啊,我就知道!我就知道!"理查爵士大声说道,"一看你的行为举止,就知道你有着高贵的血统。但你之前为什么骗我呢?所以你是基督骑士团的一员,是所罗门圣殿的骑士,一路护卫朝圣者到达圣地!怪不得你的衣服如此破烂,但这很光荣。"

布莱克不由困惑起来。以前他从画上看到的圣殿骑士团，帽子上都插着白色的羽毛，穿着华丽的长袍，拿着闪闪发光的剑。他以前并不知道，原来最开始的时候，骑士们穿的是这种别人好心赠予的古老服装。

这时，米歇尔回来了。他端来一个木制食盘，里面盛着冷羊肉和几片面包，另一只手提着一壶酒。他把这些东西放在布莱克面前的桌子上，然后走到橱柜前，从里面拿来两只金属高脚杯，往里面倒了点酒。

理查爵士站起来，拿起一杯酒，高举到面前。

"嘿，詹姆斯爵士！"他高兴地说道，"欢迎来到尼姆尔城，欢迎来到圣墓谷！"

"祝你健康！（美国俚语，祝酒语）"布莱克回答道。

"你的讲话方式很优雅，"理查爵士说，"我想，恐怕自从狮心王带着我们的祖先开始伟大的十字军东征以来，英国人的说话方式已经有了很大变化。祝你健康！啊，我一定要记住这些新鲜说法！祝你健康！以后哪个骑士再和我喝酒，为我的健康举杯的话，我就直接告诉他这句新的祝酒语。"

"不过，米歇尔，你先别走！快去给詹姆斯爵士搬条凳子来。詹姆斯爵士，来来来，多吃点，你肯定饿坏了。"

"是的，我巴不得告诉全世界我饿坏了呢。"布莱克感激地说。说着，他坐到了米歇尔搬来的凳子上。这里没有刀叉，但有手就够了。布莱克直接用手拿着吃了起来，理查则笑呵呵地坐在桌子对面看着。

"看着你，比看见滑稽演员还让人开心，"理查爵士大声说道，"我要告诉全世界，我是多么开心啊！你真是上天赐给我们城堡的礼物！"

待布莱克酒足饭饱后,理查爵士命令米歇尔备马。"詹姆斯爵士,我们等会儿就骑马前去城堡,"他解释道,"你再也不是俘虏了,而是我的朋友,我的客人。我之前竟然如此无礼地待你,真让人惭愧啊。"

他们二人上马骑行,米歇尔恭敬地跟在后面。他们沿着蜿蜒的山路纵马下山。理查爵士带着盾牌和长矛,矛尖上插着的三角旗迎风飘扬,盔甲在阳光下熠熠生辉。理查爵士之前还把布莱克当成俘虏,而现在与他相谈甚欢,脸上露出了灿烂的笑容。对于布莱克来说,理查爵士就像是从故事书插图中走出来的人物一样。他那尚武的外表之下,掩藏不住孩子般的单纯。布莱克一开始就很喜欢他,因为他身上有种特质,让人很难想到他会做出什么欺骗别人的恶行来。

布莱克关于自身的说辞,理查爵士一听就深信不疑。而他高贵的举止让人觉得他应该聪慧过人,这与他的轻信似乎有所不符。不过,布莱克觉得之所以这样,一是因为他天真质朴,二是因为他内心正直,从不怀疑他人会背信弃义。

沿着道路绕过山肩后,布莱克看见另外一座外堡将路拦住,再过去可以看到古城堡的楼宇和城垛。在理查爵士的命令下,大门守卫将门打开,三人陆续骑马进入外院。外院位于内外城墙之间,好像遭人忽略,无人看守,长着几棵繁茂的古树。靠近外城门那边,几个士兵正靠在树荫下,其中两个人在玩游戏,看起来有点类似于国际跳棋。

内城墙脚下流着一条宽阔的护城河,清澈的河水倒映出古老的灰色城墙和墙上的藤蔓植物。这些藤蔓植物长在城墙内,有的已从墙内一直爬上墙顶,甚至翻垂到墙外去了。

正对着外堡大门的,是一条笔直的大道,从大门里一直向前延伸去。在前面,一座吊桥横跨护城河,一扇沉重的铁闸门将进入城堡大院的道路封锁。不过,只听理查爵士一声令下,铁闸门立即升了起来,他们骑着马走过吊桥,进入了城堡。

布莱克看到眼前这一切,惊愕不已。眼前耸立着一座威严的城堡,由巨大的石块垒成。大院里,城堡左右两侧,各有一片宽阔的花园,看起来是有人精心照管的。花园里聚集着一群男男女女,看起来像是刚从亚瑟王的宫廷里走出来的贵族男女一样。

看见理查爵士带了人来,离得近点的那几人饶有兴致地看了看布莱克,惊讶之情溢于言表。他们两人下马后把马交给了米歇尔,几个人向理查爵士打招呼,问他问题。

"嘿,理查!"一个人大声叫道,"你带了谁来啊?一个撒拉逊人吗?"

"不是,"理查回答道,"他是一位骑士,想要向亲王表示问候。亲王在哪儿?"

"那边。"他们说着把手指向庭院的远端,那里聚集着一大群人。

"走,詹姆斯爵士!"理查叫道。他领着布莱克走到庭院,几个骑士和女人紧跟其后,问东问西。这些女人对布莱克评头论足,十分坦率,听得布莱克脸都红了。她们当面夸他五官俊,形象好,而男人们却完全不同,可能是因为嫉妒,都说他衣服又脏又破,还说他服装样式可笑,一点都不客气。的确,他们的外衣华丽无比,紧身衣合适贴身,帽子颜色亮丽,这一切与布莱克那死气沉沉的衬衫、粗呢制的马裤、又脏又破的马革皮靴都形成了鲜明对比。

这些女人的穿着丝毫不输男人,全都穿戴着金银珠宝,头巾和披巾大多是绣花的,多姿多彩。

布莱克发现,眼前这些男人没一个穿着盔甲,但之前外门口和内门口各有一个身穿盔甲的骑士。因此,他判断,只有在从事军事任务时，他们才会穿上这种又重又不舒服的盔甲。

到达庭院那端后，理查爵士挤进人群，走到了人群中央。那里站着一个身材高大、仪表堂堂的男人，正和身边的人谈着话。理查爵士和布莱克走到他面前停下，人群一下子安静了下来。

"我的亲王阁下，"理查鞠着躬说，"我为您带来了詹姆斯爵士。他是一位可敬的圣殿骑士，在上帝保佑下，通过敌人的重重防线，来到了尼姆尔的大门。"

这个高个子男人仔细看了看布莱克，并没有露出轻信的样子来。

"你说你是从耶路撒冷王国的所罗门圣殿来的？"他问道。

"理查爵士肯定是误会我说的了。"布莱克回答道。

"这么说你不是圣殿骑士？"

"不，我是圣殿骑士，但我并非来自耶路撒冷。"

"或许，他是守卫朝圣者前往圣地的那些勇猛的骑士之一。"站在亲王旁边的一位女孩说。

布莱克连忙看了一眼那位说话的女孩。当他们四目相对时，那女孩马上垂下了眼睛，但布莱克早已看出，她长着一双美丽的眼睛和一张漂亮的鹅蛋脸。

"我看他更可能是苏丹派来的撒拉逊间谍。"站在那女孩身边的一位脸色阴沉的人说。

女孩抬头看了看亲王，对他说："父王，他看起来并不像撒拉逊人。"

"孩子，你知道撒拉逊人看起来什么样吗？"亲王问道，"你见过很多撒拉逊人吗？"听到这话，周围的人都笑了起来，女孩不高兴地噘了噘嘴。

"父王，实际上，我见过很多了，就和马卢德爵士或者父王你自己见过的撒拉逊人一样多，"女孩傲慢地说道，"要不，让马卢德爵士描述一下撒拉逊人长什么样吧。"

那个脸色阴沉的人顿时气得脸通红，他说："亲王阁下，至少我看见英国骑士的时候，肯定能一眼认出来。我敢说，要是眼前这个人是英国骑士的话，那我就是撒拉逊人！"

"够了！"亲王一边说，一边转向布莱克："如果你不是来自耶路撒冷，那你来自哪里？"

"我从纽约来。"布莱克回答说。

"哈，"马卢德爵士轻声对女孩说，"我早告诉你了吧？"

"告诉我什么？告诉我他来自纽约吗？纽约在哪儿？"她问。

"纽约就是异教徒的某个据点。"马卢德肯定地说。

"纽约？"亲王不解地重复道，"那在圣地吗？"

"有时，人们称它为新耶路撒冷。"布莱克解释道。

"那么，你来到尼姆尔城，是不是穿过了敌人的重重防线？请你告诉我，他们士兵多吗？军队力量如何分布？离圣墓谷近吗？你认为他们会很快就发动一场进攻吗？来，把这些都告诉我，那你就为我立了一个大功了。"

"但我在树林里行走数天，从没见过活人，根本没有什么敌人将你们包围啊。"布莱克说。

"什么？"亲王大声叫道。

"我早就说了吧？"马卢德问道，"他是敌人派来的间谍。他故意骗我们，让我们相信自己很安全，好等我们放松警惕，打我们一个措手不及，那时苏丹的军队就可以拿下圣墓谷了。"

"天呐！我觉得你说得对，马卢德爵士，"亲王大声说，"他竟然说外面根本没有敌人！如果堡垒外面没有一群异教徒包围着我们，那么尼姆尔骑士为什么要在这儿待上735年啊？"

"这我可不知道。"布莱克说。

"呃,什么?"亲王问。

"亲王阁下,他讲话方式有点奇怪,"理查解释说,"但我觉得他不是英国的敌人。我可以为他担保,他一定愿意效力于您。"

"先生,你愿意为我效力吗?"亲王问。

布莱克瞥了一眼马卢德爵士,迟疑半晌,又看了看那个女孩的眼睛,十分肯定地说:"我要告诉全世界,我愿意!"

Chapter 10
乌拉拉还乡

一只雄狮现在饥饿难耐。三天三夜，它一直都在捕猎，但都让猎物给逃走了，毫无所获。也许它现在年纪大了，嗅觉和视力都不如以前敏锐了，攻击也不如以前迅猛了，甚至跳起来的时机都不如以前精准了。再看看那些猎物，一个个动作迅速，这只狮子能否填饱肚子，完全取决于瞬息之间。

尽管狮子正逐渐衰老，但仍然威猛无比，极具破坏性。现在的它饱受饥饿折磨，变得更加凶猛狡猾，胆子也更大了，为了填饱肚子，不惜铤而走险。此时的它愈加紧张易怒，凶猛残忍。它蜷伏在路边，竖起耳朵听着，一双眼睛闪闪发光，目不转睛地看着，鼻孔微微颤抖着，尾巴轻轻摇动着，这一切都说明它意识到有猎物靠近了。

狮子嗅到一股人的气味随风飘来。上一次饱餐已经是四天前了，如果那时看到有人出现的迹象，它可能会悄悄溜走，但今天

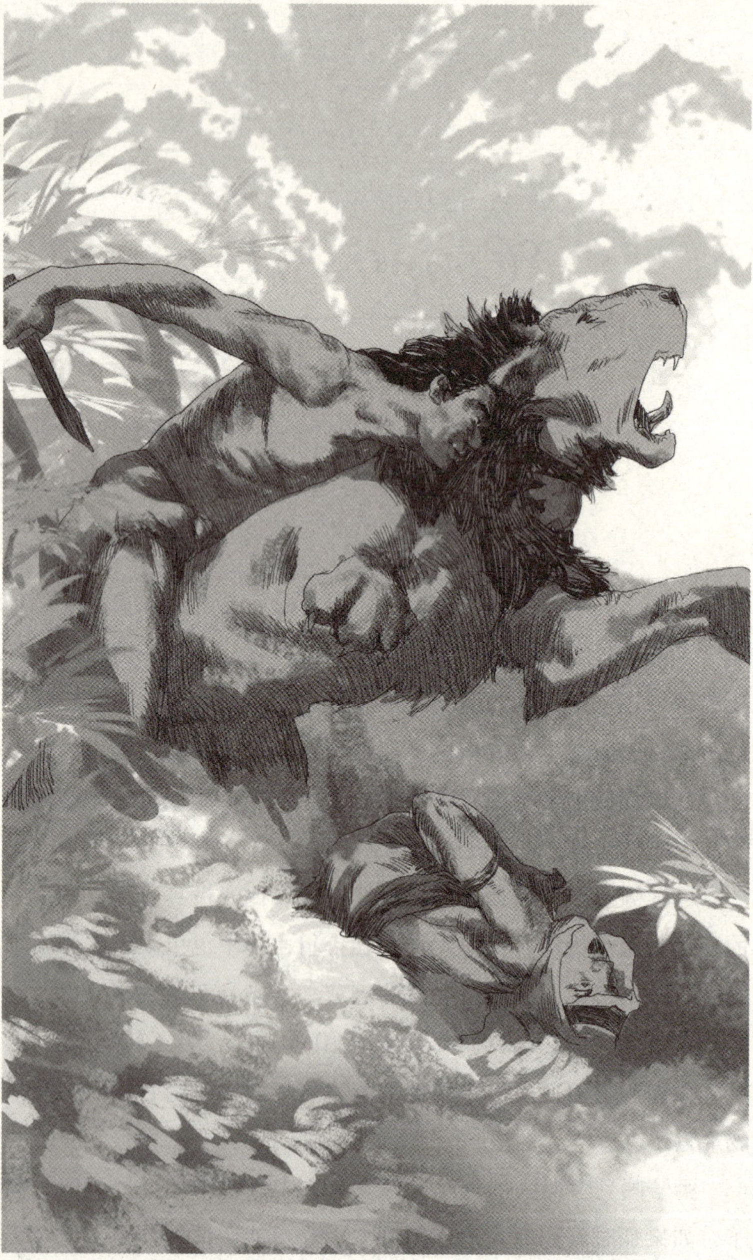

就不是这么回事了。

泽伊德从酋长的营帐逃出来,已经沿着小路走了三天,心里思念着阿泰雅,想着遥远的埃尔瓜得。他这一路逃命,运气倒是不错,心里不禁暗自庆幸。他骑的那匹母马沿着丛林小道慢悠悠地走着,前面路途依旧遥远,急也急不来,所以也就无须催它快走。而此时,狮子就埋伏在不远的前方。

但是,嗅到人的气味,听到有人前来的,其实并不止狮子一个。还有一只野兽也蜷伏在附近,而狮子对此全然不知。

母马沿路走来,必定会从狮子身边不到一码的地方经过,但此时狮子急不可耐,唯恐到口的猎物又给逃脱了,还没等到合适的时机就跳了出来,大吼一声。母马一下被吓坏了,直立起来,前蹄腾空,迅速转过身去逃跑了。就在这一瞬间,母马突然失去平衡,向后倒去,泽伊德一下子从马背上摔到了地上。但母马立刻起来,沿着来路飞奔回去,把主人留给了正扑过来的狮子。

惊恐之际,泽伊德看到狮子面目狰狞,锋利的爪子几乎就要抓到自己。说时迟那时快,突然发生了令人惊讶的一幕,只见树枝摇晃,一位棕黄色皮肤半赤裸的巨人抓住下垂的树枝,从上面一跃而下,一下就跳到了狮子的背上。他见这个人一只手臂紧紧搂住狮子的脖子,用自己全身的重量把狮子压倒在地。刹那间,泽伊德看见一把利刀一闪而过,直击要害,反复刺向狮子,而狮子则发了疯似的跳来跳去,想把背上的人给甩出去,却怎么也甩不出去。这时,咆哮声、吼叫声混成一片,分不出是人发出的还是狮子发出的。泽伊德发现有些吼叫声竟是从这个人口中发出来的,不禁感到心头一凉,吓得直打寒战。

一番厮杀过后,狮子精疲力竭,败下阵来。这时,这个人站了起来,把一只脚放在狮子的尸体上面,抬头仰望天空,发出一声令人毛骨悚然的长啸，吓得泽伊德骨头里的脊髓都几乎冻僵了。这种可怕的号叫很少有人听到，是一只雄猿战胜敌手时，发出的胜利的长啸。

直到这时，泽伊德才认出救命恩人正是人猿泰山，于是又吓得瑟瑟发抖。泰山往下看着他。

"你是来自伊本加德营地的人吧。"他说。

"我只是一个可怜人，"泽伊德回答道，"我只是按酋长吩咐行事。丛林的酋长，请不要因为他在您的国家而责罚我。求您饶了我的小命，愿安拉保佑您。"

"贝多因人，我无心伤你，"泰山对他说，"在我的国家犯下罪行的，只有伊本加德一人。他现在在附近吗？"

"啊，不，他离这里还有好几天的路程呢。"

"你的同伴呢？"泰山问道。

"我没有同伴。"

"就你一个人？"

"嗯，是的。"

泰山皱了皱眉，厉声说："贝多因人，骗我之前，你可要仔细想好。"

"我以真主安拉的名义起誓，我说的句句属实！我真是孤身一人。"

"这到底是怎么回事？"

"还不是因为法赫德设计陷害我，让人以为我要杀伊本加德。但是，真主安拉在上，这是个弥天大谎。就因为这样，他们要把我枪毙，幸好酋长的女儿阿泰雅夜里偷偷给我松绑，帮我逃了出来。"

"你叫什么名字？"

"泽伊德。"

"那你要去哪儿？回你自己国家吗？"

"嗯嗯，我现在只能回埃尔瓜得去了。"

"但这路上险象环生，单凭一个人，恐怕你是活不下来的。"泰山提醒他说。

"虽然我也很怕，但伊本加德怒气难平，我要是不逃出来，肯定死路一条。"

泰山没说话，思忖了一会儿，说："酋长的女儿肯定非常爱你，也非常信任你。"

"嗯嗯，是的。我们彼此深爱，她知道我不会杀她父亲的，我也知道她很爱她的父亲。"

泰山点了点头，对他说："我相信你，我会帮你的。但你千万不要继续独自上路。我带你去最近的一个村庄，叫那里的首领给你派些士兵，让他们带你去下一个村庄。从一个村庄到另一个村庄，一路都会有人护卫你，直到你安全抵达苏丹。"

"愿安拉永远守护你！"泽伊德感激地说。

最近的村庄位于他们南面，离这儿还有两天路程。他们两人沿着丛林小道向村庄方向走去。路上，泰山问泽伊德："跟我说说，伊本加德在这个国家都做了些什么。他这次来并不仅仅是为了象牙，对吗？"

"哎呀，是的。泰山酋长，伊本加德来这儿找宝藏，不是为了象牙。"泽伊德承认道。

"什么宝藏？"

"据说，埃尔哈巴什有一座名叫尼姆尔的城市，宝藏就在那里，这是一位学识渊博的巫师告诉他的。尼姆尔城有很多很多财富，就算用一千只骆驼也运不走十分之一。那里的财富不仅包括大量的金银珠宝，听说还有一个女人。"泽伊德向他解释道。

"一个女人？"

"是的。这个女人国色天香，非常美丽。在北方，单单靠她就能卖个好价钱，足以给伊本加德带来巨大的财富，大到超乎他的想象。你肯定也听说过尼姆尔吧。"

"有时听加拉人说起过，"泰山说，"但我总以为它和其他传说中的地方一样，都不是真的。伊本加德不顾重重危险，千里迢迢跋涉而来，难道仅仅是因为听信一个巫师所言吗？"

"还有什么能比一个学识渊博的巫师说的话更可靠的呢？"泽伊德问道。

泰山听后，无奈地耸了耸肩。

到达最近的村庄需要两天时间。这期间，泰山从泽伊德口中得知，有位白人闯进了伊本加德的营地。但光听他的描述，泰山无法确定此人到底是布莱克还是斯蒂姆博。

泰山和泽伊德一起往南走，与此同时，伊本加德正在向北行进，进入了埃尔哈巴什。这一路上，法赫德与托洛格密谋着他们的计划，斯蒂姆博又与法赫德商量着他们的另外一套计划。而加拉奴隶费耶安一直耐心等待着，等着摆脱被奴役的那一刻的到来。阿泰雅则一直默默为泽伊德哀悼。

"费耶安，你小时候就在这里生活，"有天阿泰雅对他说，"告诉我，你觉得泽伊德独自一人能回到埃尔瓜得吗？"

"恐怕不能，他现在肯定已经死了。"费耶安回答说。

阿泰雅听后，不由得哽咽了一下。

"阿泰雅，我和你一样难过，泽伊德那么善良，多希望安拉可以放过他，带走真正的罪魁祸首啊。"费耶安说。

"你这话什么意思？"阿泰雅连忙问道，"费耶安，你知道那枪是谁朝我父亲开的,是吗?肯定不是泽伊德!告诉我,不是泽伊德干的!你说的这些,我早就知道。泽伊德不可能杀害我父亲。"

"确实不是他干的。"费耶安回答说。

"告诉我,关于这件事,你都知道多少。"

"那你千万不能跟别人说是我告诉你的,行吗?要是我怀疑的人知道我当晚看到了他,那我就没好日子过了。"

"费耶安,我以安拉的名义发誓,绝不会说出去的!快告诉我,你看见了谁?"

"阿泰雅,我没看见谁开枪杀你父亲,"费耶安说,"但在枪响之前,我看到了别的一些事。"

"嗯,你看见了什么?"

"我看见法赫德偷偷溜进泽伊德的营帐,并拿走了泽伊德的火绳枪。这是我亲眼所见的。"

"我就知道!我就知道是他!"阿泰雅大声叫道。

"但如果你告诉酋长的话,他不会相信的。"

"我知道。不过,既然现在已经确定了,也许我该想个办法杀了法赫德,为泽伊德报仇雪恨。"阿泰雅咬牙切齿地说。

数天来,伊本加德的队伍都在绕着山走,一直在找进口。他认为传说中的尼姆尔城就在山后。但他不想依靠当地的土著人,一直尽量避开他们的住所,以免遭到他们反对,阻止自己的计划。

这个国家人烟稀少,他们想要避免和土著人近距离接触的话,倒也容易。但即使如此,他们来到这里,这里的加拉人也不可能全然不知。不过,如果他们不出来干涉,伊本加德也无意打扰他们。但要是没有他们的帮助计划就难以实施的话,那就另当别论了。若真如此,不论是给他们虚假承诺还是对其无情压迫,两种方法哪种能更好地达到目的,伊本加德就愿意用哪种。

时间一天天过去，伊本加德越来越不耐烦了。搜寻工作一直都在进行，但始终无果，既没发现进山的道路，也没找到进入宝藏之城尼姆尔的入口。

"可恶！"有一天他恼怒地喊道，"尼姆尔城就在这里，肯定有入口进城，真主安拉在上，我肯定会找到的！托洛格，把我们的哈巴什人叫来！不论如何，我们必须从他们身上找到线索。"

托洛格把所有加拉奴隶都带到了伊本加德的营帐里。他问了他们，但没有一人确切知道通往尼姆尔城的道路。

"这样的话，安拉保佑，"伊本加德说，"我们只能问问当地的哈巴什人了！"

"但是，哥哥，他们的战士个个勇猛无比，"托洛格说，"我们现在在他们国家内，要是把他们惹恼了，引来攻击的话，那就糟糕了。"

"我们可都是贝多因人，"伊本加德自豪地说，"我们有火枪。他们那些简单的长矛箭矢难道还能和我们抵抗不成？"

"但是敌众我寡啊。"托洛格又说道。

"若非迫不得已，我们尽量不和他们打仗。首先，我们必须以友好的姿态努力赢得信任，争取从他们口中掏出秘密来。"伊本加德说。

"费耶安！"他一边叫道，一边转过身来对着这个黑奴，"你是哈巴什人。我曾听你说过，你至今记得在父亲家里度过的童年，记得听说过关于尼姆尔的故事。那你现在出去，找到你们族人，和他们结为朋友，告诉他们，伟大的酋长伊本加德已经来到这里，想广交朋友，还为他们首领带来了礼物。告诉他们，我将拜访尼姆尔，要是他们愿意带路，我必定重金酬谢。"

"我可一直在恭候您的盼咐呢。什么时候出发？"费耶安高兴地问道。他一直梦想着有朝一日能够重回故乡,现在机会终于来了,他高兴得不得了。

"你今晚做好准备,明天天一亮就可以出发。"酋长说。

翌日清晨,费耶安早早就从营地出发,前去寻找族人的村庄。

到了中午,他来到了一条路上,这条路向西而行,看起来有很多人走过。他沿着这条路大胆往前走,心里想,比起暗中偷偷靠近一个加拉村庄,这样光明正大地走去反而更能消除人们的疑虑。他知道,偷偷潜入村庄基本是不可能的。无论如何,费耶安绝对不傻。他知道,要让加拉人相信自己身上流着和他们相同的血可能会很难,毕竟,他身上穿着阿拉伯人的衣服,带着阿拉伯人的武器,而且过了这么多年了,自己只能说几句蹩脚的加拉话。

虽然他很清楚加拉人一向多疑好战,对阿拉伯人深恶痛绝,但还是欣然抓住了这次机会,希望能走进族人当中。从这点来看,不难发现费耶安非常勇敢。

费耶安不清楚自己距离村庄还有多远。他既没听见声音,也没闻到气味。就在这样毫无预兆的情况下,面前突然冒出三个身强体壮的加拉战士。虽然他没回头,但可以听出身后也有人。

费耶安立马举起手来,露出微笑,以示和平。

"你在加拉国做什么?"其中一个战士问道。

"我在寻找家父的房子。"费耶安回答道。

"你父亲的房子不会在我们加拉人的土地上,你肯定是来抢走我们的儿女的。"这个战士大声喊道。

"不是的,我是加拉人。"费耶安连忙解释道。

"如果你是加拉人,你应该能讲一口更好的加拉话。可是,你说的话,虽然可以理解,但听起来不像加拉话。"

"那是因为我很小就被人偷走了,后来和贝多因人一起生活,一直说他们的话。"

"你叫什么名字？"

"贝多因人叫我费耶安，但我的加拉名字叫乌拉拉。"

"你觉得他说的是实话吗？"其中一个同行的黑人问道，"不过，我小时候有一个兄弟也叫乌拉拉。"

"他在哪儿？"另外一个战士问道。

"没人知道。也许辛巴把他吃了，也许沙漠人把他带走了。谁知道呢？"

"也许，他说的是真的呢，说不定他就是你的兄弟。你问一下他父亲叫什么。"第二个战士说。

"你父亲叫什么？"第一个战士又问道。

"纳利尼。"费耶安回答说。

听到他的回答，这些加拉战士十分激动，低声交流了一会儿。接着，头一个发问的战士又转向费耶安。

"你有兄弟吗？"他问。

"有的。"费耶安肯定地回答道。

"他叫什么？"

"塔波。"费耶安毫不犹豫地回答道。

听了他的回答后，问他问题的那位战士高兴得跳了起来，呐喊了一声。

"这是乌拉拉！"他高兴地叫道，"他是我的哥哥。我是塔波。乌拉拉，你不记得我了吗？"

"塔波！"费耶安大声叫道，"是的，我真没认出来。我被人偷走时，你还是个小男孩，现在已经是个强壮的战士了。爸爸妈妈在哪儿？他们还在世吗？可还安好？"

"他们都还健在，一切都好，"塔波回答道，"今天他们去首领的村子了,那里正在举行一场商议会,因为最近我们国家来了一些沙漠人。你是跟着他们一起来的吗?"

"是的,我是这些沙漠人的奴隶,"费耶安回答说,"这里离首领的村子远吗?我要见见爸妈,还要和首领报告关于那些沙漠人的情况。"

"跟我走,哥哥!"塔波大声说,"这里离首领的村子不远。啊,哥哥,我们都以为你不在了,没想到还能再见到你!爸爸妈妈肯定会开心坏了。"

"不过,跟我说说,沙漠人是不是派你来和我们作对的?你毕竟和他们一起生活了很多年。也许你还娶了沙漠人为妻呢。这么多年没见我们了,你确定比起我们,你不会更爱他们吗?"

"我并不爱那些贝多因人,"费耶安回答说,"我也没在那儿娶妻。我心里一直想着有朝一日能够回到家乡,回到父亲家中。我当然爱我们自己人,塔波。我再也不会离开你们了。"

"那些沙漠人对你好吗?他们虐待你了吗?"塔波关切地问道。

"不,恰恰相反,他们对我挺好的,"费耶安回答道,"我并不恨他们,但也不爱他们。我和他们身上流着不同的血,说到底,我只是他们的奴隶而已。"

他们沿着去首领村庄的路,一边聊着一边向前走去。其中两个战士早早跑在他们前面,抢先把这个好消息告诉了费耶安的父母。所以,当费耶安他们走近村子时,村里人看见他们后都齐声欢笑,大声欢呼。费耶安的父母站在人群前头,一看到许久不见的孩子,顿时热泪盈眶,那是慈爱和欢乐的泪水。

打完招呼后,人群中的每个人,不论男女老少,全都靠上前来,抚摸重返家乡的孩子。过了一会儿,塔波带费耶安进村子去见首领。

早在乌拉拉被人偷走时,巴旦多就是这里的首领了,如今年纪已大。他心里有点怀疑，害怕这是沙漠人的阴谋诡计，于是问了费耶安许多问题。这些问题大多关于费耶安童年时期的记忆，比如费耶安父亲的房子在哪儿，玩伴的姓名是什么。除此之外，他还特意问了一些隐秘之事，这些事冒名顶替者绝不可能知道。直到问完所有问题后，他才相信这就是乌拉拉，站起来一把将费耶安抱入怀里，两人脸颊紧紧贴在一起。

"你的确是乌拉拉！"他激动地说，"欢迎回到家乡。告诉我，沙漠人来这里做什么。他们是来掠夺奴隶的吗？"

"那些沙漠人时时刻刻都想抓奴隶，只要能带走，他们总会想方设法把一切奴隶带走，但伊本加德这次来，主要目的并非掠夺奴隶，而是挖掘宝藏。"

"啊！什么宝藏？"巴旦多问道。

"他听说尼姆尔城里面有宝藏，"费耶安回答道，"他现在正在找路，希望能够进到尼姆尔城所在的山谷。为此，他派我来找加拉人，希望你们能带他去尼姆尔城。他答应带来礼物并许下承诺，从尼姆尔城夺得宝藏后，会给你们丰厚的奖励。"

"他说的都是真的吗？"巴旦多问道。

"沙漠人那长着大胡子的嘴里，说不出几句真话。"费耶安回答说。

"要是找不到尼姆尔城的宝藏，他会不会来加拉国家搜寻珍宝和奴隶？要不然的话，他从沙漠国家一路跋涉至此岂不全都白费了？"巴旦多问道。

"只有像您这样的年长之人，才能说出这么明智的话。"费耶安说。

"关于尼姆尔，他都了解多少？"巴旦多问道。

"除了阿拉伯老巫师告诉他的以外，他一无所知，"费耶安回答说,"巫师告诉伊本加德说,尼姆尔城里有大量宝藏,还有一位美丽的女人,以后带回北方可以卖得很好的价钱。"

"巫师就只告诉了他这些吗?"巴旦多问道,"这座山谷严禁人内,要进去非常困难,他难道没说这点吗?"

"没有。"

"那么,我们可以带他们到山谷的进口。"巴旦多说这话时,脸上露出了一丝狡黠的微笑。

Chapter 11
詹姆斯爵士

泰山和泽伊德一起前往最近的村庄，想在那里找个人，好在泽伊德回家路上保护他。一路上，泽伊德细细思考了许多事情，渐渐开始信任泰山，尊敬泰山。最后，他敞开心扉，向泰山吐露了心事。

有一天，泽伊德对泰山说："伟大的丛林酋长，您的善良慈爱已经赢得我无限的忠诚。我向您祈求，希望您可以再帮我一个忙。"

"什么忙？"泰山问。

"我深爱着阿泰雅，但她还在那个野蛮的国家，只要法赫德一天没离开她，她就多一天危险。现在，就算我能找到伊本加德的营地，我也不敢回去。但以后，等到他怒火有所消退，我还要回去让他相信我的清白。我要守在阿泰雅身边保护她，不让法赫德伤害她。"

"那你现在想怎么做？"泰山问。

"你带我到了最近的村庄后,我先留在那里,等伊本加德从这条路返回埃尔瓜得。我要见到阿泰雅,这是我人生最后一次机会了。我孤身一人,徒步前进,根本不可能穿过苏丹,你可千万别逼我现在就离开你的国家呀。"

"你说得对,"泰山回答道,"你可以在这儿留六个月。如果到时候伊本加德还未返程,我会让人带你去我的国家。在那里,我会找到方法将你安全送回自己的国家。"

"愿安拉保佑您!"泽伊德感激地说道。

他们到达第一个村庄后,这里的首领答应泰山,伊本加德返回前,泽伊德可以一直留在村庄里。

泰山离开村庄后,向北而行。他从泽伊德口中得知,那些阿拉伯人囚禁了一位欧洲囚犯,心里有点担心。泰山当初命令斯蒂姆博向东而行,回到海岸,按理来说,他现在应该已经到了很远的北方了,而泽伊德说的是西方,这似乎不太可能,所以这个囚犯更可能是年轻的布莱克。泰山对布莱克倒是挺喜欢的。当然,这个囚犯可能都不是他俩,但不论是谁,一想到有个白人被贝多因人当作囚犯关着,他就难以容忍。

但泰山并不急着探明究竟,泽伊德告诉过他,他们留着这个囚犯是为了赎金。泰山先去看看能否找到布莱克的营地,然后再跟着阿拉伯人的足迹前进。所以,一路上泰山都悠闲得很。第二天,泰山见到了托亚特的猿群,在那儿留了两天,和它们一起打猎,与盖亚特和祖托重叙旧情,听听部落里的闲聊,和幼猿一起嬉戏玩耍。

和它们分开后,泰山慢悠悠地从丛林里穿过。在此期间,他停留了半天。当时,一只狮子刚刚杀死猎物,正在享受美食,泰山故意用东西扔它,嘲弄它,直到最后狮子被惹怒,发出震撼大地的怒吼，他才停下来。

格雷斯托克勋爵（泰山在文明社会的称呼）身上那一层文明的外表，实在是太脆弱了，一下子就可以脱下。重返原始地带，回到野蛮的野兽之中，泰山一下子就回到了原来的状态，就像从一套衣服换到另一套衣服一样自然和简单。只有在他深爱的丛林中，为野蛮的丛林居民所包围，人猿泰山才是真正的泰山。在文明社会里，他虽然也能与人相处，但难免感到拘束。实际上，所有生活在野外的生物天生都对人类有所疑虑。

泰山向狮子投了一阵果子，几次把它激怒，后来他终于厌倦了，于是又回到树上，从树间摇荡而去，走了很远后才停下过夜。第二天早晨，他闻到到巴拉（鹿）的气味，就去猎杀了一只来吃。填饱肚子后，泰山又懒洋洋地睡了一觉，直到后来听到树枝断裂和草丛被踩发出的"沙沙"声才醒来。

泰山的鼻子耳朵都很灵敏，就连蚂蚁走路都能听到。他仔细嗅了嗅，听了听，一下子就露出了微笑。原来，丹托正在往这边来。

他懒洋洋地在大象宽阔的背上躺了半天，听着猴子在树间闲聊打骂。接着，他又继续赶路了。

一两天后，他遇到了一大群猴子。猴子们似乎非常激动，一见到泰山就叽里咕噜和他聊了起来。

"你们好，玛纽！"泰山大声喊道，"我是泰山，人猿泰山。丛林里发生了什么事吗？"

"高曼咖尼！高曼咖尼！"一只猴子急着喊道。

"不认识的高曼咖尼！"另一只喊道。

"拿着枪的高曼咖尼！"第三只猴子喊道。

"在哪里？"泰山问道。

"那里！那里！"他们异口同声地喊道，纷纷把手指向东北方向。

"那里离这儿远吗?"泰山问。

"很近!离这里很近!"猴子们齐声回答说。

"他们中间是不是还有一个塔曼咖尼?"

"没有,只有高曼咖尼。他们开枪把小玛纽杀了,还吃了它。真是坏人!"

"我去和他们谈谈。"泰山对猴子们说。

"他们会用枪杀了你,把你吃了的。"一只老猴子预言道。

泰山笑了笑,然后就从树枝间荡了过去,朝着猴子指的方向跑去,没走多远就隐约闻到了黑人的气味。他循着这个味道前去,听到他们在远处说话。

泰山小心翼翼地穿过树林,没发出一丁点动静,只有自己的影子陪着。最后,他站在一根摇晃的树枝上,刚好位于黑人帐篷的正上方。

泰山一眼就认出这群黑人就是年轻美国人布莱克的那支探险队。过了一会儿,他纵身跳到地上,这些黑人们见到他后一脸震惊,其中一些人赶紧逃跑了,但也有一些人认出了他。

"这位先生!"他们大声叫道,"这是人猿泰山!"

"你们的领头人在哪儿?"泰山问道。

这时,一个强健的黑人走上前来,回答说:"我是领头人。"

"你的主人在哪儿?"

"他已经走了很多天了。"领头人回答说。

"去哪里了?"

"我们也不知道。他带了一个非洲士兵去打猎,刚好碰上一场大暴风雨,两个人都没再回来。我们找遍了丛林也没找到他们。后来,我们在本来约定好的营地等他们,但始终没见他们回来。"

我们不知道该怎么办才好。这个年轻的老爷一向善待我们，我们绝不会抛下他不管的，但恐怕他已经死了。眼看所剩粮食不够撑过一个月的，所以我们决定回家，把这件事告诉他的朋友们。"

"你们做得很好，"泰山说，"那你们在丛林里见过一伙沙漠人吗？"

"没有见过，"领头人回答说，"但我们在找年轻的先生时，看见了他们曾经扎营的地方。那儿看上去是个新的营地。"

"在哪儿？"

领头人指了指方向，说："在阿比西尼亚，通往北边加拉国家的路上。从留下的痕迹看，他们离开营地后朝北去了。"

"你们可以回到自己的村子去，"泰山说，"但先要把年轻先生的东西带给他朋友，让他们代为保管。然后，派一个跑得快的人到我家里，捎去口信：派一百个瓦兹瑞士兵到北方的加拉国家与泰山会合。从光滑圆石的水洼处开始，跟着沙漠人的踪迹前往。"

"好的，先生，我们会办好的。"领头人说。

"把我的口信重复一遍。"

领头人按照吩咐重复了一遍泰山的口信。

"很好！"泰山说，"那我先走了。要是能找到其他食物，不要再杀猴子了。他们是我的兄弟姐妹，也是你们的兄弟姐妹。"

"明白了，先生。"

在尼姆尔城高本瑞德亲王的城堡里，布莱克正在接受尼姆尔骑士的基本训练。理查爵士保护他，并负责他的训练和行为表现。

高本瑞德亲王很快就看出来，布莱克就连骑士最基本的守则也一窍不通，于是毫不避讳地表明了自己的疑虑。马卢德爵士十分排斥布莱克，几乎毫不掩饰对他的敌对态度。但理查爵士是个受人爱戴的骑士，他自有打算。闺娜塔公主对布莱克印象不错，这一点，对她的父王可能多少会有点影响，毕竟在她父王所有的珍宝中，她的地位独一无二。尼姆尔城早已遭人遗忘，与世隔绝，而眼前这位英俊的陌生骑士突然出现于此，这让她感到十分浪漫，激起了她的好奇心和兴趣。

理查爵士先从自己衣柜里拿了一套衣服借给布莱克穿，然后吩咐织工、剪裁工、女裁缝一起为布莱克缝制一套骑士服装，又叫来武器制造者为布莱克配齐武器装备。完成这些衣服和武器并不需要太长时间，一个星期后，布莱克就有了自己的盔甲、武器和马匹，一身行头和尼姆尔骑士完全一样。后来，布莱克说要把费用付给理查爵士，这才发现尼姆尔城的人们对钱币几乎一无所知。理查爵士告诉他，这里只有735年前他们祖先带来的一些硬币，但他们并不用。这里的一切支付，都是用相应的"服务"去报偿的。

骑士为亲王服务，亲王养着他们。骑士保护劳动者和工匠，作为回报，他们为骑士提供服务，满足骑士的需求。奴隶从亲王或他们侍奉的骑士那里得到衣服和食物。珠宝和贵金属也用于支付商品和服务，但由于缺少价格标准，每笔交易都是物物交换。

这里的人们几乎不怎么在乎财富。骑士最重视的是自己表现出来的勇气和获得的荣誉，而这些都是无价的。工匠制作工艺品时精益求精，做得好的话可以为自己带来荣誉，这就是最好的回报了。

这里的山谷土地肥沃，生产出丰富的食物，足够供人们食用。土地由奴隶耕种，自由民则包括工匠、士兵和牧牛人。骑士保护尼姆尔城不受敌人入侵，还参加比武，在山谷里和周围山上捕猎。

时间一天天过去了，在理查爵士的悉心教导下，布莱克迅速掌握了一定的骑士技艺。尽管他在大学时期就能熟练使用花剑了，但他用起剑和盾来还有一定困难。根据布莱克的观察，尼姆尔骑士完全不知道剑的防御功能，基本只用剑来全力攻击。对他们来说，剑几乎只用于砍杀敌人，而盾才是唯一的防御武器。但是布莱克使用这种武器时突然意识到，如果必要的话，他可以利用击剑知识，发挥自身优势。这样他就能更好地用剑防守，弥补在用盾方面的不足，并通过巧妙用剑来更好地进攻，毕竟，他们对此几乎不知道要怎么防御。

至于对长矛的使用，布莱克觉得简单多了，因为长矛使得好坏，往往取决于骑术的优劣，而布莱克早在学校的时候，就已经是一位优秀的马球手了。

城堡的外院，也就是内墙和外墙之间那块空地，位于山谷的北边，全部用于骑士练习和训练。这里非常广阔，靠着内墙建了一座木制的大看台，拆卸十分灵活，若城堡遭遇袭击，可以迅速拆除。

骑士们的马上长矛比武就在这里举行，一周一次，而大型锦标赛则在城堡外的山谷底部举行，次数相对较少。

每天早晨，许多骑士和女士来此观看外院里的练习和训练。这些练习和训练为这里带来了活力，也为此增添了一抹色彩。他们互开善意的玩笑，互相打赌。练习期间，要是哪个骑士摔下马来，那可就惨了，骑士最怕遭人嘲笑，对他们来说这简直比死还可怕。

正式的马上长矛比武每周举行一次。日常练习时，观众可以肆意玩笑，但正式比武时需要遵守更多礼仪。

布莱克就是在这样的观众面前接受训练。由于他是新来的，吸引了比往常更多的观众。不论是马卢德爵士的朋友还是理查爵士的朋友，都心照不宣地把他当成今天的焦点，一方为他呐喊欢呼，另一方对他大声嘲讽，场面一度喧闹无比。

就连亲王也经常亲临现场观看，而闰娜塔公主则一直都在那儿。人们很快就发现，高本瑞德亲王稍微倾向于马卢德爵士那边，于是，不少人见风使舵，马卢德那边的阵营很快就扩大了不少。

对骑士的侍从和以后成为骑士的年轻小伙的训练，大多安排在早晨的前几个小时。接下来才是骑士相互练习马上长矛比武的时间，在这期间，理查爵士或他一个朋友，会带着布莱克在外院一角进行训练。正是在这些训练当中，布莱克才有机会一展精湛的骑术，就连高本瑞德亲王看了后也情不自禁拍手称赞。

"老天啊，"他惊呼道，"这个人简直和他的马合二为一了。"

"他没从马上摔下来，靠的全是运气吧。"马卢德说。

"也许吧，"高本瑞德说，"不过，我倒挺喜欢看他骑马的样子。"

"他长矛使得还不赖，"马卢德勉强承认道，"但是，我的天呐！你见过有哪个蠢蛋比他还不会用盾吗？我想，他还是端木盘子更在行些。"这番话引得众人一阵狂笑，不过，闺娜塔公主并没笑。马卢德的眼睛时刻盯着公主，很快就注意到了这点。"闺娜塔公主，到现在你还相信这个粗人是个骑士吗？"他问道。

"我有说什么吗？"她板着脸反问道。

"但你刚才没笑啊。"他提醒她说。

"这个骑士初来乍到，远在他国。我觉得，你这样取笑他可不像骑士或绅士应有的风度。我没有笑，是因为我觉得根本没什么好笑的。"她回答道。

当天晚些时候，布莱克来到大院的人群中，迎面碰到了马卢德那伙人。实际上，布莱克从不刻意避开马卢德或他的朋友，似乎从不在意他们的冷嘲热讽。马卢德还以为布莱克愚蠢无知，总认为他是个乡巴佬。不过，其他一些人倒是挺欣赏布莱克的态度，看出他这是故意反抗，而马卢德对此浑然不觉。

尼姆尔城堡的居民大多更倾向布莱克这个新来者。过去七个半世纪以来，尼姆尔城一直笼罩在一股古老沉闷的氛围之中，而布莱克为他们带来了一股清新的气息，将他们从中解放出来。他给他们带来了新的词语、新的表达方式和新的观点。对于这些新事物，许多人都欣然接受了。马卢德在城里颇有影响力，要不是由于他无缘无敌敌视布莱克，大家早就张开怀抱欢迎他了。

虽然理查比马卢德受欢迎得多，但他没有马卢德那么多的马匹、武器和仆人，因此对高本瑞德的影响也不如马卢德大。

然而，并非所有人都如此，总有些人思想独立，愿意追随理查爵士。他们有些人是因为喜欢他这个人，有些人则不惯于看上面人的眼色行事，而是根据自己的判断做出决定。他们当中许多人都已经和布莱克成为好朋友了。

当天下午围在马卢德身边的人，也并非全都对布莱克怀有敌意。但他们大多数都以马卢德马首是瞻，他笑他们就笑，他皱眉他们就皱眉。其实，这也不奇怪，通常来说，在国王和亲王的朝廷里，谁先服从命令，谁先喊"遵命"，谁就步步高升，前程似锦。

闺娜塔公主也在人群之中，布莱克直接朝她走去，对她深深鞠了一躬。闺娜塔公主出生于王族，理应首先得到别人的问候。布莱克走过去的时候，许多人都对他微笑着点头致意。

"詹姆斯爵士，你今天早晨的表现十分出色，"公主善意地说，"我非常高兴能够看你骑马。"

"公主，我觉得看他怎么用木盘给我们上一块鹿肉才是少有的乐趣呢。"马卢德轻蔑地说。

他的这番话引得众人捧腹大笑，于是还想再说几句，引起更多的欢呼。

"哎呀！"他大声说，"要是给他一只木盘和一把切肉刀，他或许会用得更灵活些。"

"说到上菜,"布莱克说,"似乎马卢德心里一直都想着这个,而非其他骑士应该做的事嘛。那么请问现场各位有谁知道,要快速上一道新鲜猪肉需要哪些东西吗?"

"骑士先生,没人知道这个,还是请你告诉我们吧。"闺娜塔公主说。

"是的,你来告诉我们,"马卢德大声叫道,"上菜你在行,你应该知道。"

"你说对了,老家伙,我确实知道!"

"那么,你说说看,要很快上一道新鲜猪肉,需要哪些东西?"马卢德一边问,一边看看他周围的人,向他们挤挤眼睛。

"一只木盘、一把切肉刀,还有你,马卢德爵士。"布莱克笑着回答道。

这些人头脑简单,过了几秒才反应过来。闺娜塔公主第一个笑了起来,很快,大家也都跟着笑了起来。这时,一些人还把其中玄机讲给其他人听,哄笑声一阵接着一阵。

也不是所有人都笑了——至少马卢德爵士没笑。他听出布莱克的戏谑后,先是气得脸通红,接着脸色惨白。伟大的马卢德爵士可不想成为众人的笑柄,喜欢取笑他人者往往都不喜欢被他人取笑。

"小子,"他大声叫道,"你竟敢这样冒犯我?天呐!你个出身卑微的粗人!你必须用你的血才能赎你的罪!"

布莱克脱口而出地说了一句美国俗语:"放马过来!老家伙!有什么绝招尽管亮出来好了!"

"我不知道你这傻话是什么意思,"马卢德大叫道,"但我知道,要是你明天不敢和我进行一场公平的决斗的话,我定要把你赶到圣墓谷,用棍子狠狠打你一顿。"

詹姆斯爵士 | 113

"好！"布莱克愤怒地说，"明天早上北外院见，带着……"

"小子，用什么武器，任你自己挑。"马卢德说。

"别叫我小子，我不喜欢这样的称呼，"布莱克小声说道，脸上的笑容消失了，"马卢德，我只是想告诉你点什么，这可能对你的心灵深处有好处。整个尼姆尔城里，单单只有你一个对我不好，不愿给我一个公平的机会，来让我证明我的能力。

"你以为自己是个伟大的骑士，但你根本就不是。你智商不高，心地不善良，更没有骑士精神。在我的国家，像你这样的人根本称不上好人。不错，你有马有士兵，但除此之外，你一无所有。要是没有这些东西，你根本得不到亲王的青睐。没有亲王的那点青睐，你根本就没有一个朋友。

"不管从哪个方面来讲，你都比不上理查爵士。他身上综合了骑士的一切优秀品质，数个世纪以来，正是这些品质为骑士团带来了光辉荣耀。你也比不上我，至少我是个好人。明天北外院见，我将带着剑和盾在马背上与你一较高下，用你自己的武器打败你。"

他们周围的人，见马卢德气得怒不可遏，都逐渐从布莱克身边走开了。布莱克说完后，才发现身边空无一人，只剩自己孤零零地站在离马卢德几步远的地方。原先在自己身边的人都跑到了马卢德身边。正是此时，原来站在离马卢德不远的闺娜塔公主，却向布莱克走了过来。

"詹姆斯爵士，你话太多了！"她一边说一边露出甜美的笑容，"我带你去花园走走。"说完，她挽着他的手臂朝东院的南端走去。

"你真是太好了！"除此之外，布莱克激动得不知道该说什么。

"你真觉得我很好吗？"她问道，"我得知道，对待像我这样的人，男人是否会讲实话。正如人们所看到的一样，比起亲王，人们更愿意对奴隶说出实话。"

"我希望能用实际行动证明我说的都是真的。"他说。

他们两人与其他人相隔一段距离后,闺娜塔公主突然用力抓住他的手。

"我把你带到这里来,是想和你单独说几句话。"她说。

"你做什么都行,我不在乎什么原因。"他回答道,脸上露出一丝笑容。

"刚来到我们这儿,你还算是个陌生人,不习惯我们的方式,不熟悉骑士的行为,使得许多人都怀疑你并非骑士。但你非常勇敢,要不然的话就是头脑过于简单,否则的话,你怎么会选择拿剑和盾与马卢德爵士一较高下呢。他可是非常善于使用剑和盾的,但你自己却使得非常笨拙。我觉得你明天简直就是自寻死路,所以把你带到一边,和你说这些话。"

"那现在还有什么方法可以补救吗?"布莱克问道。

"你长矛使得还不错,"她说,"现在换武器还来得及。我希望你还是换个武器吧。"

"你关心我吗?"他问道。"关心"这两个字意义非常,包含世上太多的含义。

一听到这个问题,公主的眼睛先是低下去了一会儿,然后向上看,直视他的眼睛,眼神里透出一股傲慢的神气。"我是尼姆尔亲王的女儿,"她说,"我父亲的一切,哪怕是再卑微的,我也关心。"

"詹姆斯爵士,我猜这足够帮你撑住一段时间了。"布莱克心里这样想着,但他没对闺娜塔公主说些什么,只是笑了笑。

公主见他这样,气得跺了跺脚,生气地说:"你这个家伙笑得太无礼了!你的这种行为着实让人讨厌。你这样对待亲王的女儿,太鲁莽无礼了。"

"我只不过是问了问你,是否在乎我被杀掉。就算是只猫也可以这样问吧。"

"关于这个问题，我已经回答你了。你为什么还要笑？"

"因为在你说话之前，你的眼睛已经给出了答案。我知道，你眼睛说的才是实话。"

她又生气地跺了跺脚。"你真是太鲁莽无礼了，"她大声说道，"我才不留在这里继续被你冒犯呢。"

公主把头扬得高高的，傲慢地转身离去，重新回到人群。

布莱克连忙跟上她，小声对他说："明天，我将用剑和盾迎战马卢德爵士。有你站在我这边，我肯定能战胜尼姆尔最厉害的剑士。"

闺娜塔公主假装没听到他的话，继续向马卢德爵士身边的人们走去。

Chapter 12
"明天你死定啦！"

乌拉拉回去当晚，首领巴旦多的村子里举行了盛大的庆祝活动。村民们杀了一只羊和许多只鸡，还准备了许多水果、木薯面包以及当地特色啤酒。人们载歌载舞，甚是欢乐，一直闹到次日凌晨才去睡觉。所以，直到翌日下午，费耶安才有机会和巴旦多讨论一些重要事情。

费耶安找到老首领时，发现他正蹲坐在小屋前的阴凉处。这位老首领昨晚狂欢喝得有点高兴，到现在还有点没缓过神来。

"巴旦多首领，我来找你是为了谈谈沙漠人的事。"他说。

巴旦多咕噜了一声，头还有点痛。

"昨天，你说你会带他们到禁谷的入口处，"费耶安说，"你的意思是，不和他们抗争吗？"

"要是带他们到禁谷的入口去，那就不用和他们打了。"巴旦多回答说。

"你不是在跟我打什么哑谜吧？"费耶安说。

"乌拉拉，听着，"老首领说，"你从小就被人偷走，多年身处异国他乡。当时你还小，许多事情都不知道。而且，到了现在，有些事你早就忘记了。"

"其实，要进入禁谷并不难，尤其是从北面进入。许多加拉人都知道怎么从北面的通道翻过去，或者穿过大十字前面的通道，然后找到南面的入口处。要进禁谷，只有这两条路——每个加拉人都知道这两条路。不过，大家也知道，进了禁谷后就没路出来了。"

"巴旦多，你这话什么意思？"费耶安问，"如果有两条路可以进去，那肯定有两条路可以出来啊。"

"不，没有出来的路，"首领坚称道，"根据人们的记忆和流传下来的传说，我们的父辈，或者父辈的父辈，都知道有人曾进过禁谷，而且大家也都记得，凡是进去的人，没有一个出来过。"

"他们为什么没出来？"

巴旦多摇摇头，说："谁知道呢？他们命运如何，究竟是死是活，谁也猜不到。"

"那么，山谷里都住着什么人啊？"费耶安问。

"没人知道。从来没人见过他们然后回来告诉我们。有人说里面住着死者亡魂，也有人说里面住着猎豹，但究竟怎么回事，谁也不知道。"

"所以，乌拉拉，你去告诉这些沙漠人的首领，就说我们可以带他到山谷的入口。要是这样，我们就不必和他们打了，不费一兵一卒，以后再也不必受他们打扰了。"巴旦多说完，不由笑了起来。

"那么，你现在就派向导和我一起回去，把贝多因人带到山谷吗？"费耶安问道。

"不，"首领回答道，"你到了他们那里，告诉他们，我们三天后去找他们。这期间,我要去召集其他村庄的战士,我可不信任这些沙漠人。我们会带他们从我们国家过去,跟他们首领解释一下这点。务必告诉他,作为条件,进谷前他必须放了所有加拉奴隶。"

"伊本加德肯定不同意。"费耶安说。

"这由不得他。也许,他看见加拉战士把他团团包围时,更多的条件他都巴不得同意呢。"巴旦多回答道。

于是,费耶安按照巴旦多的吩咐,回去把这些话告诉了伊本加德。

起初,伊本加德不愿释放加拉奴隶,但费耶安劝他说,不这样做的话,巴旦多绝不会带他到山谷入口去,还会招致加拉人的敌对情绪。最终,伊本加德再三考虑,不得不同意了这个条件。不过,他在心里暗暗盘算,说不定到时候能找到机会拒不认账。

要背叛这些贝多因人,费耶安唯一觉得对不起的就是阿泰雅了,他很喜欢阿泰雅。不过,费耶安天生就是个宿命论者,深信该来的总会来,无论自己做什么都无济于事。

伊本加德等着加拉人前来带路,巴旦多则忙着从村庄里召集黑人战士,远的近的都叫来了。

与此同时,人猿泰山来到了光滑圆石的水洼处,循着贝多因人走过的路前进。

泰山从布莱克的黑人手下那里得知他不见了,而斯蒂姆博和布莱克分开后就启程前往海岸,自那以后,他们也没再见过他。于是,泰山更加相信,阿拉伯人囚禁的犯人就是布莱克了。

不过,泰山并不担心布莱克的安全,要是这些贝多因人希望留他一命,想要得到回报的话,他就没有多大危险。这样想后,泰山就不急着加快速度追赶伊本加德他们了。

两个男人坐在桌子两边粗糙的长椅上,中间放着一盏标灯,里面盛着石油,一根棉花灯芯轻轻燃着,将地面上的石板微微照亮,在粗糙的石墙上投下他们怪异的影子。

窗户很窄,没有玻璃,晚风从窗外吹进来,灯火在风中摇曳生姿。两人坐在桌子两边,桌上放着一块画满了方格的棋盘,一些方格里放着几颗木制棋子。

"该你了,理查,"其中一人说道,"你今晚下棋,兴致好像不高。怎么了?"

"詹姆斯,一想到明天的事,我就放不下心。"另一个人回答说。

"为什么?"布莱克问。

"马卢德虽然算不上尼姆尔最好的剑客,"理查爵士说,"但是——"他犹豫了会儿。

"但我是最差的。"布莱克接过他的话笑着说。

理查爵士抬头看了看,笑了起来。"你总爱开玩笑,就算面对死亡,你也不在乎。你们国家的人说话都和你一样吗?"

"轮到你下了,理查。"布莱克说。

"詹姆斯,你明天一定要时刻盯着他的剑,用好你的盾。还要盯着他的眼睛,确定他要袭击你哪里,准备好你的盾来防守。你可以用盾拦截他的剑。我经常和他一起训练,知道他向来动作慢。而且,他打算要用剑刺哪里,就会看着哪里。"理查提醒他说。

"但他并没杀了你啊。"布莱克提示他说。

"唉,我们那只是练习,但明天就不一样了。我的朋友,马卢德一心想你死,用你的血来一雪前耻。"

"就为了这个,他就想杀了我吗?"布莱克问,"我要告诉全世界,他就是个敏感易怒的小气鬼!"

"不是的。要是只为这点事,他可能让你流点血也就算了,但他想你死还有别的原因。"

"还有别的原因？是什么？我几乎都没和他讲过几次话。"布莱克不解地说。

"他是嫉妒了。"

"嫉妒？嫉妒谁啊？"

"他将来要和公主完婚，但你看公主的眼神，他可都看见了。"理查解释道。

"胡说八道！"布莱克大声说，但脸一下就红了。

"哪里的话。他可不是唯一一个注意到这点的人，好多人都注意到了呢。"理查接着说。

"你真是疯了。"布莱克不高兴地说。

"其实，有许多男人都会经常瞄一眼公主，毕竟她那么美丽，无人可比，不过——"

"难不成他把那些男人全都杀了？"布莱克问。

"没有，因为公主看都不看他们一眼，但她对你可不一样。"

布莱克往后靠在椅子上，突然笑了起来。"现在我算是知道了，你真是疯了，"他大声说，"你们都疯了。我承认，我是觉得公主长得挺甜美的，但是说实话，我年轻的伙伴，她对我也是看都不看一眼的。"

"够了，詹姆斯，别再说些稀奇古怪的话了，我知道你什么意思。但有一点你再怎么辩解都骗不过我。你在比武训练时，公主的眼睛几乎就没离开过你，再想想你看着公主时的样子——你总该见过猎犬崇拜主人的样子吧？"

"去你的吧！别胡说八道！"布莱克说。

"就算为了这个原因，马卢德也非要除了你不可，以免挡他好事。这些我都知道，所以才替你担心。我非常喜欢你，我的朋友。"布莱克站起身来，绕着桌子走了过去。"理查，你真是位优秀

"明天你死定啦！" | 121

的侦察员啊,"他一边说一边把手放到了理查肩上,"不过,你不用担心——我这不是还没死嘛。我知道我看起来并不怎么会使剑,但这几天来,我已经学了好几招了。等着吧,我会让他大吃一惊的。"

"詹姆斯,你有这样的勇气和信心,这很好。不过,这可能还不足以让你战胜马卢德,他可是练了好多年剑的人。从这点来看,他比你更有优势。"

"马卢德追求公主,高本瑞德亲王赞成吗?"布莱克问。

"为什么不呢?马卢德是位骑士,有权有势,有他自己的大城堡,还有许多马匹和仆人。除了十几个骑士,他还有整整一百个士兵呢。"

"还有其他的骑士拥有自己的城堡和追随者吗?"布莱克问。

"这样的骑士可能还有二十个吧。"理查回答说。

"他们都住在高本瑞德城堡附近吗?"

"他们住在山脚下,各自距离高本瑞德的城堡不到三里格(长度单位)。"理查解释道。

"这个山谷这么大,除了他们就没有其他人住了吗?"布莱克问。

"你听人提过博亨吗?"理查问。

"是的,经常听到啊。为什么这么问?"

"他自称为国王,但我们从不把他当成国王。他有他自己的部下,住在山谷的另一边。他们人数可能和我们差不多,我们双方经常交战。"

"但我总听人谈到一场盛大的锦标赛,骑士们都在为此训练。我原以为博亨和他的骑士也会参加呢。"

"是的,他们也会参加。这个锦标赛每年举行一次,从大斋节的第一个星期天开始,持续三天。这个比赛早在远古时代就开始了,当时先锋和后卫双方宣布休战,休战期间举行了该比赛。一年在尼姆尔前面的平原举行,一年在塞伯克前面的平原举行,两个地方轮流举行。"

"先锋和后卫!这究竟是什么意思啊?"布莱克问。

"你现在已经是尼姆尔的骑士了,竟然不知道这个?"理查吃惊地问。

"关于骑士,我了解的并不多。"布莱克承认道。

"你应该要多了解一下。我来告诉你,你仔细听好了。这还得从头开始讲起。"说着,他拿起旁边地上的酒壶倒了两杯酒,喝了一大口后继续说道:"1191年的春天,理查一世带着他庞大的部队从西西里岛航行出发,前往阿克里。他将在那儿和法国国王菲利浦·奥古斯会合,共同从撒拉逊人手中夺取圣地。但是,理查半路停下来征服塞浦路斯,惩罚了他们邪恶的暴君,因而耽误了行程。那个暴君曾侮辱过理查的未婚妻伯伦加莉亚。

"塞浦路斯的少女面容姣好,让一些骑士迷恋不已。他们重新起航前往阿克里时,将许多少女藏在了船上。后来,他们遇上了暴风雨,其中两艘船被吹离航线,最终漂到了非洲海岸。

"其中一群人由一位名叫博亨的骑士指挥,另一群人由名叫高本瑞德的骑士指挥。虽然他们一起行军,但除了遭遇袭击时,平常都分开行动。

"他们一直都在寻找耶路撒冷,后来来到了这座山谷,博亨宣布这里就是圣墓所在地,十字军东征到此结束。所有十字军在到达目的地之前,全都在胸前戴着十字,他们也一样。但到了这里后,他们就把胸前的十字拿下来,放到背后去了,以此象征十字军东征已经结束,准备重返家园。

"高本瑞德坚称这里并非圣墓所在地,十字军东征还没结束。

于是，他和部下继续将十字放在胸前，并且建了一座城市和一座坚固的城堡，以此保卫山谷入口，在完成使命之前，坚决阻止博亨及其部下重返英国。

"博亨也建了一座城市和一座城堡，横跨这个山谷，以此阻止高本瑞德继续往前。高本瑞德知道，真正的圣墓就在那个方向。但将近735年以来，博亨的后人一直阻止高本瑞德的后人继续向前，阻止他们从撒拉逊人手中夺回圣地。与此同时，高本瑞德的后人一直阻止博亨的后人重返英国，不让他们辱没骑士荣誉。

"高本瑞德自称为亲王，而博亨自称为国王。数世纪以来，他们两人的头衔世代相传。高本瑞德的部下依旧在胸前佩戴十字架，自称为先锋，而博亨的部下把十字架戴在后背上，自称为后卫。"

"那你们还会继续往前走，坚持前去解放圣地吗？"布莱克问。

"那当然了，"理查回答说，"后卫也还是想要重返英国。不过，我们早就意识到，我们各自的希望可能都要落空了。众多撒拉逊军队把我们团团包围。敌众我寡，我们根本抗衡不了。"

"形势这么严峻，你不觉得留在这里才是明智之举吗？"理查问。

"当然，要是你们跑去耶路撒冷或者伦敦，那里的人肯定会大吃一惊，"布莱克说，"理查，总的考虑来看，换作我是你的话，我会继续留在这里。你也知道，已经过去735年了，你们家乡的人，恐怕大都把你们忘了。就算你们现在前去征服耶路撒冷，撒拉逊人可能都一头雾水。"

"詹姆斯，但愿你说得对，"理查说，"而且，我们在这儿也挺满足的，也不知道其他国家的情况。"

说完了这些，他们两人都陷入了沉思，好一会儿没说话。布莱克终于先开始说话，他说："这个锦标赛我倒是有点兴趣，你说比赛从大斋节第一个星期天开始，那也没几天了嘛。"

"是的，没几天了。怎么这么问？"

"我在想，不知道你觉得我够不够格参加。我现在长矛也越练越精，一天比一天好了。"

理查看了看布莱克，摇了摇头，忧伤地说："可是明天你就要死了。"

"哎，我说你可真是个让人扫兴的伙伴啊！"

"我的好朋友，我只是实话实说，"理查回答说，"一想到真要这样，我的心里就难受得很。不过，肯定是这样，你明天不可能战胜马卢德。要是我能替你出战就好了，不过这不可能。我只能安慰自己，你会勇敢地应战，即使难免一死，也要像个骑士一样光荣地死去，绝不玷污你骑士的纹章和称号。公主知道你这样勇敢地死去，也会有所安慰。"

"你真这样想？"布莱克问道。

"当然是真的。"

"要是我没死，闺娜塔公主会不高兴吗？"

"不高兴！不高兴什么？"理查问。

"我是说，要是我没死，她会生气吗？"布莱克也感觉自己刚才问得有点欠妥，连忙纠正道。

"我可能不应该说这种话，"理查说，"不过，有件事似乎可以肯定，没有哪个女人希望看见未来丈夫被打败或被杀害的。如果你没死，那死的肯定就是马卢德了。"

"他们已经订过婚了吗？"布莱克问。

"大家都这样认为。但到目前为止，他们还没正式订婚。"

"我要睡觉休息了，"布莱克说，"要是我明天就得被人杀死，那我今晚应该要好好睡一觉。"

他房间的地面是石头的,床摆在一个角落里,床上铺满了灯芯草,草上面铺了一张毛茸茸的羊毛毯。他躺在毯子上,又拿了另一条羊毛毯盖在身上。躺在床上后,他睡意全无。其实,他从来没像现在这样睡不着过。他知道明天要和一位中世纪的骑士进行决斗,自然会紧张起来。不过,布莱克向来自恃甚高,又那么年轻,从没认真想过自己可能会被杀死这件事。他知道自己可能会死,但不愿因此心烦意乱。然而,另一件事却让他烦得很。这件事既让他烦又让他生气——他发现自己竟然在意马卢德爵士和闺娜塔公主之间的婚事。

他自言自语道,难道自己已经傻到如此地步,爱上了这个中世纪的小公主吗?她可能只把自己看作脚下的尘土而已。我要怎么应对马卢德?要是明天能够胜过他,那又该怎么办?要是把马卢德杀了,会不会惹得闺娜塔公主不高兴?要是不杀了马卢德,那又怎么办?布莱克毫无主意。

Chapter 13
泽伊德帐篷之内

伊本加德在营地等了三天,但巴旦多并未履行承诺,到现在还没派加拉人前来带领他们进入山谷。于是,他吩咐费耶安再次去找巴旦多,催他加快动作。他心里一直害怕人猿泰山会回来多加阻碍,惩罚自己。

伊本加德知道,虽然已经离开泰山的国家了,但所谓疆土的界限,是非常模糊的,不能盲目地自以为安全,不会遭他报复了。他希望泰山还在等着他返回,以为他还会路经自己的国家,而他绝不会再冒此风险了。相反,他正计划着直接西行,从泰山的国家的北边路过,然后再回到通往北方的路上,他当初就是沿着这条路从自己在沙漠中的国家出发的。

伊本加德坐在大帐的地毯上,一起坐着的还有托洛格、法赫德、斯蒂姆博以及其他阿拉伯人。他们正在谈论为什么巴旦多迟迟不肯派人前来带路,生怕他会食言。其实,伊本加德他们早就知道,过去几天里，巴旦多召集了大量士兵。虽然费耶安保证，要是阿拉伯人不食言，这些士兵绝不会来对付他们，但他们还是觉得危险。

阿泰雅向来喜欢唱歌，成天笑呵呵的，但现在忙于家务，内心为爱人的离去悲伤不已，根本无心唱歌，脸上也没了往日的微笑。她听到了前帐里男人们的谈话，但一点兴趣都没有。前帐和后帐中间仅隔着一面帘子，但她几乎不怎么往外看。偶尔往外一瞥，一看到法赫德那张脸，她心里就怒火中烧。

她往外瞥了一眼，碰巧看到法赫德的眼睛。当时，他正往外看向营地，突然惊讶地瞪大了双眼。

"哎呀，伊本加德！"法赫德大喊道，"快看！"

听到他喊后，阿泰雅和其他人一齐朝他盯着的方向看去，一个个惊讶地喊了出来。这些男人们马上开始咒骂起来。

原来，这时正有一个大汉，大步穿过营地，径直向大帐走来。他全身棕褐色的皮肤，肩膀上斜挂着一捆用长纤维拧成的长绳，手里拿着一根长矛，腰里挎着箭袋和腰刀，背上还背着一个椭圆形的盾牌。

"人猿泰山！"伊本加德大声叫道，"愿安拉的诅咒降临在他身上！"

"他肯定带了许多黑人战士来，让他们躲在了树林里，要不然的话，他怎么敢一个人闯进贝多因人的营地。"托洛格小声说。

伊本加德心里十分苦恼，急忙想办法应对。不一会儿功夫，泰山已经来到帐前，迅速扫视了一遍这些人，最终把目光落在了斯蒂姆博身上，问道："布莱克在哪儿？"

"你才应该知道啊。"斯蒂姆博咕哝道。

"你和他分开之后，还见过他吗？"

"没有。"

"你确定?"泰山又问了一遍。

"当然确定。"

这时,泰山转过去对伊本加德说:"你上次骗了我。你来这里根本不是为了进行贸易,而是想要找到一座城市,把那里洗劫一空,带走那里的宝藏和女人。"

"这完全是胡说八道!"伊本加德大叫道,"不论是谁告诉你的,他肯定骗了你。"

"我觉得他没说谎,他看起来像个诚实的年轻人。"泰山说。

"他叫什么名字?"伊本加德问。

"他叫泽伊德。这些都是他告诉我的,他还告诉了我好多,我信他的话。"阿泰雅一听到泽伊德的名字,顿时来了兴趣。

"异教徒,他还告诉了你什么?"

"他告诉我说,另外一个人偷了他的枪,企图杀了你,还栽赃陷害他。"

"胡说八道。他说的都是假的!"法赫德大喊道。

伊本加德坐在那,眉头紧锁,脸色阴沉,陷入了沉思。他往上看了看泰山,脸上突然露出了狡黠的笑容,对泰山说:"这个可怜的年轻人肯定以为自己讲的是实话,就像他以为他应该杀了自己酋长一样。其实,他总是生病,脑子不清楚,但我以前从没想到他会如此危险。"

"人猿泰山,他骗了你,我的人以及这个异教徒朋友都可以证明,他们都可以作证,我遵从你的盼咐,离开了你的国家。要不然的话,我为什么要重新往北朝着我自己的国家去呢?"

"如果你有意遵从我的命令,为什么还要把我关起来,连夜派你兄弟去杀我?"泰山问道。

"你又误会我了,"伊本加德故作悲伤地说,"我弟弟去找你,是想帮你解开皮条,好让你恢复自由,结果你攻击了他,后来还来了大象把你给带走。"

"那你弟弟举起刀,对我大声喊:'去死吧,异教徒!',这又是怎么回事?"泰山问,"一个人喊着这样的话,难道会是来做好事的?"

"我只不过是开了个玩笑罢了。"托洛格喃喃说道。

"我现在又来了,"泰山说,"但我可不是来开玩笑的。我的瓦兹瑞士兵马上就来了。我们要亲眼看你们启程回沙漠。"

"这正合我意,"酋长连忙接住话说,"我们迷路了,不信的话你可以问问这个异教徒,看我说的是不是实话。现在你来带路,那真是太好了。而且,我们被加拉士兵包围了。过去几天里,他们的首领一直都在召集士兵。看样子,我们恐怕会遭到他们的攻击,异教徒,我说的是真的吧?"他一边说着话,一边转过去看着斯蒂姆博。

"是的,千真万确。"斯蒂姆博说。

"要是你真打算离开这个国家,"泰山说,"我会留下来,确保你们平安离开。你们明天就可以启程。今晚先给我准备一顶帐篷——不准再出尔反尔了。"

"不用担心。"伊本加德向他保证道。接着,他把头转向内帐,大声喊道:"西尔华!阿泰雅!把泽伊德的营帐准备好,给这位丛林酋长休息用。"

按伊本加德的吩咐,这两个女人为泰山搭好了一顶黑色帐篷,就在酋长营帐旁边不远处。当主杆竖起来,阿泰雅把它四周的拉索和桩子钉到地上以后,西尔华就回去继续忙家务活了,只留下阿泰雅整理四面的帐幕。

阿泰雅一听到西尔华走远了,就立马跑到了泰山面前。

"嘿，异教徒，你见过我的泽伊德？他现在安全吗？"她问泰山道。

"我把他留在了一个村庄，那里的首领会照顾他的，等你们重返沙漠经过那里时，他就和你们一起回去。他现在很安全，一切都好。"

"哦，异教徒，那你快告诉我他怎么样了，我一心想听到他的消息。你是怎么遇见他的？在哪儿遇见的？"女孩恳求道。

"当时，一只狮子要吃了你的爱人，他的母马被吓坏了。我碰巧经过那里，就杀了狮子，救下了他。后来，我把他带到了一个村庄里，那里的首领是我的朋友。我知道，丛林里危险重重，要是把他单独留在那儿，让他自己步行，他肯定活不下去。我原本想把他安全送出这个国家，但他求我让他留下来，等你从那条路上回去。所以，我就答应了他，让他继续留在村子里。不用几周，你就可以见到你的爱人了。"

听到这，阿泰雅一下子哭了起来，一颗颗泪珠从那又长又黑的睫毛上滑落下来，这是喜悦的泪水。她一把抓住泰山的手，亲吻了一下，哭着说："以后我的命就是你的了，异教徒。谢谢你把他重新带回我身边。"

那天晚上，费耶安经过伊本加德营地时，看见他和托洛格两人坐在地毯上，正小声商量着什么。费耶安深知他们狡猾多端，想知道他们又在密谋些什么。

这时，在营帐的后帐里，阿泰雅正躺在睡垫上，蜷缩成一团，但她并没有睡着。其实，她正听着父亲和叔叔之间的谈话。

"我们必须除掉他，不能让他妨碍我们。"伊本加德坚称道。

"但他的瓦兹瑞士兵正往这边赶来，要是他们在这里找不到泰山，那我们要怎么说啊？不论说什么，他们都不会相信的，还要找我们麻烦。我听说他们十分可怕。"托洛格反对道。

"该死的！"伊本加德大声说，"要是他留下来，我们就彻底完了。宁愿铤而走险也好过空手而归。毕竟，我们一路经历了这么多，实在不容易啊。"

"哥哥，要是你还认为凭我一个人就能将他解决的话，那你就错了。光是上次就够了。"托洛格说。

"不，我不是叫你一个人去。不过，我们必须想出一个办法来。我们这些人当中，难道就没有谁比我们更想杀了泰山吗？"伊本加德问道。尽管伊本加德表面上好像还没打好主意，在向托洛格要办法，但其实他老谋深算，早已胸有成竹了。

"哥哥，另一个异教徒！"托洛格高兴地说，"他恨泰山。"

伊本加德听了后拍手称赞道："弟弟，你真聪明！"

"不过，要是出了事，我们还是脱不了干系。"托洛格提醒说。

"要是能除掉他这个障碍，那又有什么关系呢。反正现在状况已经够糟了。要是巴旦多明天带着向导来这里，那我们要怎么办？那样的话，泰山就知道我们又骗了他，他肯定对我们不客气。不，必须今晚就除掉他。"

"好，但是要怎么做呢？"托洛格问。

"别急！我有个主意。弟弟，你仔细听好！"伊本加德搓了搓手，笑了笑。但要是他知道阿泰雅正在后帐听着，看到费耶安正趁着夜色蜷伏在帐外，他可能就笑不出来了。

"哥哥，快说呀，"托洛格催促道，"快把计划告诉我。"

"好吧！大家都知道，斯蒂姆博痛恨泰山。以前大家聚集在我的营帐里，他就在大家面前多次说到过。"

"你要派斯蒂姆博去杀人猿泰山？"

"你猜对了。"伊本加德承认道。

"但我们怎样才能撇清关系呢？这样的话，他可是死在你的令下，死在你的营地啊。"托洛格反对道。

"等一下！我可不会直接命令他去杀泰山，但我会旁敲侧击，故意提示一下他。等他杀了泰山后，我再故意装出一副愤怒和害怕的样子，假装没想到泰山竟然会死在我的营地。为了证明我的诚心，我就下令处死凶手，以惩罚他所犯之罪。这样的话，一箭双雕，一下子除掉了两个异教徒，同时还能让泰山的瓦兹瑞士兵相信，我们的确是他们酋长的朋友。等瓦兹瑞士兵到达后，我们就故意大声哀悼。"

"感谢真主让我有这样聪明的哥哥！"托洛格高兴地说道，

"你现在马上去把斯蒂姆博叫来，"伊本加德命令道，"单独带他来见我，等我和他讲完话，他出去办事后，你重新回到我营帐来。"

听到这些话，阿泰雅在睡垫上吓得瑟瑟发抖。等托洛格离开营帐消失在夜色里后，一直蜷伏在帐外的费耶安才悄悄起身离开。

托洛格急匆匆地把斯蒂姆博从法赫德的营帐叫出来，提醒他不要声张，在夜色里默默地走着。来到伊本加德营帐后，斯蒂姆博发现伊本加德正等着自己。

"异教徒，坐吧。"伊本加德邀请道。

"夜里这个时候叫我来，你究竟想干什么？"斯蒂姆博问。

"我已经和人猿泰山谈过了，"伊本加德说，"你是我的朋友，而他不是，所以我把你叫来，是想告诉你他接下来要怎么对付你。他干涉了我所有的计划，逼我从这个国家离开，但这和他要对你做的事比起来，根本不算什么。"

"他究竟想怎么样？"斯蒂姆博问，"他怎么总是那么爱管闲事。"

"你不喜欢他？"伊本加德问。

泽伊德帐篷之内 | 133

"我为什么要喜欢他？"斯蒂姆博问。他还说了个难听的绰号来指泰山。

"要是我把他的计划告诉你后，你会更讨厌他的。"伊本加德说。

"没事，你说吧。"

"他说你杀了同伴布莱克。因此，他打算明天把你给杀了。"伊本加德说。

"呃？什么？杀我？为什么？他不能这样做！他以为他是谁啊——罗马皇帝？"斯蒂姆博愤怒地问道。

"但是，他向来说到做到，"伊本加德说，"这里没人比他强大，从来没人敢过问他的所作所为。明天他就要杀了你。"

"但是——你不会让他这样做的，伊本加德！你肯定不会让他这样做的，是吗？"斯蒂姆博这时已经吓得浑身发抖了。

伊本加德摊开他的手掌，问道："我又能怎么办呢？"

"你可以——你可以——你肯定可以做点什么。"斯蒂姆博哭着说，心里怕极了。

"没人能够救你——只有你自己才能救自己。"伊本加德轻声说。

"你这话什么意思？"

"他现在正在营帐里睡大觉，而你手里可有一把锋利的刀呢。"

"但我从没杀过人啊。"斯蒂姆博小声说。

"以前也从来没人要杀你啊，"伊本加德提醒他说，"但今晚你必须杀了他，否则的话，他明天就要杀了你。"

"上帝啊！"斯蒂姆博气喘吁吁地说。

"现在已经很晚了，"伊本加德说，"我要去睡了。我已经警告过你了，你自己看着办吧。"说着，他站起身来，好像是要去后帐的样子。

134

斯蒂姆博吓得发抖,蹒跚着走出了营帐。他犹豫了一会儿,但最终还是蜷缩着身子趁着夜色悄悄朝泰山的营帐走去。

但阿泰雅急忙赶在他前面跑去提醒泰山,毕竟他曾经把她的爱人从狮子口中救下。就在她几乎快到达泰山的帐篷时,另一个帐篷里突然走出一个人来,一只手把她嘴捂住,另一只手紧紧抓住了她的腰。

"你要去哪?"有人在她耳边小声问道,她一下就听出这是她叔叔。不过,未等阿泰雅回答,托洛格就抢着替她答道:"你是要去提醒泰山吧,因为他是你爱人的朋友!回到你父亲的营帐里去。要是他知道了,肯定要杀了你。回去!"他一边说着,一边猛地推她回去。

说着,托洛格嘴唇上扬,露出险恶的笑容。他觉得自己及时阻止了阿泰雅,感谢安拉给他机会,没让她毁了所有人。正当托洛格笑着的时候,一只手从黑暗之中伸了出来,从身后抓住他的喉咙——手指紧紧抓住他,将他拖走了。

斯蒂姆博浑身颤抖,出了一身冷汗,手里紧紧握住一把利刀。夜色里,他蹑手蹑脚朝泰山的帐篷走去。

斯蒂姆博向来暴躁易怒,恃强凌弱,但他胆小懦弱,从没犯过罪。此刻,他身上每个细胞都在反抗,根本不愿刺杀泰山。他本无心杀人,但现在走投无路,眼前面临着死亡,这是唯一的生路。

斯蒂姆博走进泰山的帐篷,下定决心完成此行目的。事实上,他现在真的非常危险,非常可怕。泰山躺在黑暗之中,身上盖着一件旧连帽斗篷。斯蒂姆博悄悄向他身边爬去。

Chapter 14
宝剑与盾牌

太阳升上天空,阳光照到尼姆尔城堡的塔楼上。这时,一位年轻人从毯子里钻出来,揉了揉眼,伸了一个懒腰,伸手摇了摇睡在旁边的同龄小伙。

"醒醒,爱德华!快醒醒,你个懒虫!"他大声叫道。

爱德华翻了个身,打着哈欠问了声:"嗯?"

"快起来,你这个家伙!"米歇尔催促道,"难道你忘了你主人今天就要被杀了吗?"

一听这话,爱德华一下坐了起来,立刻清醒了。他眼睛闪了闪,大声喊道:"你别胡说!我主人才不会死,他一剑就能把马卢德爵士从头顶劈到半腰。没有哪位骑士的力气比他还大。米歇尔,你对他一点都不忠诚。作为理查爵士的朋友,他可一直都拿我们当朋友,对我们好得很呢。"

米歇尔拍了拍爱德华的肩,对他说:"不,爱德华,我只是开个玩笑。我一心一意希望詹姆斯爵士赢。""不过……"他停顿了一下,"我担心……"

"担心什么?"爱德华问。

"我担心詹姆斯爵士使用剑和盾的技术不够精湛,我怕他无法战胜马卢德爵士。就算他的力气再大,大到比得上十个人,但要是没有技巧的话,那也没用啊。"

"你就等着看吧!"爱德华坚定地说。

这时从他身后传来一个声音:"我发现詹姆斯爵士有位忠诚的侍从嘛,希望他所有的朋友都像你一样衷心为他祈祷。"他们转身往后一看,发现理查爵士正站在门口。

"昨晚睡觉时,我向我主耶稣祈祷,希望他能保佑我主人一剑刺穿马卢德爵士的头盔。"爱德华说。

"好极了!赶快起床,检查一下你主人的盔甲和战马的马饰,让他穿得和尼姆尔的骑士一样进入竞技场。"理查吩咐道,说完就离开了。

当时是二月的一个上午,大约十一点钟。太阳照射到尼姆尔城堡的北外院,骑士的盔甲和士兵手中的长矛和战斧,在阳光下闪闪发光。女士们聚集在内墙下的看台上,身着华丽鲜艳的长袍,十分显眼。

看台上搭起了一排高台,前面正中间坐着高本瑞德亲王,两侧坐着他的亲族和臣下,还有一些骑士和女士,一直排到相当远的尽头。在他们身后,围着许多不担任岗位值勤的士兵、自由人,观众的最后排才是奴隶。在高本瑞德亲王的仁政下,奴隶也被赋予了不少有利于他们的权利。

在竞技场的两端,各有一顶帐篷。帐篷周围飘扬着鲜艳的旗帜,其颜色是根据主人的意愿制作的。其中一侧彩旗多为绿色和金色的，是属于马卢德的标志，另一侧多为蓝色和银色的，则是布莱克的标志。

每顶帐篷前面站着两个士兵，穿着全新的盔甲，手中战斧闪闪发光。他们旁边站着马夫，各牵着一匹桀骜不驯的战马，身着华丽的马饰。这时，每位决斗者的侍从都忙着为决斗做最后准备。

一个号手把号嘴放在唇上，雕像般地站在那一动不动，等待一声令下，随时吹响号角，宣布主人进入竞技场。

在后方几码远的地方，还有第二匹马，正"咯吱咯吱"地嚼着马嚼子。马夫牵着马等待决斗者的副手，他们将骑着马陪决斗者进入竞技场。

布莱克的帐篷插满了蓝色和银色旗帜，他和理查爵士正坐在帐篷里。理查正帮着出谋划策，看起来比布莱克还要紧张。布莱克的锁子甲、颈甲、头盔均由重盔甲制成。他的头盔一直往下扣到喉部，外面还有一层豹皮，为头部提供牢靠的保护。他罩衫的胸前有一个大大的红十字，蓝、银两色的玫瑰花飘带从他的肩部斜垂下来。他的剑和盾则挂在帐篷柱子上的一个木制挂钉上。

这时，看台上早已人山人海。高本瑞德亲王瞥了一眼头上的太阳，对他身边的骑士吩咐了一句什么，于是这位骑士就去通知号手，即刻吹响了清晰而嘹亮的号声，回荡在整个外院之内。竞技场两端的帐篷内外，立刻活跃了起来。看台上的人一下子来了精神，一个个伸长脖子，先看了看马卢德的帐篷，又看了看布莱克的帐篷。

爱德华兴奋得满脸通红，立马跑进帐篷，拿好布莱克的剑，帮他系好腰带，并在左侧扣好，然后拿好盾，跟着主人走出帐篷。

布莱克准备翻身上马时，爱德华连忙帮他抓着马镫。马夫努力安抚紧张的战马。布莱克穿着一身盔甲，又沉又重，要坐到马鞍上并不容易。等布莱克稳稳地坐上马鞍后,爱德华把马镫套在他主人的脚尖上,抬起头望着他的脸。

"詹姆斯爵士,我早就为你祈祷了,"他说,"我知道,你肯定会赢的。"

布莱克看见这孩子的眼泪几乎要夺眶而出,自己的嗓子也不禁哽咽了一下,说:"爱德华,你是个好孩子。我保证不让你丢脸。"

"啊,詹姆斯爵士,我怎么会为你感到丢脸呢?就算战败丢了性命,你也是高贵的骑士。我认为,人们从没见过像你这么优秀的骑士。"爱德华一边说着,一边把盾给他。

现在,理查爵士也上马了,发出一个手势,表明一切已经准备就绪。此时,马卢德爵士的帐篷传来一声嘹亮的号声,只见马卢德爵士骑马向前,后面跟着另外一个骑士。

布莱克的号手也吹响了号,宣布他的主人也将进场。布莱克骑马在前,理查爵士紧跟在后,他们沿着看台的前沿纵马跑去。看到两位决斗者出场,看台上的观众纷纷鼓掌欢呼。当两位决斗者都纵马来到高本瑞德亲王的高台前时,看台上掌声雷动,愈加响亮了。

双方骑士在这勒马停下,面向亲王,将剑柄举至嘴唇,亲吻剑柄以示敬意。高本瑞德亲王告诫他们,要像真正的骑士一样光荣地战斗,还提醒他们要严格遵循决斗规则。这时,布莱克时不时看一眼闺娜塔公主的脸。

只见闺娜塔公主坐得挺直端正,眼睛直视着前方,脸色看起来十分苍白。布莱克甚至怀疑她是不是生病了。

布莱克心想,多美的一位可人儿啊!虽然她看都没看布莱克一眼,但他倒没有因此而感到沮丧,毕竟她也看都没看马卢德。

号角再次吹响,四位骑士转身让马慢步走向竞技场各自的一

宝剑与盾牌 | 139

边。此时,决斗双方都在马上静待比武开始的最后指令。就在这时,布莱克突然放开盾上的皮拎环,一下子把盾扔到了地上。

爱德华看见后大吃一惊,连忙问道:"怎么了?詹姆斯爵士!您是不是病了?还是昏了头?您怎么把盾给扔了啊?"虽然他知道自己没有看错,的确是布莱克自己把盾给扔了,但他还是赶紧捡起盾,举起来想再把盾给布莱克。

爱德华着实被这举动给惊到了。对他来说,主人的这个行为只能有一种解释——布莱克准备下马认输,拒绝和马卢德交手,自动弃权让对手获胜。真要这样的话,那布莱克肯定要遭到尼姆尔城人们的轻视和耻笑。但爱德华对布莱克忠诚不二,一刻也不允许自己有这种想法。

理查并没看到布莱克扔了盾。爱德华急忙跑到他面前,用一种几乎沙哑的声音喊道:"理查爵士!理查爵士!詹姆斯爵士要倒大霉了!"

"啊,什么?孩子,你这话什么意思?"理查问。

"他把盾给扔了。他肯定生病了,病得不轻,要不然的话,他怎么会放弃决斗呢?"爱德华说。

理查一听,赶快骑马冲到布莱克身边,问他:"你疯了吗?你不能临阵逃脱,你这样会让朋友蒙羞的。"

"你怎么会这样想呢?谁说我要放弃了?"布莱克问。

"但你的盾呢?"理查问。

恰在这时,亲王高台边的号手受命吹响号角,决斗即将开始。马卢德爵士策马向前,他的号手也吹响了号角。

"吹响号角!"布莱克大声对他的号手喊道。

"盾!"理查爵士大声叫道。

"这该死的东西只会碍事,不要也罢。"布莱克大声说道。说罢,

宝剑与盾牌 | 141

他策马向前奔去，迎战勇猛的马卢德。理查跟在他后面，正像马卢德的副手也跟在马卢德身后一样。

马卢德爵士嘴角扬起自信的笑容，时不时看一眼看台上的观众。可是布莱克哪儿也不看，骑马向前，一双眼睛紧紧盯着对手。

双方坐骑都开始奔腾起来，一路疾驰，就在两匹马即将靠近时，马卢德猛地踢了一下马。布莱克一眼就看出来，对方明显是想一招制胜，至少想让自己失去平衡，从而在自己恢复平衡之前更轻松地予以重击。

马卢德一面纵马，一面举起右手的剑。而此时的布莱克却选择防守，但尼姆尔骑士从不知道这种防守姿势，他们只会用盾来防守。

他们两人策马向前，彼此都冲向对方的左侧，当他们眼看着就要遇到一起时，马卢德踩着马镫站了起来，居高临下挥舞着他的剑，准备一剑劈下去，只要锋刃一转，就能在布莱克的头上造成致命一击。

就在此刻，看台上才有人意识到布莱克没有携带盾牌。

"他的盾牌！詹姆斯爵士没有盾牌！"

"他丢掉了他的盾牌！"这时，看台上四面八方的人几乎都惊讶地喊了起来。布莱克听到自己右边，也就是高本瑞德亲王的高台前，传来一声女人的喊叫声，但他根本不能转头看看那是不是闰娜塔公主。

两人快要相遇时，布莱克突然勒住马，向马卢德的马撞了过去，两匹战马的肩膀猛地撞到了一起。与此同时，布莱克把身体重心完全侧向一边，而马卢德刚才正站在马镫上，右手拿剑想要进攻，左手高举盾牌防御对方袭击，这会儿马上就要失去平衡，根本无法控制坐骑，应付这突如其来的撞击。

他们相遇之时，布莱克突然抓紧缰绳勒住马。

马卢德一下失去了平衡，而且令他吃惊的是，他这一击不仅失去了力量，方向也偏了，完完全全地错过了原本打算进攻的地方。

布莱克由于左手没了盾牌妨碍，立刻抓住缰绳，拨转马头向对方的左后侧冲去。同时，他的剑尖一下就挑开了马卢德左肩上的锁子甲，在马卢德还没来得及逃开时，就往他左肩上刺了一剑。

看到布莱克动作如此干净利落，看台上的观众不禁大声欢呼。这时，马卢德的副手却策马来到亲王的高台前进行抗议。

"詹姆斯爵士没带盾牌！"他大声喊道，"这不公平！"

"比起布莱克，这似乎对马卢德爵士更有利嘛。"高本瑞德说。

"我们可不想占他便宜。"马卢德的副手贾瑞德爵士回避地答道。

"你怎么说？布莱克进场之前发生什么意外情况了吗？他怎么没有盾？"高本瑞德问理查爵士。此时，理查爵士已经骑马来到贾瑞德爵士身边。

"没有，是他自己把盾牌扔掉的，"理查回答说，"还说这'该死的东西'让他十分恼火。不过，要是贾瑞德爵士觉得这样不够公平，而且马卢德爵士也愿意的话，他也可以扔掉盾，我们没有任何意见。"

高本瑞德笑了笑，说："好，这个方法倒也公平。"

布莱克和马卢德两人一心专注于决斗，根本没有理会贾瑞德和理查的争论，马上又发起了另一次进攻。此时，血从马卢德的肩膀上流出来，流到背上，染红了他的衬衣和战马的甲胄。

看台上一片喧嚣吵闹，许多人还在大声嚷嚷着有无盾牌的事，其他人则为布莱克动作干脆利落，首发告胜而欢呼。看台上许多人各自下注，尽管人们还是押马卢德会获胜，但赌布莱克会输的赔率也不是很高。他们虽然没有钱用来下注，但有珠宝、武器和马匹，这些都可以用来做赌注。一位马卢德爵士的狂热支持者，用战马做赌注，以一比三的赔率押马卢德爵士会赢。尽管开场时以武器做赌注的十比一赔率无人理会，但这回他沉默片刻后，有些人接受了他刚刚提出的赔率。

现在，马卢德笑容全无，也不再看看台了。他眼里充满愤怒，再次向布莱克发起进攻。他认为刚才布莱克伤了自己完全是凭运气。

没了盾牌的累赘，布莱克可以灵活地操纵他那匹强壮敏捷的战马。自从来到尼姆尔后，他每天都骑着它在场上训练，早已习惯彼此，十分默契了。

马卢德的进攻再次失败，他的剑刃被布莱克的剑挡到一边，布莱克毫发无损。更让他吃惊的是，布莱克的剑锋迅速从他盾牌下方穿过，刺到他身上。尽管这次伤口不深，却也流了血，十分疼痛。

这时，马卢德已经怒不可遏，马上再次出击。但布莱克迅速将马控制住，绕到他的身后，未等马卢德收回缰绳，便给了他一剑。这一剑直接劈到了马卢德的头盔上，给了他沉重一击。

震惊之余，马卢德彻底被激怒了。他猛地拨转马头，全力出击，下定决心要将对手击倒。他们的马在高本瑞德亲王的高台正前方撞到了一起，双方的剑劈来挡去，看得人眼花缭乱。忽然，使观众大吃一惊的一幕发生了，马卢德的剑从手中飞了出去，猛地掉到了地上。此时，马卢德只能任凭布莱克处置了。

马卢德勒马停下，坐得笔直，束手无策地等待着。他们两人都知道，根据规则，除非马卢德请求宽恕，否则布莱克可以杀了他。但是，没有人，尤其是布莱克，认为像马卢德这样高傲自大的骑士会求饶。

马卢德正坐在战马上,依然一副骄傲的模样,等待布莱克过去杀了自己。这时,看台上一片寂静,沉默得就连他的战马嚼马嚼子的声音都能听得清清楚楚。但是,布莱克却转身面向了贾瑞德爵士,对他说:"骑士先生,叫一个侍从来,把马卢德的剑捡起来,重新拿给他。"

看台上的人再次爆发出一阵欢呼声,但布莱克转过身来,背对着他们,看都没看一眼,直接骑马来到理查身边,等待对手重新武装完毕。

"怎么样,伙计,"他问理查爵士,"你还非得让我带上盾牌吗?"

理查笑了起来,回答说:"你不过是运气好罢了。要是遇上一个厉害点的剑客,你早没命了。"

"我知道,要是我也带着这么一个大圆家伙的话,我早被马卢德给杀了。"布莱克和他说。不过,理查爵士不一定理解布莱克所说的。很多时候,他都理解不了布莱克说的话,早就不再去猜什么意思了。

现在,马卢德已经重新武装完毕,纵马来到布莱克面前,深深鞠了一躬,颇有风度地说:"你是个高贵慷慨的骑士,我向你表示敬意。"

布莱克也向他鞠躬,问道:"你现在准备好了吗?"马卢德点了点头。

"那么,接剑吧!"布莱克大声喊道。

开始一会儿,他们一直在争夺有利地位。布莱克虚晃一剑,马卢德见了连忙举起盾牌,挡在他的面前,想要抵御布莱克劈来的一剑。但是,布莱克这一剑并没落下,于是他把盾牌放了下来。可当他一放下盾牌时,布莱克立即一剑下去,重重地砍在他的头盔上。其实，这一切都在布莱克的意料之内。

马卢德的胳膊突然僵直地落了下来，整个人摔倒在马鞍上，向前倾倒滚到地面上。虽然布莱克身着沉重的盔甲，但动作依旧敏捷，一下就下马走到了马卢德面前。马卢德仰身躺在高本瑞德亲王的座位前，布莱克一只脚踏在他的前胸，将剑尖直逼他的喉咙。

一见到这，观众们纷纷向前倾着身子，想要看看这致命一击究竟怎么下去。但是，布莱克并没有把剑刺下去。他抬起头来，看着高本瑞德亲王，对他说："马卢德是位勇敢的骑士，我和他并无真正不和。亲王殿下，我留他一命，让他替你效劳，也让他能继续陪伴爱他的人。"说罢，他眼睛直接望向闺娜塔公主的眼睛。接着，他转身沿着看台，大步走回自己帐篷，而理查骑马跟在后面。这时，骑士们、女士们、士兵们、自由人和仆人们都从座位上站了起来，大声鼓掌欢呼。

爱德华和米歇尔跟在布莱克身边，满心欢喜。爱德华跪下来，抱住布莱克双腿，亲吻他的手，高兴得哭了起来。他实在是太开心，太激动了。

"我就知道！我就知道！"他大声喊道，"米歇尔，我是不是早就告诉过你，我的骑士先生会打败马卢德爵士的？"

布莱克帐篷前的士兵、号手和马夫，一个个都高兴得合不拢嘴。虽然几分钟前，他们还以为布莱克肯定会战败，为分派到他这一方而感到羞愧，但现在一个个骄傲得不得了，觉得他是尼姆尔最伟大的英雄。他们仿佛也有了在同伴之间吹嘘的本钱，以后聚集在食堂桌子四周喝麦芽酒时，大可狂吹布莱克的英雄事迹。

爱德华帮布莱克卸下盔甲。布莱克的表现如此出乎意料，这些年轻人高兴得不得了，一直喋喋不休，不能自已。米歇尔把理查从这些年轻人中间叫了出来。

布莱克径直回到了他的住处，理查陪他一起回去。只剩他俩时，理查把一只手放到布莱克肩上，对他说："我的朋友，你今日所为十分高尚，彰显了骑士风范。不过，我不确定这是不是明智之举。"

"为什么？"布莱克问，"当时马卢德躺在那儿毫无抵抗能力，难道你觉得我不该放他一马吗？"

理查摇了摇头，说："要是换过来，他肯定会杀了你。"

"但是，我不能这样做。在我们那儿，人们认为，杀一个已经倒地之人完全不符道德。"布莱克解释说。

"要是你们之间的不和只是表面上那样，那你或许可以像今天一样宽宏大量，饶他一命。但是，马卢德嫉妒你，这种嫉妒心不会因为今天你放他一命而减退。要是你今天杀了他，你就彻底摆脱了一个强大而又危险的敌人。你本应该这样做的。但现在，你有了一个更大的敌人。你比他更加英勇神武，他现在不仅嫉妒你，而且对你恨之入骨。詹姆斯，我了解马卢德，你今天让他像只猴子一样，出尽了丑，他永远都不会原谅你的。"

高本瑞德城堡里的骑士和女人聚集在城堡大厅里，一起在一张巨大的餐桌上用餐。这张大餐桌可以同时容纳三百人一起用餐，不过，要满足这么多人的用餐需求，需要相当多的仆人。烤全猪放在一个大木盘里抬了进来，除此之外，还有羊腿、鹿肉、一碗碗的蔬菜，也有葡萄酒和麦芽酒，在桌子的一端还摆着各种布丁。

大厅内一片欢声笑语。对于坐在下席的布莱克来说，眼前完全是一派热烈而欢乐的氛围。当晚，布莱克仍然坐在他的老位置上，这个老位置表示他还是尼姆尔贵族骑士队伍里的一个新人。

他和马卢德之间的较量，当然是这会儿的热门话题了。很多人对他称赞有加，也有很多人问了他许多问题，比如，他那种奇妙的剑术是在哪儿学的，如何学的。虽然他们亲眼见到他打败马

宝剑与盾牌 | 147

卢德，但似乎依然认为盾牌是非常重要的防守武器，一个没有盾牌的人竟然可以战胜有盾牌的人，这简直令人难以置信。

高本瑞德亲王和他的家族，以及尼姆尔的贵族们坐在一张桌上，这张桌子比其他桌子稍高一点。从这个桌子中间伸出一条长桌，一直通向远处的另一端，整个桌面呈一个"T"字形。这样一来，要是高本瑞德亲王想和桌子下席的人讲话，只要提高说话声音就可以了。不过，要是几个人同时想提高声音讲话，整个大厅可就一片喧嚣混乱了。

由于布莱克坐在离亲王最远的桌子前，要是亲王那端有人想要引起注意的话就必须提高嗓门。当发现是亲王在讲话时，其他人通常会安静下来以示尊重。除非他们喝太多了，顾不得这一礼节。

参加宴会的人刚坐下不久，高本瑞德就站起来，高举酒杯，于是，整个大厅立即一片安静，骑士们、女士们全体站起身来，面对亲王。

"我们的国王万岁！英国的理查万岁！"高本瑞德叫道。

于是，大厅里的所有人都跟着高本瑞德亲王齐声高呼"万岁！"，共同为狮心王理查一世的身体健康干杯，尽管此时离他逝世已经有728年之久了。

然后，大家都为高本瑞德亲王和比瑞尼塔王妃以及闺娜塔公主的健康干杯。每次祝酒，都有声音从亲王华盖下方传来："祝你健康！"理查从布莱克那儿学来了这句祝酒语，就像是获取了新知识一样，脸上露出自豪的笑容。

高本瑞德亲王再次站起来，大声喊道："祝贺！祝贺詹姆斯爵士在今天的决斗中展现了高尚勇敢的骑士精神！祝贺圣殿骑士！而且，从今天起他就是尼姆尔骑士了，祝贺他！"

大家都为詹姆斯骑士祝酒，十分热情，即使是理查一世的名号也从没激发过这样高涨的热情。在这长长的大厅中，布莱克的眼睛一直向闺娜塔公主所在的方向望去，望见她也在举杯为他祝贺，望见她也正往这边看着自己。但是距离太远了，火把和油灯的灯光太暗，他无法看清她的目光里，流露出的到底是好感还是厌恶。

大厅里喧闹声逐渐平息下来，饮酒者都各自重新坐下后，布莱克站起身来。

"高本瑞德亲王，"他用整个大厅都能听到的声音说，"尼姆尔的骑士们，女士们，我提议我们为马卢德爵士的英勇精神再干一杯！"

人们听到这话，十分惊讶，沉默了一会儿后才举起酒杯，为缺席的马卢德爵士干杯，祝他早日恢复健康。

"詹姆斯爵士，你真是位奇怪的骑士，你说的话奇怪，行为方式也奇怪，"高本瑞德大声喊道，"但是，虽然你在祝酒时说'干杯'，称朋友为'伙计'和'小伙子'，但我们似乎还是可以理解你的意思。关于你的国家和那里骑士们的生活方式，我们也还想了解更多一些。"

"告诉我们，他们都和你一样具有骑士风度，宽容地对待倒下的敌人吗？"

"要是不这样做的话，他们就会被人'嘘'的。"布莱克解释道。

"被人'嘘'！"高本瑞德重复道，"那我猜这肯定是某种惩罚。"

"这可是你说的，亲王殿下！"

"当然是我说的，詹姆斯爵士！"高本瑞德大声说道。

"我的意思是，亲王殿下一针见血，一下就猜对了。你把被'嘘'看作一种惩罚，这是对的。嘘声，可以说是对拳台骑士和钻石骑士唯一的惩罚方式了。"

宝剑与盾牌 | 149

"拳台骑士！钻石骑士！这些骑士团我都不知道。他们都是勇猛的骑士吗？"

"他们当中有些比较虚弱,但大多数非常勇猛。比如邓普西(美国 20 世纪初重量级拳击手)爵士就是一位拳台骑士,即使失败了也不会失了风范,这一点比胜利时更难做到。"

"除了刚才说的,现在还有其他的骑士团吗？"高本瑞德问。

"太多了！"

"什么！"高本瑞德惊呼道。

"现如今,我们大家都是骑士。"布莱克解释道。

"都是骑士！难道没有仆人或侍从吗？这真难以相信！"

"我想,海军中可能还有些侍从,但其余的人绝大多数都是骑士。你看,自理查的时代以后,一切都发生了巨大变化,人们希望推翻旧秩序。他们总是嘲笑骑士,想要摆脱骑士身份,而一旦这样做了之后,他们自己又全都想成为骑士。因此,现在有圣殿骑士团、皮西厄斯骑士团、哥伦布骑士团、劳工骑士团等等,还有一些名字我现在一时想不起来。"

"我想那应该是一个美好高尚的世界,"高本瑞德喊道,"不过,有那么多高贵的骑士,免不了会有些矛盾和对抗吧,是吗？"

"嗯,他们有些人的确会相互斗争。"布莱克承认道。

Chapter 15
一座孤坟

　　帐篷里面一片漆黑，斯蒂姆博什么都看不见，只听到面前有人呼吸得很重，可能正睡着，不过听起来好像睡得并不安稳。他此行虽是要杀人，自己却胆战心惊，于是停下来一会儿，稳了稳情绪，再接着匍匐前进，一寸一寸往前爬。

　　不久，他的一只手就摸到有人正平躺在那睡觉。他轻轻地，小心翼翼地摸索着，等到确定要杀之人的位置后，一只手紧紧握住刀，随时做好下手的准备。他几乎连大气都不敢喘，生怕把人吵醒，内心暗自祈祷泰山睡得死死的，祈祷自己一刀直击心脏。

　　现在，他准备好了！他找准了刺下去的位置！他举起刀，一把刺下去，躺着的人立马颤抖起来，就像是痉挛了几下一样。他发了疯似的，一次又一次地，快速而凶狠地把刀刺进那柔软的身体里，顿时感觉到一股热血喷溅到手上。

　　最后，使命完成了，他才满足，从帐篷里急匆匆地逃了出来。

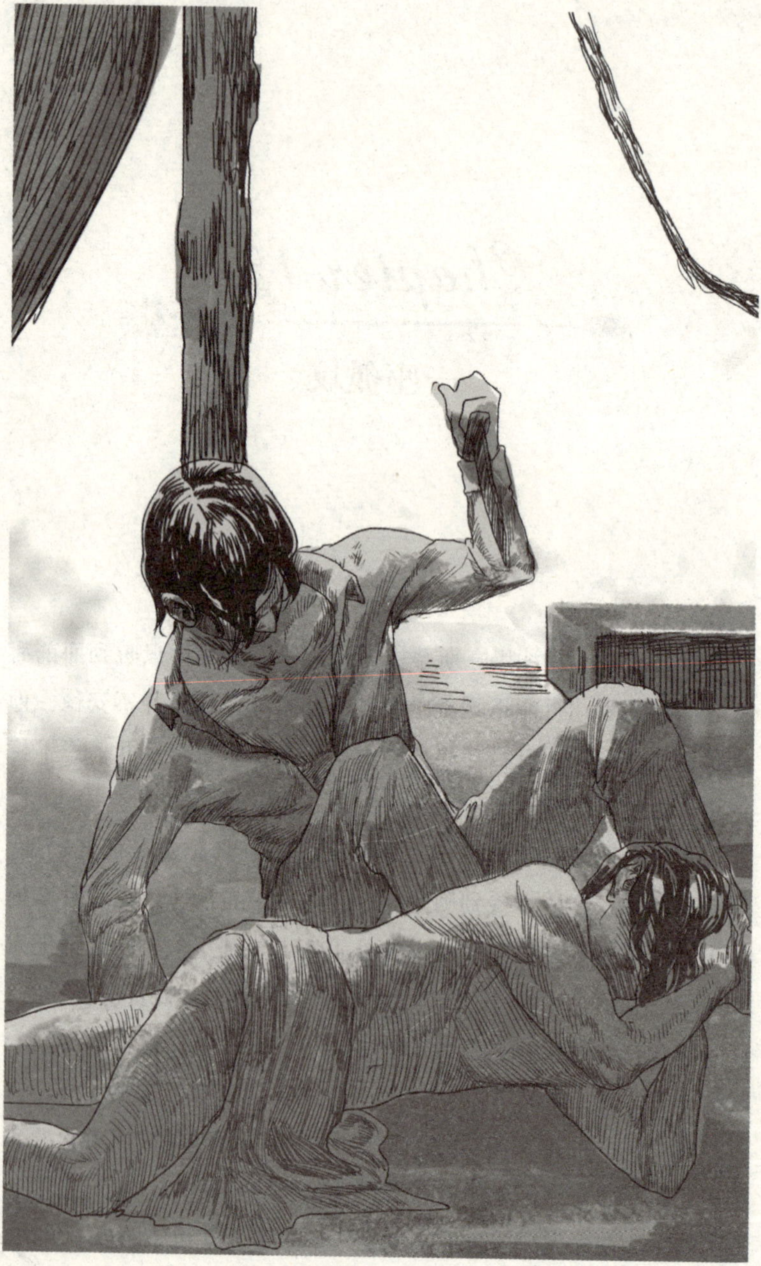

不过，现在的他全身颤抖，几乎连站都站不住。他害怕极了，对自己犯下的罪行深感恶心。

他瞪大着眼睛，一脸憔悴的模样，踉踉跄跄来到伊本加德的帐篷，一到那儿就彻底崩溃了。伊本加德从后帐里走出来，借着纸灯笼昏暗的灯光，低头看着斯蒂姆博，只见他浑身颤抖不已。

"异教徒，你在这里做什么？"他问。

"伊本加德，我把他干掉了！"斯蒂姆博小声回答。

"干掉了什么？"伊本加德大声问。

"我杀了人猿泰山。"

"啊！啊！"伊本加德大声叫道，"托洛格！你在哪儿？西尔华！阿泰雅！快来！你们听到这个异教徒说的话了吗？"

西尔华和阿泰雅听到叫声后，赶紧来到前帐。

"你们听见了吗？"伊本加德又问道，"他杀了我的好朋友，伟大的丛林酋长。莫特罗格！法赫德！快来！"他声音越来越大，直到喊得不能再大声。其他阿拉伯人听到后，全都从四面八方往他营帐拥来。

斯蒂姆博杀了人后，本来就已经吓傻了，现在伊本加德这种态度对他，完全出乎他的意料。他顿时呆住了，蜷伏在大帐地毯中间，吓得一时说不出话来。

"抓住他！"酋长对第一个到的人说，"他杀了我们的朋友人猿泰山。泰山原本打算保护我们，带我们离开这危险之地。现在，他死了，所有人都要与我们为敌了。泰山的朋友将找我们报仇，杀了我们。安拉，请您作证，这件事与我毫无关系，请将您和泰山朋友的愤怒，全都降临到这个罪魁祸首身上吧。"

此时，营地里的人全都来到了酋长营帐前面。看到酋长突然如此在乎泰山，他们就算对此感到惊讶，也把这份惊讶之情隐藏

一座孤坟 | 153

得很好。

"把他带走!"伊本加德命令道,"等到明天早上,我们再集合商议接下来该怎么做。"

他们把吓坏了的斯蒂姆博拖到了法赫德的帐篷,将他手脚都绑了起来,叫法赫德看守着。他们离开后,法赫德俯在斯蒂姆博的耳朵跟头,轻声问他:"你真的杀了丛林酋长吗?"

"都是伊本加德逼我做的,但现在又转过来陷害我。"斯蒂姆博小声说。

"明天他就要杀了你,这样,他就可以告诉泰山的朋友,他已将凶手绳之以法了。"

"法赫德,救救我!"斯蒂姆博哀求道,"救救我,我给你两千万法郎——我发誓!一旦安全到达距此最近的欧洲殖民地,我就把钱给你。想想吧,法赫德——两千万法郎呢!"

"异教徒,我正在想呢,"法赫德回答说,"但我觉得你在说谎。世界上根本就没有那么多钱!"

"我发誓,我有十倍这么多的钱。要是我骗了你,你大可杀了我。救救我!救救我!"

"两千万法郎!"法赫德小声嘀咕道,"也许他真没说谎!听着,异教徒,我不确定能否救你,不过我可以试一试。要是我成功救了你,你不把两千万法郎给我的话,我非杀了你不可,即使追你到天涯海角也在所不惜——你明白了吗?"

伊本加德叫来两个不知情的奴隶,命令他们到泽伊德原先的帐篷,把尸体运到营地外,挖个坑埋了。

这两个奴隶提着纸灯笼,来到那顶帐篷里,看见那死人身上盖着一件连帽斗篷,就直接用斗篷把尸体裹了起来。两人把尸体抬到营地外边,挖了一个不太深的坑,草草地把人猿泰山这位丛林巨人埋在了他所热爱的这片土地上。

两个奴隶草草把尸体滚到挖好的坑里，盖上泥土，然后就把尸体孤零零地扔在那儿，墓碑也没立一块。

翌日早晨，伊本加德召集了部落里的长者。众人到齐后，才发现托洛格不见了，到处都找不到。法赫德猜他可能是赶早去打猎了。

伊本加德向他们解释说，要想逃过泰山朋友的报复，必须马上采取行动，证明自己与泰山被杀一事无关。要这样做的话，他们只能将凶手绳之以法，以示清白。

要说服他们杀一个基督徒并不难，但有一个人提出了异议。这个人就是法赫德。

"伊本加德，出于两个原因，我认为最好不要杀了斯蒂姆博。"法赫德说。

"安拉在上，凡是信安拉的人，没有什么理由可以不杀一个异教徒！"其中一个长者说。

"听完我心里的想法后，我觉得你会同意我说的。"法赫德劝说道。

"你说，法赫德。"伊本加德说。

"这个异教徒在他的国家，非常富有，有权有势。要是饶他一命，我们也许能得到一大笔赎金，但要是他死了的话，我们可就什么都得不到了。也许，我们安全离开这块诅咒之地前，泰山的朋友还不知道他已经死了。要是那样的话，留下这人一命对我们大有好处，可以捞一大笔钱。要是我们现在杀了他，以后见了泰山的朋友们，说泰山是被他杀的，我们杀了他为泰山报了仇，他们到时未必相信我们的一面之词。可是，如果我们不杀他，到时候碰上泰山的朋友，要是他们来攻击我们，我们可以告诉他们，我们

一座孤坟 | 155

将斯蒂姆博囚禁起来了，他们可以亲手为泰山报仇，这样岂不是更合适吗？"

"你说的不无道理，"伊本加德承认道，"但是，如果这个异教徒死不承认，反咬我们一口，那该怎么办？他们会不会信他而不信我们？"

"要避免这种情况并不难，"先前讲话的长者说，"把他舌头割了就行，让他做不了假证对付我们。"

"啊，你说得对！"伊本加德高兴地说。

"啊，别！"法赫德赶紧说，"我们对他越好，得到的赎金就越多。"

"我们可以等到最后一刻，"伊本加德说，"如果到时候保不了他，赎金也没了的话，我们再割他舌头也不迟。"

就这样，斯蒂姆博的命运究竟如何，就全凭天意了。伊本加德以为泰山已死，暂时不再担心泰山的威胁，把心思全都放到了如何进谷的计划上。

他率领一支强有力的队伍，亲自去和加拉首领巴旦多谈判。

他朝巴旦多的村庄走去，途中经过数千个加拉士兵的营帐。他原先虽有所察觉但不确定，现在终于肯定自己的境地极其危险，不论老首领提出什么条件，他都不得不一一答应。

巴旦多慷慨地接待了他，虽然面容上表现得相当威严，但他向伊本加德保证，第二天将护送他前往山谷进口。不过，作为条件，伊本加德必须先放了所有随行的加拉奴隶，把他们送到巴旦多面前。

"但那样的话，我们就没有搬运工，也没有仆人了，势必会大大减弱随行队伍的力量。"伊本加德说。

巴旦多听了后，只是耸了耸肩，没有说话。

"让他们暂时留下来和我们一起走,等我们从山谷回来后再把他们还给你。"伊本加德祈求道。

"没有哪个加拉人会和你一起进谷。"巴旦多坚定地说,不留任何回旋余地。

翌日一大早,伊本加德的帐篷就收了起来,这就像一个信号,示意所有人为出发做好准备。他们在加拉士兵的重重包围下,启程前往崎岖的山群,山谷入口就在那里。

费耶安和其他加拉奴隶都是伊本加德从埃尔瓜得带来的,现在全都重获自由,兴高采烈地和他们同胞一起走着。斯蒂姆博由两个年轻的贝多因侍卫看守,身边没有一个朋友,一路担惊受怕,疲倦地向前走着。他总是想到自己杀了人,尸体孤零零地躺在坟墓里,心里的恐怖挥之不去。

这些阿拉伯人和护卫一起沿着蜿蜒的小道缓缓而上,这条路有时看起来像是一条古老小径,有时根本就看不见路。他们不断向上走去,地势越来越高,北部那些崎岖的山峰围着的就是圣墓谷。第二天结束时,他们在山上小溪旁边扎营休息,巴旦多来到伊本加德身边,指向进入一个满是岩石的深谷入口。这个深谷位于营地的正对面,是主要峡谷的一个分支。

"那里就是进入山谷的路。我们就送你们到这里,明天就回村里去。"他说。

第二天日出时,伊本加德发现,加拉人早在夜里就悄悄离开了。但他根本不知道,这座山谷神秘莫测,他们急于离开就是因为太害怕住在里面的人了。以前,凡是进入山谷的加拉人,从来没有一个人活着回来过。

这天,伊本加德他们花了一整天时间来加强营地安全。伊本加德把女人和孩子留在营地,先派士兵前去探探情况,要是能够安全返回或者确定可以带上女人一起走的话,再带上她们。第二天早晨,他留下几个老男人和男孩子保护营地,自己带着士兵一起出发。没一会儿,留在营地的看守人员就看见,队伍的后尾消失在了营地对面山谷的丛莽和山石中了。

Chapter 16
大锦标赛

圣墓谷的国王叫博亨。两天前,博亨率领着众多骑士、侍从和仆人,骑着马从圣墓谷的城堡出发,穿过山谷来到尼姆尔城前的平原参加大锦标赛。大锦标赛一年一度,每年从大斋节的首个星期天开始。

一支支长矛尖上,彩旗迎风飘扬,一匹匹战马身上,马饰五彩缤纷。在这些高大的战马上,骑着的都是圣墓城的骑士。他们外衣的背上,绣着一个红色十字,标志着他们已经完成朝圣之旅,将要重返英国,重返家园。

他们所戴盔甲,和尼姆尔骑士的不一样,外面有一层公牛皮。他们盾牌上的图案和颜色也不一样。这些装饰和背后的十字,是他们和尼姆尔骑士之间的显著区别。

队伍里还有一些强壮的驮马,也打扮得和骑士的战马一样华丽。这些驮马,有的驮着帐篷,这些帐篷用于锦标赛期间给骑士们住宿，有的驮着他们的个人物品、备用武器和三天锦标赛期间的食物。七百多年来，按照习俗，尼姆尔骑士和圣墓骑士不能一起进餐。

以前，大锦标赛仅仅是一场休战，休战期间，交战双方按照特殊规则继续进行古老的战争。后来，这些规则将战争转换成了一场壮观的盛会和一场勇猛的武艺展示。这对平民来说，观看起来更加舒服，而且不会伤及无辜。但是，双方不允许友好往来，因为比赛非常严肃，双方骑士都有可能被杀，这种关系有碍比赛的进行。在比赛中表现英勇的骑士将得到重赏。

和其他任何一个因素一样，这种奖励无疑加大了双方七个多世纪以来的对立，加大了尼姆尔城和圣墓城之间的嫌隙。大锦标赛的奖励包括五名少女，她们将被胜利一方带回城堡，自此不再与亲友见面。

根据骑士生活的风俗习惯和种种法律，五名少女将得到光荣的待遇，从而稍稍减轻她们的悲伤。但是，她们终究是不幸的，失败带来的刺痛仍然令人痛苦。

锦标赛结束后，这些少女便成了高本瑞德或博亨的特殊财产，当然，这取决于是先锋赢了，还是后卫赢了。到一定时候，这些少女将与胜利一方的骑士完婚，这是莫大的荣誉。

这项风俗最初不知道是高本瑞德还是博亨的祖先想出来的，距今已有七百多年历史。最初，他们的祖先是希望，可以通过通婚来保持双方后代强壮不衰，也可能是希望，能够借此机会来防止两座城市的居民在礼仪、风俗和语言方面渐行渐远。

许多出生于圣墓城的女孩子来到尼姆尔城后，都成了幸福的妻子，很少有人会长时间抱怨。人们认为被选中作为奖品是种莫大的荣誉，因此，虽然每年只需要五名少女，但总有比这还多的女孩自愿报名做出牺牲。

今年由圣墓城选中作为奖品的五位少女，全都骑着温顺的白马，每个人都由一位身披银甲的荣誉守卫陪同。这些女孩样貌出众，选出来为母城增光。她们盛装打扮，身上满是金银宝石做成的装饰品。

在尼姆尔城前面的平原上，锦标赛的准备工作已经进行多天了。竞技场已经被一根根大圆木碾得十分平整。工人正在对古老的石台进行一年一度的修理和清洗工作，观众就是在这石台上观看比赛的。看台上搭起了一个天篷，用来为贵族专属座位遮阳。竞技场的外沿一圈，插起了上千面彩旗。除了以上这些工作，还有其他许多工作，都需要大量工作人员才能完成。城堡里，还有大量军械士和铁匠正拿着锤子连夜锻造铁鞋、盔甲和长矛。

布莱克得到确切消息，自己也可以参加大锦标赛。他就像以前大学热衷橄榄球运动，渴望参加本赛季的大赛一样，对此十分期待，渴望一展身手。大赛期间，他要参加两场剑术比赛——一场是五名尼姆尔骑士对决五名圣墓骑士，另一场是他单独对阵一位对手。他唯一一场长矛比赛是终场大决赛，但他长矛使得并不怎么样。届时，一百名尼姆尔骑士将对决一百名圣墓骑士。虽然在和马卢德决斗之前，人们都认为他对剑和盾一窍不通，但现在高本瑞德亲王对他期望甚高，希望他能以此多赢几分。

博亨国王带着部下驻扎在一片橡树林中，距离竞技场北边约一英里。按照大锦标赛的规则，他们不可继续向前靠近，需要等到大赛首天指定时间才可以进入竞技场。

备赛期间，和众多骑士一样，布莱克也遵循习俗，身着特制盔甲，给战马也配上相应马饰。

布莱克这次穿的盔甲一片深黑色，只有头盔上的豹皮不是黑色的,再加上长矛上银蓝两色的彩旗,这才看起来不会过于死气沉沉。但就连他坐骑的马衣也是黑色的,只有边缘镶了银蓝色的边。当然,他罩衫的前胸上和马衣上还有照例绣上的红十字。

比赛开始的那天清晨,布莱克从自己住处出来,爱德华跟在身后,帮他拿着剑和盾。骑士们装饰气派华丽,女士们衣着豪华美丽,一齐聚集在大院,等待一声令下一齐上马。而布莱克在他们中间则显得过分阴沉而突出。众人的马匹,都由马夫牵着,在北边外院等着。

布莱克一身黑色盔甲,与众不同,很快就吸引了众人的注意力。他在尼姆尔的骑士和女士当中都很受欢迎,大家都围绕在他身边。不过,人们对他这身穿着褒贬不一,有人称赞,但也有人认为太过沉闷压抑。

闺娜塔公主也在这里,但她继续坐在长椅上,正和一个尼姆尔城挑选出来作为奖品的少女聊着。布莱克很快就从人群中抽身出来,穿过庭院,走向闺娜塔坐着的地方。他走近后,向公主鞠躬致敬,公主只抬起头往上看了一眼,微微点头作为答礼,然后继续与少女聊天。

公主态度冷淡,这十分明显,不容误解,但布莱克并不甘心,不愿一个解释都没得到就离开。他几乎不相信公主到现在还在生气,只是因为自己曾暗示她,他觉得她比嘴上承认的更加关心他。布莱克觉得肯定还有其他原因。

布莱克并没有扭头就走,而是继续待在那里。虽然公主依旧没有理他的意思,但他仍然静静地站在那里,耐心等待着,希望她可以重新注意到自己。

过了一会儿,他注意到公主逐渐不安起来,一起说话的少女也变得紧张起来。她们的谈话渐渐有些前言不搭后语。闺娜塔公主的一只脚,不安地拍打着石板,脸慢慢红了起来。那名少女也开始坐立不安,扯了扯披在肩上的头巾,整了整披风,最后起身朝公主鞠躬,问她是否可以离开,然后去和母亲告别。

闺娜塔准许少女离开后,这里就只剩她和布莱克两人了,她再也不能装作看不见他,也不想再装了。于是,她转过身来,生气地对着他说:"我上次说得对!你就是一个放肆的粗人。我已经说得很清楚,不想被你打扰,你为什么偏偏还要站在这儿盯着我看?你赶紧走吧!"

"因为——"布莱克犹豫了下,"因为我爱你。"

"无礼!"闺娜塔大声喊道。她连忙站起来,生气地问:"你怎么敢!"

"公主,为了你,任何事我都敢做,因为我爱你。"布莱克回答说。

闺娜塔直直地看了他一会儿,什么都没说,然后,她嘴唇上扬,露出轻蔑的冷笑。

"你撒谎!"她说,"你是怎么谈论我的,别人都告诉我了!"说完,她扬长而去,听都没听布莱克解释。

布莱克连忙追上她,问道:"我说你什么了?我所说过的话,没有哪句是我不敢在全部尼姆尔人面前重复的。就连我最好的朋友理查,我也没敢和他说我爱你。除了你之外,我根本没和别人说过这些话。"

"我听到的可不是这样,"闺娜塔傲慢地说,"而且,我也不想和你继续争论这个了。"

"但是——"布莱克刚想说话,这时从北大门传来了一阵嘹亮的号声,这是命令骑士上马的信号。闺娜塔的小侍从跑到她身边,叫她到父亲身边去。理查也过来了,一把抓住布莱克的胳膊。

"走,詹姆斯!"他大声叫道,"我们早就应该上马了,今天我们要骑在骑士队伍前头。"所以,布莱克被他拖着离开了公主,也没来得及从她那里得到解释。公主为什么对他这种态度,他实在难以理解。

北边外院呈现出一派绚丽多彩、生气勃勃的景象。这里人山人海,聚集着骑士、女士、侍从、仆人、马夫、士兵以及众多马匹。单独一个北外院,这么多人马当然难以全部容纳。因此,东外院和南外院里面也都是人,就连东大门外往下通往山谷的那条路上都是人。

半个小时里,高本瑞德亲王的城堡里几乎一片喧哗不断。骑兵队长们累得满头大汗,宣令官连连大声呐喊,最终在他们的努力下,队伍才变得井然有序,沿着蜿蜒的山路往下而行,缓缓向竞技场靠近。

骑兵队长和宣令官骑在队伍最前面,跟在他们身后的是由二十个号手组成的军号队。高本瑞德亲王一个人骑马走在军号队后面,他后面跟着一大群骑士,每个人长矛上的彩旗迎风飘扬着。骑士队伍后面紧跟着女士的队伍,而女士的队伍后面,又是另一大队骑士。在他们的后面,又是一队队行进的士兵,他们有的拿着十字弓箭,有的拿着长矛,还有一些拿着巨大的战斧。

据说,大概有一百个骑士和士兵留在城堡,继续守卫城堡和通向圣墓谷的进口。不过,他们可以轮换,不用错过第二天和第三天的赛事。

随着尼姆尔骑士前往竞技场,圣墓骑士也从橡树林里的营地出发了。双方的骑兵队长安排好前进的时间,以便两队人马能够同时进入竞技场。

尼姆尔城的女士们,进场后就从队伍中出来,走到看台上去。尼姆尔城五位作为奖品的少女和圣墓城的五位少女被护送到位于竞技场尽头的高台上。骑士们排成整齐的队伍,站在高台后面,尼姆尔骑士站在南面,圣墓骑士站在北面,各自护卫他们的少女。

高本瑞德和博亨纵马出列,在竞技场的中间会见。按照习俗和大锦标赛的规则,博亨用威严的语调和准确的言辞,向高本瑞德发出挑战,将象征挑战的物品交给高本瑞德。一旦高本瑞德接受挑战,大锦标赛便正式开始。

高本瑞德和博亨分别转身,策马回到各自的骑士面前。当天不参赛的骑士,把马交给马夫后,就到看台上找好位子坐下;当天参赛的骑士则重新集合,再次骑马绕场一周。这样做目的有二,一是为了向对手和观众表明当天参赛者的身份,二是看看对手提供的奖品。

除了少女之外,还有其他小奖品,包括珠宝饰物、整套的盔甲、长矛、宝剑、盾牌、骏马,还有许多其他骑士珍视或受到他们女人青睐的物品。

圣墓骑士首先列队前进,博亨国王骑马走在队伍前头。当他骑马从看台前经过时,明显可以看出,他的眼睛一直没离开过看台上的女人们。先王刚去世不久,博亨初登王位,还很年轻,但他骄傲自大,残暴专横。尼姆尔人都知道,多年来他一直是强硬派的领头人物,主张与尼姆尔开战。人们知道,尼姆尔城有可能沦陷,甚至整个圣墓谷都可能会归入博亨的统治之下。

博亨的坐骑昂首阔步地走着,他的彩旗迎风飘扬,身后跟着一大队骑士。他骑马从尼姆尔人的看台前走过,来到看台正中间高本瑞德亲王的包厢前,这里坐着高本瑞德亲王、布瑞希尔德王妃和闰娜塔公主。博亨的眼睛不由地紧紧盯着闰娜塔公主的脸。

他勒马停下,眼睛直盯着闰娜塔公主的脸。他这种行为完全不合礼仪,把高本瑞德气得满脸通红,差点想从座位上站起来,

大锦标赛 | 165

但就在这时，博亨却在马上欠身，朝他深鞠一躬，然后继续向前走去。他的骑士们也紧随其后走了过去。

开赛第一天，圣墓骑士获胜。他们得了 227 分，而尼姆尔骑士只得了 106 分，差距悬殊。

通常来说，第二天比赛开始时，由宣令官率领当天的参赛者，骑马从看台前走过，但令所有人意外的是，博亨又一次带领着骑士走过看台，又一次停下来直盯着闺娜塔公主看。

这天，尼姆尔骑士的表现稍有进步，但当天得分依旧落后对手 7 分。两天下来，尼姆尔骑士总得分 269 分，而圣墓骑士总得分 397 分，依旧处于领先地位。

于是，第三天比赛开始时，圣墓骑士领先尼姆尔骑士 128 分，于是疯狂吹嘘，认为自己一方遥遥领先，早已胜券在握。而尼姆尔骑士知道，要想反败为胜，赢得比赛，在总共剩下的 334 分中，他们必须取得 232 分。一想到这，他们就备受激励，决心要更好地表现。

博亨不顾古老的传统，再次在比赛开始前，率领着参赛者绕场一圈，再次勒马停在高本瑞德亲王的包厢前，看了看闺娜塔公主美丽的脸庞，然后对高本瑞德亲王说了一番话。

"尼姆尔的高本瑞德亲王，"他傲慢无礼地说，"正如你所知道的，我的骑士英勇无比，已经赢你们 120 多分了，这次大锦标赛的胜利已是我们囊中之物。不过，我们倒有个提议给你。"

"博亨，你说吧！现在断定胜负还为时过早，但是，如果你有什么好的提议，值得一位高贵的亲王考虑的话，那我向你保证肯定好好考虑。"

"你们挑选出来的五名少女，倒是和我们的一样美丽，"博亨说，"不过，要是你把女儿给我当圣墓谷王后的话，我就让你们赢了这次比赛。"

高本瑞德听后,气得脸色惨白,但他努力使自己不失态,有意压低声音,控制好情绪,用一位高贵的亲王应有的风度回答了他。

"博亨爵士,"他这样称呼道,连国王都不愿叫了,"对于高贵之人来说,你刚才说的话简直难以入耳,说得好像我高本瑞德的女儿可以用来买卖一样,好像尼姆尔骑士的荣誉可以用来交换一样。趁我还没叫仆人用棍子把你赶走,你赶紧回到竞技场你自己那边去吧。"

"所以这就是你的答复,啊?"博亨愤怒地大喊道,"你要知道,根据大锦标赛的规则,我将带走这五名少女,而且,我还要用武力带走你女儿!"说完这番威胁后,他拨转马头,疾驰而去。

关于博亨的提议,以及他被高本瑞德断然拒绝的事,就像野火一样,迅速在尼姆尔骑士之间传开。这样一来,那些要在最后一天参赛的骑士,就成了决定最终胜负的关键了。他们必须英勇迎战,才能保卫尼姆尔的荣誉,保护闺娜塔公主。

前两天比赛,圣墓骑士的得分大量领先,不过,这更能鼓舞尼姆尔骑士的斗志,激励他们更加勇敢勤勉。尼姆尔的年轻人根本不需要骑兵队长来督促和鼓励,他们已经听到了挑战,将会在竞技场上迎接挑战,给出答复!

布莱克与一位圣墓骑士的剑盾比赛,就排在这天比赛的首场。当场上清理好后,随着一声嘹亮的号声,布莱克沿着南边看台纵马而出,而他的对手则沿着北边看台纵马而出。后者在博亨的包厢面前停了下来,而布莱克在高本瑞德的包厢面前停了下来。他举起剑来,把剑柄放在嘴唇上,向亲王致敬。不过,他的眼睛却一直盯着闺娜塔公主的脸看。

"为了尼姆尔的光荣和荣誉,你要表现得像个真正的骑士一样,"高本瑞德命令道,"我们亲爱的詹姆斯爵士,愿我主耶稣保佑你和你的宝剑!"

"为了捍卫尼姆尔的光荣和荣誉,我愿以我的宝剑和生命宣誓!"这本是按大锦标赛的惯例,布莱克应该回答的誓言。

可是,他当时回答的誓言却是"为了捍卫尼姆尔的光荣和荣誉,为了保护我的公主,我以我的宝剑和生命宣誓!"但从高本瑞德脸上的神情来看,他并没有因此而感到任何不悦,相反,闺娜塔公主脸上原先傲慢与不屑的神情,这会儿倒是因此缓下来了不少。

闺娜塔公主慢慢站起身来,从长袍上撕下一小条丝带,走到包厢的外沿,对布莱克说:"骑士先生,请接收你的女士对你的祝福,带着她的祝福去战胜你的对手。"

布莱克勒马停在包厢外的栏杆边,在马上欠身低头,让闺娜塔把丝带用别针别在他的肩上。他们两人的脸靠得很近,近到他可以闻到她头发醉人的香气,感受到她温暖的呼吸拂到了自己的脸颊上。

"我爱你。"他轻声说。他的声音非常轻,轻到其他人根本听不到。

"你真是个粗人,"她生气地说,"我这样来鼓励你,纯粹是为了五个少女。"

布莱克直视她的双眼,对她说:"我爱你,闺娜塔,而且——你也爱我!"

未等她回答,布莱克就拨转马头走了。这时,号角已经吹响,布莱克骑着马慢慢朝着场地另一端去,那里驻扎着尼姆尔骑士的帐篷。

爱德华看到布莱克来了,兴奋不已。理查爵士、米歇尔、骑兵队长、几个宣令官、号手和士兵都在等着他,给他鼓励,给他建议。

　　布莱克又把盾扔到了一边。不过，现在看到他这样做，没人会来指责他了。相反，他们都露出了自豪的笑容，好像早就猜到一样。上次布莱克没有任何其他防御武器，光靠精湛的马术和剑法赢了马卢德，这些他们早就见识过了。

　　号子再次吹响。布莱克转过去，用马刺在马腹上一踢，策马前进，径直骑向竞技场的中央。一位圣墓骑士从另一端骑马过来与他会面。

　　"詹姆斯爵士！詹姆斯爵士！"南边看台上的观众大声呐喊道，而北边看台上的观众则大声呐喊着他们骑士的名字。

　　"那位黑衣骑士是谁？"北边站台上的许多观众都在问旁边的人。

　　"他没有带盾牌！"一些人喊道，"他疯了吧！"

　　"盖伊爵士肯定第一回合就把他给劈开了！"

　　"盖伊爵士！盖伊爵士！"

大锦标赛 | 169

Chapter 17
撒拉逊人入侵

今年大锦标赛在圣墓谷尼姆尔城前面的平原上举行。第二天比赛开始时,一群恶人穿着脏乱的长袍,带着长长的火绳枪,来到了山谷北边通道的顶端。往下看,圣墓城和博亨国王的城堡尽收眼底。

他们一直沿着一条老路往上走。但是,由于太久没人走了,或者是人们走得太不频繁了,这条路几乎淹没在了周围灌木丛里,难以辨认。不过,伊本加德看见下边不远处有一条更明显的路,而且更远处好像还有一座堡垒。他又仔细望了望,发现还能望见城堡上的城垛。

首先映入眼帘的是外堡,这座外堡守卫着进入城堡和城市的道路,两者的相对位置与山谷南边外堡和城堡的相对位置大致相同。高本瑞德王子在山谷南边守卫着尼姆尔城和山谷,日夜抵御撒拉逊人可能的袭击。

伊本加德他们找好掩护，悄悄往下向外堡走去。外堡由一名老骑士和几个士兵守卫，但他们十分敷衍，防守非常松弛。这些阿拉伯人躲在灌木丛里，看见两个衣着奇怪的黑人正在大门通道外打猎。他们手持十字弓箭，正在猎杀兔子。这里的人已经数年未见陌生人从这条古老的路上下来了。数年来，他们只在大门外和山顶之间的这块地方打猎，被禁止到更远的地方去打猎。不过，他们也不想去更远的地方。虽然他们是加拉人的后裔，其他的加拉人就住在山的另一边，但他们都认为自己是英国人。他们总觉得，要是冒险走到更远处，那里肯定有成群的撒拉逊人正等着消灭他们，所以从不敢轻易冒险。

今天，刚好轮到他们在外堡守卫，像往常一样来这打猎。他们静静地向前走着，小心翼翼地等待兔子突然从什么地方蹿出来，却没看见这么多阿拉伯人正躲在灌木丛里。

伊本加德看见通道由一扇垂直升降的铁闸门控制着，这扇门现在正被高高拉起着，门户大敞。老骑士和士兵们想着，这会儿博亨国王现在不在城里，根本无人看管自己，于是看守得十分松懈。

伊本加德示意身边最近的几人，让他们跟上来，悄悄地向大门通道靠近。

这时，老骑士和其他几个士兵在干什么呢？原来，老骑士正在外堡的一座塔楼里享用早餐，而那些士兵们见他此时没空管自己，都在外院的树荫下躺着，趁机多睡一会儿。

伊本加德已经顺利进到大门通道，往里走了几码后停下来等其他人。等人全部跟上后，他轻声吩咐了几句，大家就悄悄快步向门靠近。他们穿着凉鞋，一丁点声音都没发出来。伊本加德手里拿着火绳枪，随时准备开枪，其他人紧随其后。还没等这些士兵察觉有敌人进入，他们就全部进入了内墙。

士兵们连忙跳起来，拿起十字弓箭和战斧，赶紧跑去保卫大门。他们大声喊着："撒拉逊人！撒拉逊人！"老骑士和外面的猎手听到喊声后连忙跑向外院。

博亨带人前去参加大锦标赛，还留下了部分侍从待在城堡里。城堡大门处的人和这些留在城中的侍从，突然听到奇怪的声音从外堡的方向传来，不仅听到了人们的呼喊声，还听到了一种奇怪尖锐的声音，有点像雷声又不太像。他们从没听过这种声音，就连他们的先辈也没听过。他们很快就集合在城堡的外门，骑士们正相互商议着要如何应对。

作为勇敢的骑士，他们似乎只有一种做法。如果外堡遭到袭击，那么他们必须赶快前去支援。这里仅有四名骑士和几名士兵，城堡里的骑兵队长赶紧率领他们，快马加鞭前往外堡大门支援。

他们走到半路，就被伊本加德发现了。外堡门口那几个士兵武器落后，伊本加德他们早就把他们打死了，现在正沿路往城堡逼近。一看到这些援军，伊本加德就赶紧命令手下，同自己一起躲到路两边的灌木丛中。因此，骑兵队长和手下人骑马路过这里时，完全没有发现他们。等骑马的人过去后，伊本加德和手下从灌木丛里出来，沿着蜿蜒的山路继续往下，直奔国王博亨的城堡。

城堡门口的士兵，现在提高了警惕，根据骑兵队长的指令，站在升起的铁闸门旁边，不让门落下来。这样的话，要是骑马出城之人受到后方敌人的猛烈攻击，还能进到城里确保安全。在这种情况下，他们计划在自己人进入城里后，趁着后面的撒拉逊人还没追上，及时将铁闸门放下。这正是他们的祖先和他们自己七个半世纪以来，时刻准备着遭受攻击时的防守策略。他们根本就没想到这一刻最终还是到来了。

他们在讨论这些问题的时候，伊本加德正躲在几码之外的灌

172

木丛里,偷偷把这一切看得一清二楚。

这些阿拉伯人狡猾得很,都知道铁闸门的用途,正认真盘算着如何才能在铁闸门放下之前抢先进入城内。最后,他终于想出了一个计划,不禁笑了笑,把三个人叫到跟前,对着他们耳朵低声吩咐。

大门口站着四名士兵,随时做好准备在紧要关头放下铁闸门。这时,他们刚好在伊本加德和三个手下的视线之内。

伊本加德他们四人,不发出一丝声响,小心翼翼地举起手中古老的火绳枪,仔细瞄准了目标。

"开枪!"只听伊本加德一声令下,刹那间,四支火绳枪齐声轰鸣,只见火焰的光芒一闪,铅弹一齐喷出。

四名守门士兵顿时倒在地上。伊本加德带着所有手下迅速向前跑去,进入城堡外墙以内的地方。不过,他们发现眼前还有另一扇门,还有一条宽阔的护城河,但吊桥已经放下,铁闸门升着,大门敞开着空无一人看守。

骑兵队长带着手下骑马奔向外堡,一路都没受阻。他们进入外堡门的内墙一带,发现所有守卫都倒在了血泊之中,就连老骑士的小侍从,本应该看着大门,现在却不见了。

其中一个士兵还活着,弥留之际,他喘息着说出了这个可怕的事实——撒拉逊人终究来了!

"他们在哪儿?"骑兵队长问。

"队长,你没见到他们吗?"这个将死的士兵问,"他们沿着这条路往下,朝着城堡去了。"

"不可能!"骑兵队长大声说,"我们刚刚从那条路骑马过来,根本没有见到任何人。"

"他们往下朝着城堡去了。"这个士兵喘息道。

撒拉逊人入侵 | 173

骑兵队长皱了皱眉,问:"他们人多吗?"

"他们人数不多,"士兵回答,"可能只是苏丹军队的前卫。"

就在这时,骑兵队长他们听到远处枪声传来,那正是城堡门口四名守卫被射杀的枪声。

"该死的!"他大声喊道。

"他们肯定是在我们路过时,躲进了灌木丛里,"骑兵队长身边的一个骑士说,"肯定是这样!现在他们在那儿,我们在这儿,而这之间只有一条路。"

"城堡门口只有四人,"骑兵队长说,"我来之前还吩咐过他们,要他们等我们回去才放下铁闸门。上帝可怜可怜我吧!是我把圣墓拱手让给了撒拉逊人。莫尔雷爵士,杀了我吧!"

"不,骑兵队长!每支长矛、每把剑、每支十字弓箭,能够用上的,我们现在都要用起来。现在不是寻死的时候,而应把命交给我主耶稣,保卫他的圣墓不受异教徒的袭击!"

"莫尔雷,你说得对,"骑兵队长大声说道,"你就留在这里,给你六个人,守住这扇门。其他人和我一起回到城堡,与他们大战一场!"

但是,当骑兵队长再次回到城堡门口时,发现铁闸门早已放下,一位满是胡子、脸色阴沉的撒拉逊人站在门里,正透过铁栅栏盯着他看。骑兵队长立即命令十字弓手,把这个人给射倒。但他们刚把弓箭举至肩旁高度时,忽然听到一阵震耳欲聋的爆炸声,看到火花从一个奇怪的东西里喷出来。这些撒拉逊人把这奇怪东西靠在肩上,朝他们瞄准。其中一个十字弓手发出一声惨叫,脸朝前一下栽倒下去,其他人见此情形,一个个都吓得转身逃跑了。

面对自然的、可预料到的危险,他们当然勇敢无畏,但是见到这样超自然、奇怪而又神秘的杀人武器时,他们的反应与大多数常人无异。这种奇怪的武器，伴随着迸射而出的火花和一声轰隆巨响，隔空就能将人打倒在地，命丧当场，还有比这更奇怪的事吗？

但是，骑兵队长布兰特爵士是个不折不扣的圣墓骑士。

尽管他心里可能和普通士兵一样，一开始也想逃跑，但内心有一股什么力量，迫使他留了下来。这种力量比对死亡的恐惧还要强大，那就是荣誉的力量。

布兰特爵士不愿逃跑，他坐在高高的马上，向撒拉逊人发出挑战。他要求进行一场生死决斗，要求他们派出最勇猛的骑士来一决高下，从而决定谁才应该占领此门。

但是，这些阿拉伯人早已占领此门。而且，他们并不明白他的意思。再说，他们根本不像布兰特爵士想的一样。事实上，他们毫无荣誉感可言，也许，这世上最不在乎荣誉的就是他们了。他们甚至嘲笑他这个建议愚蠢无比。

这些贝多因人只知道两件事：其一，他是异教徒；其二，他毫无武装。在他们眼中，布拉特爵士的长矛和剑根本称不上武器，不论用哪样，他也伤不到他们。因此，其中一个贝多因人小心瞄准布兰特爵士的锁子甲，向他开了一枪。子弹穿过锁子甲，直击他那颗高尚而勇敢的心。

现在，伊本加德已经掌控了博亨国王的城堡，确定自己找到了传说的尼姆尔城，确定这就是巫师告诉他的地方。他把城中的妇女儿童和几个留在城内的男人，关到了一起集中看守。刚开始，他想把他们都杀了，心想他们只不过是异教徒。不过，现在找到了宝藏，他心里高兴，决定暂且饶他们一命——至少现在先不杀他们。

根据他的命令，他的手下将城堡洗劫一空，一心想要找到宝藏。最后，果然没让他们失望，博亨的确拥有巨大的财富。圣墓谷的山上有大量黄金，还有宝石。七个半世纪以来，圣墓城和尼姆尔城的奴隶一直从河床里淘金挖宝石。但对于这两座城里的人们和外面世界的人们来说，这些东西的价值大不相同。他们只是把这些东西当作小饰物。不过，他们也很喜欢这些东西，留着它们，有时候还相互交换。但他们从不把这些东西放进保险库里锁起来。这些东西在这儿从来都没人偷，有什么必要锁起来呢？他们要守卫的是女人和马匹，而非黄金或珠宝。

这样一来，伊本加德轻而易举就得到了大量宝贝。即使像他这样贪婪的人，也没曾想到这里会有如此多的财富珍宝。他把城堡里所能找到的财宝都搜了出来，聚集在一起，发现远远超乎预期。接着，发生了一件奇怪的事，尽管这些财富可能用都用不光，但伊本加德还想要更多。不，这根本不奇怪，毕竟他也只是一个凡人而已。

这天夜里，他和手下留在博亨的城堡里过夜。一整夜，他都在暗自计划盘算。白天，他看见这座山谷十分宽阔，一直延伸到对面远处的山底。那边的山底好像还有一座城市。"也许，"伊本加德心里想，"那座城市比这座城还要富有。我明天就要前去一探究竟。"

Chapter 18

黑衣骑士

竞技场上，两匹战马旋风般地冲了进来，看台上却突然一片安静。他们两人快要相遇时，盖伊爵士才发现对手没有盾。他很纳闷，这究竟是怎么回事？是他自己的人把他这样送上场来的，不管怎么样，责任在于他们，而这优势自己绝对可以利用。其实，就算他们没给布莱克剑就将他送上场，那么盖伊爵士还是可以杀了他，也无损自己的骑士荣誉，因为比赛规则就是这样规定的。

不过，盖伊爵士发现布莱克没有盾，这反而影响了他的发挥。他本来应该想着，如何才能通过技巧在开局第一回合就获得主要优势，这才是最重要的。但前面他发现布莱克没带盾牌，这反倒让他暂时分散了注意力。

就在他们相遇之前，盖伊爵士看见对手的马突然横扫过来。他就像马卢德以前一样，一下踩在马镫上站了起来，想要一剑向布莱克刺去。但就在这时，布莱克拨转马头，直接向盖伊爵士马的肩膀撞去。他手中的剑猛地落下，铿锵一声，从布莱克的剑上滑过，却没伤他分毫。盖伊立即举起盾来保护头和颈，但这样就看不见布莱克了。他的马被绊了一下，差点倒下。趁着马还没恢复平衡，布莱克赶紧用剑从盖伊爵士的盾下刺去，刺穿他的颈甲，向他的颈部斜割了一剑。

盖伊爵士立刻大喊了一声，却被血呛住了。他一下就向后倒下，仰身从马屁股上滚落在地。这时，南边看台顿时爆发出一阵狂欢声。

根据比赛规则，骑士落下马来等同于战败被杀，所以，从来没有哪个获胜者会给对手致命一击，也就免了平白死去一个骑士。通常，胜利者将骑马前去失败者的帐篷，骑马绕行一圈，然后奔驰回竞技场另一端自己的帐篷，等着对方的宣令官带来奖品。

然而，布莱克却翻身下马，手里拿着剑就向倒地的盖伊爵士走去。见此情形，南边看台上的人倒吸了一口冷气，北边看台上则响起一阵愤怒的抗议声。

骑兵队长和宣令官从盖伊爵士的帐篷疯狂地飞奔而来。见此情形，理查爵士担心他们会攻击布莱克甚至杀了他，赶紧从帐篷带了一些人前去帮助。

布莱克走到跌下马来的盖伊爵士身边，只见他仰面朝天地躺在地上，无力地挣扎着想要站起来。正当观众以为布莱克会一剑杀了他时，布莱克却把武器扔到一旁地上，在他身边跪了下来。

布莱克一只手放在盖伊爵士的肩膀下边，把他扶起来，让他上身靠着自己的膝盖。他把盖伊爵士的头盔和颈甲都卸了下来。当骑兵队长、宣令官和其他人来到他们身边勒马停下时，发现他正努力帮盖伊爵士止血。

"快点！"他朝他们大声喊道，"快找个医生来！他的颈静脉没伤到，但是必须马上止血。"

178

理查爵士和其他几个骑士下马围了过来。盖伊爵士那边的一个宣令官跪了下来,从布莱克手中接过盖伊爵士。

"走吧!"理查说,"把这位骑士交给他自己的朋友。"

布莱克站了起来,这才发现周围骑士脸上表情非常奇怪。正要离开时,博亨的一位老骑兵队长说了几句话。

"你真是位慷慨大度、具有骑士精神的骑士,"他对布莱克说,"而且非常勇敢,敢于不顾大锦标赛的规则和几世纪以来的风俗习惯。"

布莱克直接面对着他说:"我根本不在乎你们的规则和风俗,在我们那里,作为一个正直之人,就算是看到一个卑鄙小人流血,也绝不会袖手旁观,任其死去,更何况是这样一个英勇的骑士呢。况且,他是在我的手下倒下的,按我们那儿的习俗,我更有义务帮助他。"

"是的,"理查解释道,"要不然的话,他可是要被嘘的。"

当天首场比赛的胜利,只不过是尼姆尔骑士取得一系列胜利的前奏。最后一场比赛开始前,双方成绩是 452 分比 448 分,尼姆尔城领先对方 4 分。然而,大锦标赛到了这个阶段,4 分的差距根本算不上什么,因为终场赛的分数为 100 分,而且这 100 分有可能全由一方获得。

终场赛是整个锦标赛最引人注目的一场比赛,也是观众最热切期待的一场比赛。这场比赛将有两百名骑士参加,一百名尼姆尔骑士对阵一百名圣墓骑士。他们在竞技场两端各自排好队伍,一旦号角吹响,立刻手持长矛上马,向前冲去相互竞争对抗,直到一方所有骑士都掉下马或因伤退场。长矛损坏后可以换上新的,就像马球比赛中,球棒损坏后,球员可以骑马出来换上新球棒一样。除此之外,终场赛没什么其他规则。与前三天的比赛相比,这场比赛更像一场真正的战争。

在当天首场比赛中,布莱克已经为尼姆尔骑士赢下了15分,后来和其他四位尼姆尔骑士一起打败了五名圣墓骑士,又为尼姆尔骑士增加了得分。

布莱克能够参加终场赛,主要是因为骑兵队长们欣赏他高超的马术,觉得这一点可以弥补他在使用长矛方面的不足。

这两百名骑士身着盔甲,已经排列好队伍,准备参加最后这场比赛。他们各自在竞技场的一方,排列成行,一边是一百名圣墓骑士,另一边是一百名尼姆尔骑士。他们的战马都是为这次比赛精心挑选出来的,强壮而敏捷,就像乘骑它们的年轻人一样勇敢。

参赛的骑士大多是二十几岁的年轻人,鲜有例外。这项中世纪的伟大运动对于年轻人的吸引力丝毫不逊于当今运动对年轻人的吸引力。参赛列队当中还零星夹杂着几名中年男子,他们都是经验丰富的老将,不论是心理上还是武艺上,都有多年比赛的考验。他们都是以往的冠军,尼姆尔城堡的大厅里,歌唱家传唱着他们的光辉事迹。他们光是来此参赛,就已经给年轻骑士带来了积极影响,激励他们尽最大的努力应赛。

骑士们排列好队伍,一个个神气飞扬,长矛高高竖起,彩旗迎风飘扬。阳光照射下来,铮亮的铠甲、马嚼子和盾牌凸饰熠熠生辉,战马的马衣闪闪发光。两百名骑士列队整齐,呈现出自豪高贵的模样,等待号角声的召唤。

许多战马显出不安,扬起前腿来用后腿站起,不一会儿又跳下,急着冲过界线,就像被栏杆挡住的骏马要跳过围栏冲出去一样。此时,在竞技场的中间站着一个宣令官,等着双方队列排齐的一刻。一旦队列排齐,他将给出最终信号,让这些铁骑开始战斗。

布莱克发现,此时他自己几乎就排列在尼姆尔骑士列队的中央,他骑着的大黑马,正烦躁地等待着向前冲去。而在他的对面,是一群圣墓骑士中最强悍勇猛的骑士。布莱克的右手握着一支沉重的铁头长矛,长矛的底托就搁在他马镫里右脚的靴尖上。他的左臂上挎着一个大盾牌,面对那么多坚固的铁头长矛,现在再也不想把盾牌给扔了。当他向竞技场对面看去,那一百名骑士队伍不久就要向自己冲来。他们排列着整齐的队伍,挺直了长矛,一根根长矛伸出马头前面很远。布莱克突然感觉到,面对如此阵仗,手上的盾牌实在是有点渺小,似乎不足以应付那些长矛。他顿时感到紧张起来,使他想起以前橄榄球赛开赛前,等待着裁判员吹响哨子的紧张心情。不过,现在回想起来,那仿佛是很遥远的过去了,与现在完全不同。

信号终于发出!他看到宣令官高高举起了手中的剑。这时,两百个武士同时控制住他们胯下桀骜不驯的骏马,把长矛都挺向前方。然后,司令官手中高举的宝剑突然向下挥去!刹那间,竞技场的四角同时响起嘹亮的号声,两百名骑士一齐高声喊出冲杀的声音,两百双靴子的马刺纷纷踢向乘骑着的战马,催促它们立刻纵身向前。

战马奔驰场上,踏出轰鸣的声响。这时,二十多位宣令官也紧随在列队的侧翼和后方,防止在喧嚣冲撞的列队中有任何违规行为发生。根据唯一的规则,每个骑士必须向他马头前的对手进攻,如果攻击他右侧或左侧的对手,那就是违规行为,而且不符合骑士精神。因为这样的话,一个人可能同时遭到两名对手的攻击,难以招架。

布莱克从盾牌上沿望过去,只见迎面冲来的长矛密密匝匝,一匹匹身穿铁护甲的战马和一块块大盾牌,似乎都一起向他压过来。这种速度、重量和势头,看起来似乎难以抵抗。面对眼前这一切，布莱克对那些老骑士不由产生深深的敬意。

现在，两队人马即将相遇！观众们坐在看台上仔细凝视着，一片沉默；骑士们脸色严肃，嘴唇紧闭，一声不吭。

布莱克选中了左手方向他冲来的骑士，将长矛从马头旁的肩胛处伸向前去。有一瞬间，他注视了对方的眼睛，然后两人迅速藏身在盾牌之下，两支队伍相遇，长矛与盾牌相互碰撞，发出震耳欲聋的撞击声。

布莱克的盾牌被一股可怕的力量撞了回来，几乎直接撞到了脸上和身上，使他差一点从马上摔下来。他感觉到长矛被折断了，有的地方似乎撞成了碎片，自己几乎也被撞晕了。而他的战马依然勇往直前，驮着他发了疯似的冲过钢铁般的战阵，不受控制地向圣墓骑士冲去。

布莱克费了好大力气才振作了精神，连忙勒紧缰绳，最终控制住了坐骑。直到这时，他才有机会扫了一眼这混战的场上，知道了第一回合的战果：六匹战马倒在了地上，正挣扎着想要站起来，将近二十匹战马失去了主人，正在竞技场上狂奔，一共二十五名骑士躺在赛场上，大约两倍多的侍从和仆人正跑来救援主人。

有些骑士已经重新端平了长矛，对准了新的敌人。这时，布莱克看见其中一名圣墓骑士，正准备向他逼近，他赶紧举起手中破损的长矛，高高举过头顶，表明暂时退出比赛。然后，布莱克策马飞奔回到竞技场自己那边，爱德华早已准备好新武器等着他回来。

"敬爱的主人，你干得太漂亮了。"爱德华大喊道。

"我打败对手了吗？"布莱克问。

"当然，先生！你的长矛正是因为刺中了他的盾，才折断了，你已经把他挑下马了。"爱德华向他确保道，眼里满是自豪和喜悦。

布莱克换了长矛以后,重新驰回竞技场的中心。许多骑士还在对阵,又有好几个骑士落下马,胜利者又在寻找新的对手。而看台上的观众,大声呼喊,几乎喊哑了嗓子,忙着给还在场上的骑士找对手。当布莱克重新纵马回到场上时,北边圣墓城看台上的人看见了他。

"那个黑衣骑士!"他们大声喊道,"那里!那里!怀尔德瑞德爵士!那个打败盖伊爵士的黑衣骑士在那。干掉他,怀尔德瑞德爵士!"

怀尔德瑞德爵士离布莱克一百码,他平端着长矛,对布莱克大声喊道:"我要打败你,黑衣骑士爵士!"

"来吧!"布莱克说完,用马刺猛踢了大黑马一下,大黑马飞驰向前。

怀尔德瑞德身材高大,相形之下,他骑的红马则略显消瘦。不过,这马实为一匹良驹,迅速如鹿,勇猛如狮。在尼姆尔的骑士当中,这一人一马早已颇具声望了。

也许,布莱克并不知道怀尔德瑞德是圣墓骑士当中的佼佼者,还以为他和其他骑士一样没什么特别之处。不过,这样反而能让布莱克的心里保持平静。

事实上,对于布莱克来说,不论哪位骑士都令人畏惧,因为他到现在还不知道,第一轮自己是怎样将对手击下马的。

"那个家伙肯定是两边的马镫都丢了。"当爱德华告诉他对手落马的时候,他心里这样告诉自己。

布莱克挺起长矛,像个出色的骑士一样,向令人畏惧的怀尔德瑞德爵士逼近。怀尔德瑞德爵士也同样从南边看台朝他奔来。就在这千钧一发之际,布莱克瞥见一个女子苗条的身影,从中间的包厢里站了起来。虽然看不清她的眼睛,但布莱克知道她正看着自己。

"为了我的公主!"当怀尔德瑞德向他逼近时,他默念道。

这两位骑士直冲而上,以惊人的力量撞到了一起,各自长矛都击中了对方的盾牌。布莱克感到自己从马鞍上飞了起来,猛然摔到了地上。但他没有被震昏,也没受重伤。他站起来的时候,看见在不到一根长矛那么远的地上,怀尔德瑞德也一把坐在那里,于是不禁笑了出来,但怀尔德瑞德爵士却笑不出来。

"该死!"他大喊道,"臭小子,你竟然嘲笑我?"

"要是我看起来和你一样好笑,你肯定也会笑的。"布莱克对他说。

怀尔德瑞德皱起眉毛,大声说:"该死的!你如果是尼姆尔骑士的话,那我就是撒拉逊人!你到底是谁?听你说话的口音,你根本不是我们山谷里的人。"

布莱克站了起来,向前走去,问:"伤得重吗?来,我拉你起来。"

"你真的是个奇怪的骑士,我记得你上次打败盖伊爵士后,也帮忙救助过他。"怀尔德瑞德说。

"嗯,这有什么问题吗?"布莱克问道,"我对你并无不满。我们之前是在打斗竞争,但现在一切都已结束。为什么还要坐在这面面相觑,直眉瞪眼呢?"

怀尔德瑞德爵士摇摇头,承认道:"你说的东西我实在理解不了。"

这时,他们的侍从和其他仆人也都赶到了,但他们受的伤都不重,不至于靠人扶着才能走路。他们各自起身走回自己的帐篷,这时,布莱克突然转过身来对怀尔德瑞德笑了笑。

"再见,老家伙!希望将来还能再见。"他高兴地喊道。

怀尔德瑞德爵士还是不解地摇了摇头,一瘸一拐地走了,后面跟着两个跑来帮他的人。

布莱克回到帐篷后才得知,大锦标赛胜负仍然还未揭晓。半小时后,最后一名尼姆尔骑士也战败下场了,场上还剩两名圣墓骑士。但尼姆尔骑士原先领先圣墓骑士四分,圣墓骑士获得的这两分并不能扭转局势。过了一会儿,宣令官终于宣布,尼姆尔骑士以两分的微小优势,最终获得本届大锦标赛的胜利。

一听这消息,南边看台上的人们顿时发出阵阵欢呼。那些参加锦标赛并得分的尼姆尔骑士一起排好队,骑马驰向竞技场,准备领取奖品。但此时并非所有得分的骑士都在这队伍里,因为有些人在胜利后,又参加了新的比赛,不幸受伤或丧命了。但双方总体伤亡情况比布莱克预期的要好。全部比赛下来,总共五名骑士身亡,大约二十名骑士受伤太重而无法骑马,双方的伤亡情况大致相同。

正当尼姆尔骑士策马驰向平原,准备迎接来自圣墓城的五名少女时,博亨在竞技场的另一侧,把他所有的骑士都召集到了帐篷周围,看样子像是准备骑回到营地去。与此同时,一名圣墓骑士穿着尼姆尔骑士的豹皮头盔,悄悄混进了竞技场南边的看台,溜进了高本瑞德王子的包厢。

博亨一直远远地看着,看到尼姆尔骑士全都在竞技场的另一端,全神贯注于例行仪式,正在按照大锦标赛的规则,迎接五名少女。

博亨身边有两名骑士,都骑着骏马,双眼紧盯着博亨。他们其中一人,手里还牵着另外一匹空马。

突然,博亨举起手来,打马驰过竞技场,他的骑士紧跟其后。他们向尼姆尔骑士庆祝的那一侧跑了一段路,恰巧挡在围成一团的尼姆尔骑士和高本瑞德包厢的中间。

博亨身边的那名年轻骑士和他的另一个同伴，拉着那匹空马，打马直奔尼姆尔人的看台和高本瑞德的包厢。当他们骑到包厢后面时，一名骑士突然跳了进去，将闺娜塔公主一把抱起，扔给另外一位等着接她的年轻骑士，然后跳到路边，跳上准备好的那匹空马。高本瑞德着实大吃一惊，还没等他和身边的人反应过来，拦住他们，这几个骑士就快马加鞭逃走了。博亨带着圣墓骑士紧跟其后，往场外橡树林里的营地驰去。

这时，大家顿时陷入一片混乱。高本瑞德包厢边的一位号手赶紧吹响号子，发出警告。高本瑞德赶紧从看台跑到马夫那儿，骑上马去。但此时，尼姆尔骑士还不知道发生了什么，不知道要到哪里集中，也不知道要对抗什么人，只能在竞技场上漫无目的地乱转了一会儿。

高本瑞德立刻策马跑到这群骑士面前，高声喊道："博亨抢走了闺娜塔公主！尼姆尔的骑士们！快追！"在他还没喊完这声命令之前，一个黑衣骑士早就骑着一匹黑马，猛地踢了一下坐骑，穿过人群，像股旋风一样，奔驰着向撤退的圣墓骑士追去。

Chapter 19
泰山爵士

托洛格脸上露出险恶的笑容。他觉得，幸亏自己动作干净利落，及时阻止了阿泰雅，否则她就把杀人的阴谋告诉泰山了。他感谢安拉给了他这样一个机会，没让阿泰雅告密毁了所有人。但是，还没等他笑完，就有一只手突然从黑暗之中伸了出来，从身后一把抓住他的喉咙——手指紧紧抓住他，将他拖走。

托洛格被拖到原先泽伊德的帐篷，也就是现在为泰山搭的帐篷。他奋力挣扎，试图大声呼救，但那只手就像钢铁一般，将他紧紧抓住，掐住他的喉咙，他根本无力反抗。

进到帐篷以后，那人对着他耳朵轻轻说："托洛格，要是你喊出来，我就杀了你。"说完，那只手就放开了他的喉咙，但他并没有呼救。他已经听出这声音是谁，知道他绝非虚张声势。

托洛格静静地躺在那里，一动不动，双手双脚被紧紧地绑了起来，嘴巴被牢牢塞住。他感觉自己的连帽斗篷被翻了起来，完全盖住了头和脸。不一会儿,整个帐篷就陷入了一片寂静。

他听到斯蒂姆博悄悄溜进帐篷,但以为那是原先绑他的人。于是,他就这样死了。本来,这是他给人猿泰山计划的死法,现在却落到了自己身上。其实,泰山早就知道托洛格将会这样死去,脸上不由露出一丝微笑,然后穿行于树林间,往东南方向荡去了。

泰山并不是去找贝多因人,而是去找布莱克。他亲自确认伊本加德营地里的白人是斯蒂姆博,但是无人知晓布莱克的踪迹。布莱克的下人曾告诉了他布莱克消失的地方,于是,他加紧回到那地方,希望能够循迹去找他。他心想,就算不能帮到他,至少可以知道他最终命运如何。

泰山行动十分迅速。虽然他视觉嗅觉灵敏,能够迅速探寻树林的秘密,但也花了三天时间才找到这个地方。也就是在这里,闪电击中了帮布莱克拿枪的黑人。

泰山在此发现了模糊的足迹,表明布莱克向北方去了。泰山不禁摇了摇头。他知道,要从这里到达第一座加拉村庄,必须经过一片荒无人烟的丛林。而且,即使布莱克能够扛过饥饿,躲过野兽的威胁,最终也要被加拉人用长矛杀死。

两天来,泰山一直追寻着一个足迹,这足迹常人可能难以发现,却逃不过他的法眼。第二天下午,他突然发现了一座巨大的石制十字架,这座十字架建在一条古道的正中间。泰山躲在灌木丛里,默默查看这座十字架。他就像野兽要捕猎一样,利用身边的一切来隐藏自己,对任何陌生东西都小心提防,只要情况需要,随时准备战斗。

这里有两位士兵负责守卫通往尼姆尔城的道路。正是由于这样小心谨慎,他才没有盲目闯入这两个士兵的控制之中。他耳朵敏锐得很,早在见到他们之前就听到了他们的声音。

泰山就像猎豹和狮子靠近猎物一样，在灌木丛里悄悄匍匐前进，直到距离两个士兵几码处才停下。令他大吃一惊的是，他听到他们正在用一种奇怪的英语交谈。他们讲的英语虽然可以理解，但听起来像是另一种语言一样。看到他们古老的服装和武器，泰山更是惊叹不已。不过，看到听到这些后，泰山大概猜到布莱克为何会消失了，也猜到他命运如何了。

泰山先躺在那儿，朝这两人看了一会儿，眼睛眨都不眨一下，就像狮子等待突袭的好机会一样。他看见，这两个人各拿一支坚固的长矛，还带着一把剑。听上去，他们会说英语，但说得马马虎虎。因此，他觉得这两人也许能告诉他布莱克的消息。但他们会以友好的态度对待他吗？还是会试图攻击他，把他杀了？

泰山觉得，要是一直躲在灌木丛里，永远都不能确定他们究竟是何态度。于是，他鼓起勇气，就像狮子要跳出去捕猎时一样，猛地扑了上去。

当时，这两个黑人士兵正在闲聊，完全没察觉到任何危险。突然，没有任何预警，泰山一下跳到了距离近点的那个黑人背上，把他压倒在地。未等另一个人反应过来，泰山就已经把这个黑人拖进了原来躲藏的灌木丛里。另一个黑人见此情形，赶紧转身朝隧道方向逃去。

这个黑人被泰山抓住后极力反抗，奋力挣扎，但泰山要控制他就像控制一个小孩一样容易。

"躺着别动，"泰山对他说，"我不会伤害你的。"

"我的天呀！"黑人喊道，"你是什么人？"

"只要你告诉我实话，我就不会伤害你。"泰山回答说。

"你想知道什么？"黑人问。

"好几个星期前，一个白人从这条路上来到这里，他现在在哪儿？"

"你说的是詹姆斯爵士吗？"黑人问。

"詹姆斯爵士！"泰山想了想，然后想起布莱克的名字就是詹姆斯。"他的名字是詹姆斯，"他回答说，"詹姆斯·布莱克。"

"当然，都一样。"黑人说。

"你见过他吗？他现在在哪儿？"

"现在，尼姆尔城前的平原上正在举行大锦标赛，詹姆斯爵士正在赛场上为捍卫我主耶稣和尼姆尔骑士的荣誉而战。你要是想找詹姆斯爵士的麻烦，那你将会发现，许多骑士和士兵都会代表他来和你决斗。"

"我是他的朋友。"泰山说。

"如果你是他的朋友，你为什么还要像这样跳到我身上呢？"黑人半信半疑地问道。

"我当时还不知道你们如何对待他，也不知道你们将会如何对待我。"

"既然是詹姆斯爵士的朋友来到尼姆尔，我们肯定热情款待。"黑人说。

泰山收了这个黑人的剑，让他站起来——他的长矛早在他被拖进灌木丛之前就掉了。

"你在我前面走，带我去见你的主人，"泰山命令道，"记住，要是耍花样的话，我要了你的命。"

"不要逼我离开这里。我走了的话，就无人守着这条路抵御撒拉逊人了，"这个黑人乞求道，"我的同伴很快就会带着其他人回来的，到那时我叫他们带你去你想去的地方。"

"很好。"泰山同意道。没等多久，泰山就听到有人匆匆跑来的脚步声，还伴随着一阵"叮叮当当"的声音。这声音可能是由许多链条震动，碰到金属物体发出的声音。

不久之后，泰山就惊讶地发现，一个白人身穿盔甲，带着剑和盾牌，身后跟着十几个人，个个手拿长矛。

"快叫他们停下来！"泰山一边命令道，一边用剑锋指着黑人的后背，"告诉他们不要靠得太近，我要和他们谈谈。"

"停下来，求求你们了！"这个黑人喊道，"他是詹姆斯爵士的朋友。但要是你们靠得太近，他就要用我的剑杀了我。最高贵的骑士先生，请先和他谈谈，求求你了。我还想活着听到大锦标赛的结果呢。"

听完这话，这个骑士在离泰山几步开外的地方停了下来，从上往下、从头到脚把他打量了一遍。"你真的是詹姆斯爵士的朋友？"他问道。

泰山点点头，说："我已经找他好几天了。"

"你遇到了什么不幸，弄丢了衣服吧。"

泰山笑了笑，说："我在丛林里行走惯了，平时就这样穿。"

"那你也是骑士吗？和詹姆斯爵士来自同一个国家吗？"

"我是英国人。"泰山回答说。

"英国人！欢迎来到尼姆尔！我是波特伦爵士，是詹姆斯爵士的好朋友。"

"我叫泰山。"泰山说。

"那你的头衔是什么？"波特伦爵士问道。

泰山觉得眼前这人问的问题看似友好，但行为方式有点奇怪，不禁感到一阵疑惑。但他感觉得到，不论这个人是谁，他都很认真地对待自己，而且，要是他知道自己是有一定地位的人，对自己的印象可能会更深刻。于是，泰山就用自己的方式，平静诚实地回答了他。

"我是一位子爵。"泰山回答说。

"那么你是王国里的一员了！"波特伦爵士高兴地说，"泰山爵士，高本瑞德亲王见到你肯定会很高兴的。跟我来，我去给你拿些合身的衣服。"

到了外堡后，波特伦爵士把泰山带到一间房子里，这间房子是用来让骑士向士兵发号施令的地方。他把泰山留在这里，然后吩咐侍从到城堡去取回衣服，牵来马匹。等待期间，波特伦爵士把布莱克来到尼姆尔以后发生的所有事都告诉了泰山，还告诉了他关于这个不为人所知的英国殖民地——尼姆尔的传奇历史。侍从拿来衣服后，泰山穿上后发现非常合身，因为波特伦爵士和泰山一样，也是个大块头。不一会儿，泰山就穿戴好了，俨然一副尼姆尔骑士的模样。然后，波特伦爵士领着他一起骑马往下，朝城堡驰去。到达城门时，波特伦爵士宣布泰山为"泰山爵士"。一进到城里后，他就把泰山介绍给另一位骑士，并说服这位骑士替他看守城门，而他带泰山前去竞技场。这样的话，他就可以带泰山去见高本瑞德了。要是他们到达之时比赛还未结束，泰山还可以赶上看看最后的比赛。

就这样，人猿泰山穿着盔甲，手持长矛和剑，骑马进入了圣墓谷。而此时，博亨正在实施他那无耻恶毒的计划，抢夺闺娜塔公主。

早在他们到达竞技场之前，波特伦爵士就意识到有什么不对劲了。他们看到滚滚烟尘从竞技场那边升腾而起，仿佛一群骑士正在策马追赶另一群向北飞奔的骑士。于是，波特伦爵士赶紧用马刺踢了下马，他的马立即飞奔上去，泰山紧随其后。他们一路狂奔，来到了竞技场，发现这里一片混乱。

当时，女人们正在上马，准备在高本瑞德指派的骑士的护送下，骑马回到尼姆尔。士兵们正忙着集合排列队伍，但一切都显得太过杂乱无章。时不时就有一大群骑士跑到看台最高处，拼命向北方飞扬的滚滚尘土望去，但什么情况也看不清。

波特伦爵士抓住一个人问了问情况。"这里发生什么了？"他问道。

"博亨抓住了闺娜塔公主，把她抢走了。"这人回答说。波特伦爵士听到后十分震惊。

"混蛋！"波特伦愤怒地喊道，然后转身向泰山问道，"泰山爵士，你愿意和我一起骑马前去营救我们公主吗？"

泰山没回答，直接踢了踢马，与波特伦并排奔驰而去，两人策马驰过平原。布莱克在他们前面很多，离逃跑着的圣墓骑士越来越近了。由于群马奔腾，尘土飞扬，这些圣墓骑士根本看不见后面追上来的布莱克，布莱克也看不见他们，因此，布莱克赶上后他们也没意识到。

布莱克既没带长矛也没带盾牌，只挂了一把剑在一边，右边腰间挂着那把四五式手枪。自从来到尼姆尔以后，每当要武装的时候，他总要随身携带这把枪——一样来自另一个世界另一个时代的武器。每当别人问起时，他只说这是随身携带的一个护身符而已。但他心里想着，有朝一日，这枪也许大有用处，这是那些尼姆尔的骑士和女士做梦也想不到的。

他知道，除非打仗，或者是在压倒性劣势或遭遇不公策略的情况下，才把这枪用作最后一招，否则他绝不会使用这枪。但他很庆幸今天带了这把枪，能否救下心爱的女人，还她自由，可能全凭这把枪了。

渐渐地，他越来越靠近队伍最后面的圣墓骑士了。他们的战马经过良好的饲养和训练，有着极强的耐力，能够承受人和盔甲

泰山爵士 | 193

的巨大重量。从尼姆尔的竞技场到此地，这些马已经奔驰了很长时间，但依旧能够保持轻快的速度。

铁蹄所经之处，滚滚尘土飞扬，直冲云霄之上。布莱克在这尘土之中摸索前进，隐约瞥见前方骑马者的身影。布莱克所骑的大黑马，迅速敏捷，勇敢强壮，至今没有表现出一丝疲劳的样子。布莱克手握宝剑，做好准备随时厮杀。他现在一身都是灰色，再也不是黑衣骑士了。他的盔甲、战马、马饰全都染上了尘土，一片灰色。

布莱克瞥见了一个骑士，开始缓缓向他靠近。这个骑士也是一身灰色！布莱克灵光一闪，立马意识到大好机会来了，他可以伪装成他们自己人。也许，他可以混进他们当中，和他们一起骑马前行也不会遭到怀疑！

一想到这，布莱克立即把剑插入鞘内，继续往前赶，但快接近敌方骑士时，他放慢速度，小心翼翼从他身边超过。之后，布莱克催马快跑，悄悄穿过博亨的骑士队伍，看见某处一个骑士还带着另一个人，这正是他要找的骑士。

他越靠近队伍前头，就越有可能被发现。越往队伍前面，飞扬的尘土越稀，他们可以看得更远。不过，他的盔甲上、脸上、头盔的豹皮上都蒙上了一层厚厚的尘土，一片灰色。虽然他从其他骑士身边经过时，其他骑士都会仔细看看他，但都没有认出他来。

有一次，有人和他打招呼道："珀西瓦尔，是你吗？"

"不是。"布莱克回答后，立刻又加快速度往前跑去。

现在，布莱克隐约可以看到，就在前方不远处，有几个骑士聚拢在一起。有那么一瞬间，他觉得自己瞥见了他们中间有一个女人，她的衣服正随风飘扬着。于是，他继续向前赶去，逐渐靠近这些骑士，混进他们中间，果然看见有个女人被一个骑士带在马上。

布莱克赶紧抽出宝剑，催马直接挤上前去，插入两个骑士中间，贴近那个带着闺娜塔公主的骑士。然后，他左右挥剑，出其不意地把身边的两个骑士砍下马去。

布莱克又踢了一下马，马立刻向前猛蹿了两步，几乎和带着闺娜塔公主的骑士并肩而驰。他动作太快了，虽然那些骑士离他几乎不到一臂的距离，但他们根本没来得及意识到意外，更没时间来阻止。

这个骑士左手抱着闺娜塔公主，布莱克把他左手拿开，一剑刺进他左前臂上方，将剑深深刺入这个年轻骑士的身体里。接着，他策马向前，将闺娜塔从死去的骑士手中夺来，而这个骑士从马鞍上摔了下去。

布莱克的剑从他手里飞了出去。到目前为止，他已经用这把剑刺进了三人身体，谁叫他们胆敢对他心爱的女人不敬。

圣墓骑士策马追了上来，发出愤怒的呐喊。布莱克干脆放开缰绳，让马自己跑着。圣墓骑士紧追不舍，紧靠在布莱克左右，其中一个大块头踏着马镫站了起来，举剑准备从身后向他劈来，另一个也挺剑向布莱克刺去。

他们嘴里大声咒骂着，愤怒得连面容都扭曲了。布莱克差点挫败了他们的计划，他们非杀了他不可。但他们觉得他寡不敌众，绝对不会成功。

可就在这紧要关头，奇怪的事发生了，这种事圣墓骑士和他们的祖先都从没见到过。布莱克从腰间枪套里掏出一支四五式蓝色手枪，只听见一声巨响，布莱克右后方的骑士就一头倒在了地上。布莱克在马鞍上转过身来，朝另一边的骑士又开了一枪，这枪正中眉心。

泰山爵士 | 195

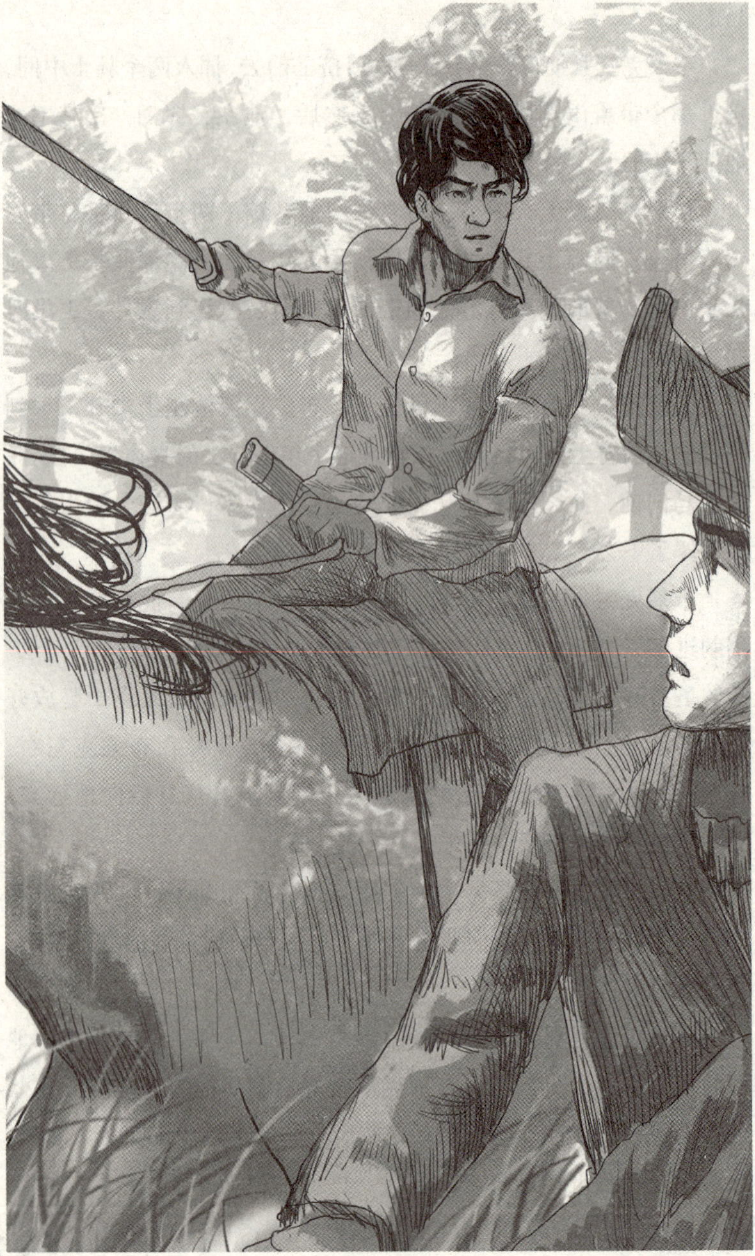

听到枪声，布莱克周围的战马都受了惊吓，四处狂奔起来，要不然的话这些骑士可能早就威胁到布莱克了。大黑马也受了点惊吓，当布莱克把手枪插入枪套时，这匹马几乎失去了控制。布莱克赶紧用右手重新抓住缰绳，把自己身子往左压过去，这才迫使马儿慢慢改了方向，朝他的目标方向跑去。布莱克本来想穿过圣墓骑士的队伍，转头向南面的尼姆尔城方向跑去。

布莱克确定高本瑞德和手下肯定快赶上来了。到那时，在一千多个骑士的保护下，只要几分钟就能确保闺娜塔公主的安全。这些骑士中的任何一个人都愿意为她牺牲性命。

但是，圣墓骑士已经在他转身往回走的路上拉开了密集的散兵线，人数比他想象的还要多。布莱克发现他们正从左边袭来，于是不得不转变方向，继续向北跑去。

追上来的圣墓骑士靠得越来越近了，布莱克不得不再次放开缰绳，掏出手枪来打了一枪。一听到这可怕的声响，这些骑士的马全都吓得扬起前腿来，连忙四散冲去。布莱克的大黑马也受到了惊吓，差点把他和闺娜塔公主摔下马去。

最终，布莱克好不容易才将马重新控制住。这时，他发现圣墓骑士策马逃去扬起的尘土，已经远远地落在了后面。布莱克发现左边不远处有一大片树林，又黑又深，至少可以提供暂时的藏身之所。

布莱克快速骑马进入树林，然后把马勒住，轻轻把闺娜塔公主放到地上。接着，他自己下马，把马拴到了树上。自从今天进入竞技场一直到现在，布莱克和这匹马都没休息过，都已经精疲力竭了。

他把马衣和沉重的马鞍从马背上卸下来，把大马嚼子从马嘴里拿出来，用一部分马衣给马扇风，让马不再那么热。直到安顿好马,布莱克才看了看闺娜塔公主。

他转过身去,面对着她,只见她站在那儿靠着一棵树,正看着自己。

"詹姆斯爵士,你很勇敢,"她温柔地说,然后又傲慢道:"但你还是个粗人。"

布莱克笑了笑,脸色苍白。他早已精疲力竭,根本无心与她争论。

布莱克没有理会她的话,只是对她说:"非常不好意思,这匹马还要继续走一走才能降温,但是我累坏了,动不了了。"

闺娜塔公主听后,睁大双眼惊讶地看着他。"你……你……"她结结巴巴地说,"你的意思是想让我牵着马走吗?我可是公主!"

"闺娜塔,我现在实在动不了了,"布莱克回答说,"我现在累极了,从日出到现在,一直穿着这身盔甲。我想你不得不做这些了。"

"不得不!你个无赖,你是在命令我吗?"

"振作起来!"布莱克有点唐突地说,"我要对你的安全负责,而一切可能都要靠这匹马了。动起来,按照我说的做!牵着它前后来回慢慢地走。"

闺娜塔公主又愤怒又委屈,眼里满是泪水。她气得想反驳,但看见布莱克的眼里满是疲劳的感觉,于是又把话咽了回去。她看了他好一会儿,然后转身走到大黑马身边,把绳子从树上解开,牵着马前后来回慢慢地走。布莱克则背靠一棵大树坐着,往树林外的平原看去,看看是否有人追来。

但是,外面并无人追来,因为尼姆尔骑士已经追上了圣墓骑士,双方正持续战斗着,正朝着山谷北边的圣墓城而去,离他们越来越远了。

闺娜塔公主牵着马走了半个小时,一直沉默不语。布莱克坐在那儿，往外边山谷看去，也一句话没说。不久之后，他转向闺娜塔，站了起来。

"你做得很好，"他一边说一边走向她，"谢谢你，我再帮它擦擦。之前，我太累了，动不了，否则绝不会劳烦你来做这事。"

闺娜塔公主没说一句话，默默把马交给了他。布莱克用干树叶帮马从头擦到尾。擦完后，他重新帮马穿上马衣，走到闺娜塔身边坐了下来。

布莱克的眼睛打量着公主——笔直的鼻子、微微翘起的嘴唇、带点骄傲高高扬起的下巴。布莱克心里想："她很漂亮，但是有些自私、傲慢，甚至残忍。"但当她转眼看着他时，虽然她的目光好像从他身上扫过就像没看见他一样，但她的眼神证明她并非如此。

布莱克注意到她目光中有些不安，总是从一个地方移到另一个地方，但最常看的还是树林深处，有时还往上看看树枝。她一往上看树枝，就又突然转移目光，凝视树林深处。

"怎么了？"布莱克问道。

"我觉得树林里有什么东西在动，我们走吧。"她说。

"天马上要黑了，"他回复道，"天黑后，我们才能骑马安全回到尼姆尔。博亨的骑士可能现在还在找你呢。"

"什么！"她惊呼道，"留在这里直到天黑？你难道不知道这是什么地方吗？"

"怎么了？这里有什么不对劲的吗？"布莱克问道。

闺娜塔向他靠过去，恐怖地睁大眼睛小声对他说："这里就是所谓的豹子林！"

"是吗？"他不以为意地问道。

"这里生活着尼姆尔的大猎豹，"她继续说，"夜幕降临后，必须扎营，有许多的守卫，还要点起驱赶野兽的篝火，这样才能避

泰山爵士 | 199

开猎豹的袭击。就算这样，也不一定能够保证安全。它们有时会突然跳到一名守卫身上，把他拖进树林，活活吃了他，连营地里的人都能听到它吃人的声音。"

"不过，"她突然灵光一闪，有了新想法，"你之前用的武器那么奇怪，能发出巨响，杀了博亨的骑士，我差点把它给忘了！有了这个武器，你肯定能把树林里的猎豹全都杀了！"

布莱克不愿告诉她真相，怕会让她更紧张，对她说："也许，现在出发也不错，毕竟路途遥远，天又马上就要黑了。"

他一边说着，一边向大黑马走去。就在他快走到时，大黑马突然仰起头来，竖起耳朵，张大鼻孔，朝树林深处望去。有那么一会儿，这匹马颤抖得就像风里的叶子，然后猛地喷了一下鼻子，往后躺下，用它全身的力气和重量，想要把绳子弄断。只听咔嚓一声，绳子断了，它转身就向平原跑去。

布莱克立刻掏出枪，往树林里仔细看了看，但什么也没看见。马清晰地闻到了一股味道，但布莱克嗅觉没那么灵敏，什么也闻不出来。

此时，有几只眼睛正盯着布莱克看，可惜，布莱克却看不见它们，但那不是猎豹的眼睛。

Chapter 20

真心告白

泰山和波特伦爵士骑马紧追在尼姆尔骑士队伍之后。他们赶上队伍时,布莱克已经夺回了闺娜塔公主。而在此之前,尼姆尔骑士已经赶上了一群圣墓骑士,进行了一场混战。

他们两人走近后,泰山看见两名骑士正在捉对厮杀,一名尼姆尔骑士死在了对手的长矛之下,然后那个打赢的骑士就看见了泰山。

"轮到你了,骑士先生!"这位圣墓骑士喊道,然后挺起长矛,踢了一下战马,直奔泰山而来。

这对泰山而言,是一次全新的经历,全新的探险,全新的感受。对于马上长矛比武,布莱克一无所知,就像他对乒乓球一窍不通一样。不过,他从小就会使用标枪。于是,看到这名骑士向他发起进攻时,他只是笑了笑。

泰山泰然地等待着。这名圣墓骑士看见泰山等着他,一动不动,甚至连长矛都没挺起来，心里忍不住困惑起来。

波特伦爵士勒住马，停在一旁观战，想要看看这位英国同胞在战斗中将会如何保卫自己。不过，看到泰山一动不动，波特伦爵士同样迷惑不解，不禁在心里琢磨着，他是疯了吗？还是看到这阵仗被吓到了啊？

见到对手向前靠近，泰山一下在马镫上站了起来，把长矛举过头顶，身体稍向后仰。当对手长矛的矛尖距他五步之远时，他一把掷出他那沉重的长矛，就像他在狩猎或战斗中经常投出他的标枪一样。

此刻，这名圣墓骑士面对的不是格雷斯托克爵士，也不是巨猿之王，而是瓦兹瑞战士的首领。可以说，这世上没人比他更会使长矛了。

他手臂向前甩出，手中的长矛就像箭一样，笔直地飞向前去，直奔对面圣墓骑士而去。那个骑士用盾牌一挡，长矛正中盾牌的凸面上部，一下就劈开了这块木制盾牌，穿进了圣墓骑士的胸口。就在这同时，泰山拨转马头，骑到一边，那个圣墓骑士的马刚好从他身边奔腾而过。

看完后，波特伦爵士摇了摇头，不确定泰山爵士此举是否完全符合道德标准，但不得不承认他的确是勇猛威武。这时，一位圣墓骑士向波特伦爵士发出挑战，波特伦策马前去应战。

接下来的战事把泰山引向西去。他早就把长矛掷了出去，现在只用剑来战斗。不过，他运气不错，力量强大，身手敏捷，连续打败了两个对手。这期间，一名圣墓骑士杀了一名尼姆尔骑士。现在，战场上只剩他们两人，这名骑士立即大喊起来，向泰山发出挑战。

过去，泰山从没见过如此凶猛大胆、酷爱战斗的人。这些人似乎以战斗为荣，以杀敌为荣，甚至达到了一种疯狂迷恋的地步，这是泰山从未见过的。但泰山对此不由感到钦佩，心想，这是一种怎样的人，怎样的战士啊！

现在，这最后一名骑士向他发起攻击。一个用剑刺，一个用盾挡，你来我往，不断进攻防守。他们冲过来，挡过去，每一次交锋，他们都站在马镫上面，高高举起剑来，向对方狠狠劈去，想一剑劈开对方脑袋。

这位圣墓骑士的剑划过泰山的盾，一剑刺中泰山的马头，但泰山的剑却一下刺中了对方的咽喉。

泰山的马倒下时，他一跃而起，而对手却倒下来，死在了他的脚下。那位骑士死了后，坐骑没了主人，疾驰而下，朝着圣墓城的方向飞奔而去。

泰山环顾四周，发现只剩自己孤身在此，而远处东北方向战场上尘土飞扬。尼姆尔城横跨平原，向南延伸而去。泰山估计，战斗结束后，布莱克将骑马赶回尼姆尔城，而他要找的就是布莱克，于是泰山转身前往尼姆尔城，而这时太阳也眼看就要落山了。

盔甲又沉又热，难受得很，没走多远，泰山就给扔了，只留了刀和绳索，这些东西他从不离身。后来，他索性把剑也一起扔了，这才松了口气，继续往前赶路。

伊本加德早在圣墓城的时候就看到山谷这边还有座城，于是从圣墓城出发，穿过山谷，朝着尼姆尔城去。远处尼姆尔骑士紧追圣墓骑士，双方大战了一场，引得滚滚尘土飞扬。看见这飞扬的尘土，伊本加德心中不由感到迷惑不安。

伊本加德看到远处飞扬的尘土正快速向这边移动，又见到右边不远处有一片树林，觉得在没查明远处情况之前，倒不如先到树林里躲起来。

真心告白 | 203

树林里面十分凉爽,伊本加德和手下一起休息了一会儿。

"我们先留在这儿吧,"阿布都·埃尔阿瑞建议道,"等到傍晚,我们可以趁着夜色悄悄靠近那座城。"

伊本加德觉得很有道理,于是决定先在树林里扎营,耐心等待着。这时,他们看见烟尘从树林外远远滚过,直奔圣墓城去了。

"啊,幸亏我们趁他们还没回去就离开了那座城,不然,被他们撞到就倒霉了。"伊本加德说。

忽然,他们看见一个人骑着马进到树林里,也可能是从这儿路过往树林的南边去。这个人要去哪儿,他们还不能确定,但他们对一个骑马的人没什么兴趣,或者说,对任何一个骑马的人都没兴趣,所以一开始也就没去管。后来,他们看到这人马上似乎还带着一个人,或者是一大捆东西,距离实在太远了,根本看不清。

"也许,"阿布都·埃尔阿瑞说,"我们在南边的城里能找到更多宝藏呢。"

"也许,巫师说的美女也在那儿,"伊本加德补充道,"毕竟,她不在我们早上离开的那座城市里。"

"其实,那里有几个女人也挺漂亮的。"法赫德说。

"我要找的那个女人,一定比天国美女还美。"伊本加德说。

天马上就要黑了,他们重新出发,沿着树林边缘小心翼翼地走着。大概走了一英里,队伍前头的人听到前面有声音传来,于是伊本加德就派了一个人前去查看。

这个人不一会儿就回来了,双眼放光,非常兴奋。"伊本加德,"他小声说道,"不用再找了——那个美女就在前面!"

伊本加德听了后,立刻带人往树林深处走去,从西面慢慢靠近布莱克和闺娜塔。看到布莱克的马挣脱缰绳逃走,布莱克拿出手枪后,伊本加德就知道自己再也藏不住了,于是把法赫德叫到了跟前。

"你在北方军队呆过,从士兵那里学会了他们异教徒说的话,"他说,"你用这种话去告诉这个人,我们是朋友,并非敌人,现在迷了路。"

法赫德一看到闺娜塔公主,就不由得眯起了眼睛,浑身颤抖,就像是疟疾发作一样。他从没见过这么美丽的女人,连做梦都没想过,世上竟有如此美丽的女人。

"别开枪,"他躲在灌木丛后对布莱克说,"我们是朋友,只是现在迷了路。"

"你是谁?"布莱克连忙问道。在圣墓谷竟然听到有人说法语,布莱克感到十分惊讶。

"我们是从沙漠国家来的可怜人,"法赫德回答说,"我们迷路了。请帮帮我们,告诉我们怎么走,安拉会保佑你的。"

"走出来,让我看到你们,"布莱克说,"如果你们真的是朋友,就不必害怕。我目前的状况也是够糟的了。"

法赫德和伊本加德从灌木丛里走出来。闺娜塔一见到他们就尖叫了一声,紧紧抓住布莱克的手臂,惊吓道:"撒拉逊人!"

"我猜他们是撒拉逊人,"布莱克说,"不过,你不用担心,他们不会伤害你的。"

"他们不伤害十字军?"她怀疑地问道。

"这些人大概从来没听过十字军呢。"

"我不喜欢他们看我的眼神。"闺娜塔小声说道。

"我也不喜欢,但是他们可能并没有恶意。"

这些阿拉伯人一个个笑脸盈盈,慢慢围到他们身边。伊本加德让法赫德再次表明自己不是坏人,非常高兴能够遇到他们,希望他们能帮忙指路走出山谷。他问了许多关于尼姆尔城的问题,与此同时,他的手下一直在向布莱克悄悄靠近。

忽然之间,看到酋长发出信号,他们脸上顿时没了笑容,四个彪形大汉一下跳到布莱克身上,把他按倒在地,从他手中夺过手枪。与此同时,另外两个人则一把抓住了闺娜塔公主。

没几下工夫,他们就把布莱克紧紧绑了起来,然后讨论要怎么处置他。有几个人想要杀了他,但伊本加德不同意。他觉得现在还在山谷里,到处都是布莱克的朋友,万一战败落到人家手里可就倒霉了。现在留他一命可能还好点。

布莱克又是威胁又是祈求,要他们放了闺娜塔,但法赫德没理他,只是嘲笑他,还用唾沫吐他。有那么一刻,他们差点就要杀了布莱克,一个贝多因人手拿利刀,只等着伊本加德下令杀他。

就在那时,闺娜塔从他们手中挣脱,一把扑到布莱克身上,用自己的身体替布莱克挡住了刀。

"不要杀他!"她大声喊道,"要是你们非要杀基督徒的话,那就杀我吧,放了他。"

"他们听不懂你说的话,闺娜塔,"布莱克说,"也许他们不会杀我,但这都不要紧。无论如何,你一定得逃出去。"

"不,他们绝不能杀了你——不可以!我对你说了那么多刻薄的话,你会原谅我吗?那些都不是我的本意。马卢德告诉了我一些你说的话,我的自尊心受到了伤害,所以才故意说那些话来伤害你,但那都不是我的真心话。你能原谅我吗?"

"原谅你?上帝都爱你。就算你杀了我,我也会原谅你!不过,马卢德到底告诉了你些什么话?"

"噢,现在先别管了。你说了什么都不要紧。我都原谅!请再说一遍我把丝带别在你的盔甲上祝福你时你说过的话吧!其他的我什么都可以原谅。"

"马卢德到底说什么了？"布莱克又问道。

"他说你到处炫耀，夸下海口要先赢得我的芳心，再把我的爱抛到一边。"她小声说道。

"这个卑鄙小人！闺娜塔，你一定要相信我，他是骗你的。"

"要是早点问你的话，我早该知道他撒了谎。"她懊悔地说道。

"我爱你！闺娜塔，我爱你！"布莱克大声喊道。

这些阿拉伯人过来，用力把闺娜塔拉了起来。伊本加德和其他人还在争论要如何处置布莱克。

"安拉！"伊本加德最后大声说道，"我们应该把他留在这里，要是他死了的话，也没人可以指责是我们杀了他。"

"阿布都·埃尔阿瑞，"他继续说，"你带上一些人，穿过山谷，继续往那座城市走。走！我先和你一起走一段路，走远点再商议以后的事，以免这个异教徒听到。也许，他懂我们的话，比我们想象的要多呢。"

他们离开这里，向南走去，闺娜塔再次试图从他们手中挣脱，但他们紧紧拖着她。布莱克看见她一直在奋力挣扎，不断转过脸来看自己。就在他们快要消失在布莱克的视线时，闺娜塔回过头来大喊了一句。她的声音穿过降临的夜幕，传来了清清楚楚的一句话——"我爱你！"这三个字对布莱克来说意义重大，超越了世上一切言语。

从布莱克那里走出好远一段距离后，这些阿拉伯人才停了下来。伊本加德对阿布都·埃尔阿瑞说："我们就在这儿分开，阿布都·埃尔阿瑞。你继续往那个城市去，看看那是不是个富裕地方。如果那里有重兵把守，不要硬闯，先返回营地再说。我们的营地就在北边的坡后面，还是原来的位置。如果要转移的话，我们会做好记号，好让你们可以沿路找到我们。现在，我们手上已经有这么多金银珠宝了,尤其是这个美女,我要赶紧离开这座山谷。啊!回到北方,就算不把她卖了,我们也能从她家族那里得到一大笔赎金。阿布都·埃尔阿瑞,动身吧,愿安拉与你同行!"

说完,伊本加德就直接转向了北方。早先,远处尘土飞扬,他瞥见一大群人马,料想他们现在正在返回圣墓城,而那儿早已被他洗劫一空。所以,他觉得不能再沿着原来进来的路出去。于是,他决定登上圣墓城西边的陡峭山峰,避开城堡及其守卫者。

布莱克听到这些阿拉伯人渐渐走远,到后来连脚步声也听不到了。他努力挣扎开来,但骆驼皮条绑得实在太紧了,他无能为力,到后来只能静静地躺在那儿。这片叫豹子林的地方,现在又深又黑,多么安静,多么孤寂啊!布莱克静静地听着,有那么一会儿,他似乎听到了爪子落地的声音,一个浑身是毛的动物穿过灌木丛逐渐走了过来,然后,似乎又渐渐走远了。每一分钟都过得无比慢,就这样,一个小时过去了。

一轮圆月从远山的背后慢慢升了起来,又大又红。他心里想,这轮月亮照着闺娜塔的时候,也正照着自己。他悄声把话说给月亮,希望月亮能把话传给闺娜塔。这是布莱克平生第一次陷入爱河。他不断回忆着闺娜塔分开时说的那三个字,几乎忘记了自己还被绑着,忘记了猎豹的威胁。

那是什么?布莱克突然瞪大眼睛,往黑暗的树林里望去。有东西在动!是的,那是偷偷走路的声音,爪子踩在树枝上,树叶摩擦到身体,发出"窸窸窣窣"的声音。树林里的猎豹要来了!

听!旁边树上肯定还有一只,因为他看见自己上边的树枝间,还有一个影子在移动。

从东方升起的明月,现在已经渐渐升上了树梢,泻下丝丝月光,轻轻照到树下,照亮了布莱克躺着的地面,也照亮了他附近十几码之内的范围。

不久,一只大猎豹出现在了月光之下。

布莱克看见那双眼睛闪闪发光,就像一团烈火在熊熊燃烧。但是,绑着的骆驼皮千缠百绕,根本难以解开,布莱克无法从中挣脱。

这只猎豹蜷伏下来,一寸一寸地慢慢向他靠近,就好像故意要这样残忍地折磨他一样。布莱克看见它尾巴左右摇摆,露出一口獠牙,身体紧贴在地上,全身肌肉紧张。它打算要跳起来了!但布莱克什么也做不了,吓得半死,根本不敢把眼光从它那可怕狰狞的脸上移开。

这时,他看见猎豹突然间跳了过来,动作轻盈敏捷,就像家猫一样。但就在这紧要关头,他忽然看见什么东西从空中闪过,猎豹竟然直立起来,停在了半空当中,被什么东西往上拉,吊到了一根树枝上。

布莱克定睛一看,看见了一个熟悉的影子,看清楚后发现原来是个人,那人正用绳索把豹往上拉。就在这豹向他跳去的那一瞬间,这个人用绳索套住了豹的脖子。

这只豹一边咆哮,一边伸出爪子疯狂乱抓,但都无济于事,不停地被往上拉去。这个人伸出一只手,用力抓住豹的颈背,另一只手拿出一把刀,一刀插入其心脏。

等到这只豹不再挣扎,静静地挂着后,这个人才放开手,尸体一下摔倒在布莱克旁边。然后,那个像神一样的人,几乎半裸着身子,从树上轻轻地跳下来,站在了满是落叶的地上。

布莱克高兴地惊呼道:"人猿泰山!"

"布莱克?"泰山问道,接着又说,"终于找到你了!幸好还不算太晚。"

真心告白 | 209

"我要告诉全世界,你来得并不晚。"布莱克激动地说。

泰山割掉了骆驼皮,松开布莱克的手脚。

"你一直都在找我吗?"布莱克问。

"自从知道你和探险队走散后,我就一直在找你。"

"啊!你真是太好了!"

"是谁把你绑了扔在这里的?"

"一群阿拉伯人。"

听完,泰山嘴里生气地咕噜了一声。"那个恶毒的老伊本加德在这儿?"他问道,几乎有点难以相信。

"本来有个女孩和我一起,他们把她掳走了。我知道,不用我说,你也会帮我去救她的。"布莱克说。

"他们往哪条路走了?"泰山问道。

"那边。"布莱克指着南边说。

"什么时候走的?"

"大约一小时前。"

"你最好脱了这身盔甲,"泰山建议道,"穿着它走路简直就是受罪——我反正已经领教过了。"

泰山帮布莱克脱下盔甲后,两人循着清晰的足迹前去追赶阿拉伯人。伊本加德半道改变方向,往北方走去。泰山两人走到这个分岔口时,不知道该走哪条路。他们两人从闺娜塔被抓的地方出发,一路上泰山时不时就能找到闺娜塔的脚印,但到了这里她的脚印彻底消失了。

泰山两人不知道当时这里究竟发生了什么。其实,当闺娜塔发现伊本加德要把她带回营地,带去与尼姆尔相反的方向,她就怎么也不肯继续往前走了。只要离尼姆尔越来越近,那就还有一丝希望,但当她知道自己被绑架,离家越来越远时,她坚决不肯继续往前走了。

当时的风是从东方吹来的微风,泰山那灵敏的嗅觉也无能为力。所以,即使是伟大的泰山也不知道闺娜塔朝哪个方向去了,不知道闺娜塔被哪伙人带走了。

泰山思考了一会儿说:"最大的可能是,你的公主被往北走的那伙人带走了,因为我知道伊本加德的营地肯定就在那个方向。他没有从南边进入山谷,因为我自己就是从那边进谷的,而且波特伦爵士向我保证,进入山谷只有两个入口——一个是我进谷的入口,另一个是在圣墓城上方。"

"不论是想用公主来换赎金,还是把她带到北方去卖,伊本加德肯定想尽快把她带出山谷,回到营地里去。往南方朝着尼姆尔城去的那伙人,可能就是被派去索要赎金的,但很有可能她并不和那伙人一起。"

"不过,这最多也只是猜测,我们必须要确定。我建议你沿着往北去的这条路走,我相信你沿着这条路将会找到公主,而我沿着这条路往南去追赶另外一伙人。"

"我走得比你快,如果我猜得对,公主确实是往北方去了,那么我到时原路返回赶上你,不会浪费太多时间。如果你追上往北去的那伙人,发现公主不和他们在一起,你可以回来找我。但是,如果她确实和他们在一起,在我没到之前,你最好不要冒险施救,因为你没有武器,而这些贝多因人会毫不犹豫地杀了你。他们杀你就像喝咖啡一样,丝毫不会多加思考。"

"现在就出发吧,再见!祝你好运!"说完后,泰山就循着足迹前去追赶朝尼姆尔城方向去的那伙人,而布莱克转向北去,穿过豹子林的深处,即将面对一段凄凉的旅程。

Chapter 21
"所夺珠宝必用鲜血偿还"

伊本加德一行人彻夜向北行进。虽然闰娜塔不愿往前走,多少导致行程受阻,但前进的速度依然很快。他们急于带着掠夺来的财宝逃出山谷。这里的人英勇善战,要是万一被他们发现,遭到他们的攻击,那就大事不妙了。现在他们确信,城堡里确实住着很多人,只是在他们进行掠夺时,恰逢他们全体外出罢了。

贪婪使他们表现出比平时更强的力量和耐力。凌晨时分,他们已经来到一处嵯峨的山脚下。虽然城堡有着离开山谷的便利通道,但伊本加德早就下定决心攀登此山,放弃对城堡发起攻击。

外堡保卫着通往圣墓城的道路。伊本加德一行人翻山越岭,最终到达外堡上方的通道时,早已筋疲力尽。他们悄悄地鱼贯而行,向驻扎在下面山坡上的贝多因人的营地直奔而去。但是,他们还未全部安全到达那条通往山下的小路时就被外堡的守卫发现了。

外堡的守卫立即向他们发起袭击,追上前去。当守卫们追到伊本加德队伍的尾部时,守卫队长看见了闺娜塔公主,并认出了她。但这些守卫武装简陋,阿拉伯人火力全开,他们不得不向后撤退。虽然这名骑士很勇敢,挺起了长矛,再次催马向前,直接向伊本加德他们杀去,但一颗子弹击中了他的马,马倒下来时,人也摔在了马下,动弹不得。

等到伊本加德一行人拖着疲倦的身躯回到营地时,已经是下午了。虽然他们一路奔波,早已精疲力竭,但伊本加德只允许他们睡一个小时。一个小时后,他们便要重新出发。伊本加德越来越害怕,怕自己还没回到他那贫瘠的国家,到手的宝藏和美女就被人抢回去了。

这些金银财宝太重了,不得不分成好几份,分发给他最信任的几个人背着。而看守女俘房的重任则交给了法赫德。他那双邪恶的眼睛,常常使公主感到恐惧和厌恶。

斯蒂姆博原先听到这个关于宝藏和美女的故事,知道阿拉伯人想找到某个传说中的神秘城市抢走美女时,忍不住在心里暗暗嘲笑。但当他切切实实地看到这些战利品时,一下子就目瞪口呆了,起初还以为是自己发烧产生了幻觉。

斯蒂姆博现在又虚弱又疲乏,蹒跚地走着,尽量紧跟着法赫德。他知道,在所有人当中,只有这个无耻的恶棍最可能帮助自己,因为对法赫德来说,斯蒂姆博活着就意味着可以得到一大笔财富。这一点,法赫德心里也清楚得很。而现在,他那邪恶的脑袋里又开始打新的坏主意了。他对这位白人女孩着了迷,几乎快要疯狂了。

法赫德意识到,只要有了斯蒂姆博承诺的财富,他就可以自己供着这个美女。要是换了其他穷困的贝多因人,肯定会卖了她换个好价钱。于是,法赫德的脑海里出现了各种各样的计划,想要一人独吞闺娜塔和斯蒂姆博。但是,不论想到什么计划,他都

"所夺珠宝必用鲜血偿还" | 213

无法摆脱那贪婪而冷酷的酋长。

他们走下圣墓山时,伊本加德改变方向,向东而行,避免再次从巴旦多的国家经过。过了群山的最东端,他将再次转向南边,走一程路后,再在泰山领土的北边边界处直接向西行进。虽然他认为丛林之王泰山已经死了,但还是害怕遭到泰山部下的报复。

天色已晚,伊本加德他们扎营后,匆忙准备了晚饭。炊火和纸灯笼发出的光亮,暗淡而闪烁。虽然光线暗淡,但阿泰雅还是看到法赫德背着伊本加德,将什么东西放到了她为伊本加德准备的食物里。

酋长正要拿起碗,阿泰雅连忙从后帐跑出来,一把夺过碗来。但是,还没等她说明自己为什么这样做,还没等她揭露法赫德的恶行,法赫德就意识到恶行已经败露,于是一把跳起来,抓起火绳枪就直奔后帐去了,那里正是西尔华和阿泰雅看守和照顾闺娜塔的地方。

法赫德一把抓住闺娜塔的手,拉着她从帐篷后门冲了出去,直奔自己的帐篷。这时,伊本加德的前帐顿时陷入一片喧闹。酋长问阿泰雅为什么这么做,却不知法赫德已从营帐后面逃走,独自进到后帐里去了。

"他往你食物里投毒了!"阿泰雅大叫道,"我亲眼见到的。他知道我发现了,就赶紧逃了,这就是证据。"

"该死!"伊本加德愤怒地骂道,"这狗崽子竟然敢毒害我?抓住他,把他带来见我!"

"他从营帐逃走了!"西尔华大叫道,"还把那个女异教徒一起带走了。"

这些贝多因人拔脚就去追赶法赫德,但一到他帐篷外,就遭到了枪击,不得不后退。这时,斯蒂姆博正躺在脏兮兮的睡垫上,

214

法赫德一把抓住他，把他拖到脚边。

"快点！"他在斯蒂姆博耳边小声说道，"伊本加德下令要杀你！快点！跟我来，我救你出去。"

法赫德再次跑到营帐后面溜了出去。当那些阿拉伯人怒不可遏、小心翼翼地靠近前门时，法赫德早已拉着闺娜塔，带着斯蒂姆博悄悄从后面溜走了，在夜色中逃出了营地，向西方逃去。

布莱克循着伊本加德的踪迹一路追赶。黄昏时分，他终于循着石山，慢慢爬上陡峭的山崖，来到山顶，到达了通往圣墓谷外面的小路上。

他右边一百码处，矗立着外堡灰色的塔楼，而左边有一条小路，他估计沿着这条小路可以找到自己心爱之人。他周围的灌木丛里，正隐藏着博亨的士兵，但他对此全然不知。他怎么可能会知道过去几个小时，这些士兵一直默默监视着他，看他慢慢往上爬最终来到这条路上呢？

几个小时来，布莱克一直在赶路，没吃没喝，连休息都没休息，后来又长时间爬山，早已精疲力竭。当十几个士兵从周围灌木丛里跳出来，将他团团围住时，他手上没有任何武器，毫无招架之力，只能束手就擒。就这样，这些士兵抓了他，把他带到了博亨面前。博亨审问布莱克时，发现他就是那个打破自己计划，使自己绑架闺娜塔失败的黑衣骑士，一时气得几乎难以自控。

博亨明确地告诉布莱克，他犯下了滔天大罪，一旦确定相应惩罚，立刻人头落地。博亨下令将布莱克铐起来，吩咐守卫将他带到城堡下面的一个黑洞里。那里点着火把，一位铁匠铸了一根沉重的铁箍，套在布莱克的一只脚踝上，用根链子将他锁在一面潮湿的石墙上。

火光之下，布莱克看见两个瘦骨嶙峋、赤身裸体的人也同样被锁在这里。他看见远处角落里有一具骷髅和一堆骨头,长长的铁链和一个大脚镣已是锈迹斑斑。过了一会儿,守卫和铁匠默默离开了,把火把也带走了。整个地牢一片黑暗,布莱克一下陷入了绝望。

泰山在尼姆尔城下的平原追上了阿布都·埃尔阿瑞带领的那伙贝多因人。确定闺娜塔不在这里后,泰山没有现身,直接往北方赶去,赶紧循迹追赶另一伙人。

泰山偷偷跟着一头奥尔塔(野猪),迅速将其猎杀,填饱了肚子。到了中午最热时分,他需要躺在豹子林里休息一会儿。他发现了一根高悬的枝丫,在那儿睡觉休息的话,不太可能被林中豹子打搅。于是,泰山就在那上面一直睡到了太阳快要落山。伊本加德入侵圣墓谷时,曾在西边扎营。

后来,泰山发现布莱克的脚印突然消失了,但闺娜塔的脚印却反复出现。当务之急是解救闺娜塔,泰山顾不上其他,直接循迹去追赶伊本加德。闺娜塔的脚印非常好认,上面有中世纪设计的小凉鞋上的印记。但后来泰山发现,那伙人离开营地留下的脚印中,唯独不见闺娜塔的脚印,这让泰山百思不得其解。

泰山花了些时间四处搜寻,试图解开心中疑惑。后来,他突然想通了。他猜想,闺娜塔的凉鞋又轻又薄,一段路程下来肯定磨损严重,而且穿起来太紧,走起路来不舒服,于是就换上了阿泰雅的鞋子。不过,要区分这两个女孩的脚印十分困难。她们两人体重相似,身形也差不多,脚印几乎一模一样。

于是,泰山继续跟着这伙人的足迹前行。他来到了他们第一夜驻扎的营地,法赫德在那儿将闺娜塔从酋长手中偷走后,三人换了方向往西方逃去,而剩余的阿拉伯人继续往东行进,不过泰山并未发现这一切。

泰山跟着伊本加德的足迹走着的同时，一百名健壮的瓦兹瑞战士已经从光滑圆石的水洼处出发，沿着贝多因人走过的路前进，和他们一起的还有泽伊德。他们经过泽伊德所在的村庄时，泽伊德极力祈求他们带上自己，最终瓦兹瑞副首领答应了他。

当泰山赶上这些阿拉伯人时，他们已经在圣墓山脉的东端改变方向，开始往南面走了。泰山看见他们一个个都背着一包包行李，看见伊本加德时刻监督着他们，提防着他们，明显一副忧心忡忡的样子。精明的泰山立马猜到，这个狡猾的老头已经找到了宝藏，但他没有看见闰娜塔公主，也没见到斯蒂姆博。

这下，泰山彻底愤怒了。他对这些贼一般的贝多因人感到愤怒，他们竟敢入侵他的国家。他也对自己感到愤怒，觉得在某种程度上，自己被他们戏弄了。

谈到惩罚敌人，泰山自有一套严厉的惩罚方式，而且这惩罚里总带着他独有的幽默感。要是有人做了错事，不论什么方式，只要能让他们遭受最大的痛苦，他都乐意去做。从这方面来说，他对敌人极其冷酷无情。

他确定那些阿拉伯人都以为他已经死了，但他这个时候还不想让他们知道自己还活着。不过，他现在的确想让他们深刻领教到他愤怒的分量，想让他们先尝尝自己恶行带来的苦果。

泰山悄悄穿过树林，和阿拉伯人平行地走着。泰山可以清楚地看见他们，但他们从没看见过泰山。他们做梦都没想到，竟会有双敏锐的眼睛时刻盯着自己的一举一动。

财宝由五个人背着，虽然不是特别重，但就算是身强体壮之人，也只能背着走一小段距离。泰山观察最多的就是这几个人和伊本加德。

道路很宽，伊本加德正走在一个背着财宝的人旁边。丛林里十分安静，即使这些阿拉伯人偶尔彼此交谈，周围仍然显得非常寂静。他们都累坏了，天气又热，而且自从巴旦多带走他们的奴隶后，他们不得不自己搬运行李，一点都不习惯。

突然，没有任何预警，只听见嗖的一声，一支箭从空中飞来，直接穿过一个贝多因人的脖子，这人就走在伊本加德的旁边。

只听见这个人尖叫了一声，就直接一头栽向前去。酋长马上发出警告，手下纷纷拿出火绳枪，准备抵御袭击。但他们环顾四周，连敌人的影子都没找到。他们等待着，听着，但除了昆虫的嗡嗡声，或者偶尔的鸟叫声之外，没有其他任何声音。可当他们把同伴的尸体撂在路上不管，继续往前上路时，突然听到一个空洞的声音从远处传来。

"所夺珠宝必用鲜血偿还！"这声音既低沉又怪异。泰山非常了解这些住在沙漠里的阿拉伯人，知道他们天生就很迷信，知道这是恐吓他们最好的办法。

这些阿拉伯人继续赶路，但个个被吓得浑身发抖。直到太阳快要落山，也没人说要驻扎休息。他们一心急于赶路，急着把这座阴森的树林和住在里面的恶魔抛在后面，可偏偏这座树林绵延不绝，最终不得不扎营休息。

在营地里升起火，填饱了肚子后，他们过度紧张的神经才稍微放松下来，精力也慢慢恢复了一点。后来，营地里再次响起了歌声和笑声。

老酋长坐在自己大帐的地毯上，旁边围着五袋财宝。他打开其中一袋，在纸灯笼的光亮下，轻轻摸了摸里面的东西。他的几个亲信坐在一旁，正小口地喝着咖啡。

突然，有件什么东西，重重地落在了营帐前面的地上，滚进了大帐里。是割下来的人头！那是之前死掉的同伴，一双眼睛愤怒地瞪着他们，好像在质问他们，为什么把他的尸体抛在了路上，不管不顾。

在场的人都吓得毛骨悚然，一时不知所措，坐在那儿死死盯着这可怕的东西。这时，黑暗的森林里又传来那空洞的声音："所夺珠宝必用鲜血偿还！"

伊本加德吓得浑身发抖，就像患了疟疾之人一样。营地里的人也都纷纷跑来，集中在酋长营帐前面。每个人一只手拿着火绳枪，一只手忙着找头巾。每个头巾里都有几个护身符，而今晚他们要用的是对付神怪的护身符。他们相信，能够有这种本事的肯定是神怪，绝非凡人。

西尔华站在前帐的后面，哆哆嗦嗦地盯着死去同伴的脸。阿泰雅蜷伏在后帐里的睡垫上，没有看见帐篷后面被人掀了起来，也没看见有个人影悄悄溜了进来。后帐太黑了，前帐灯笼发出来的光几乎照不到这里。

阿泰雅忽然感觉到有只手捂住了她的嘴巴，另外一只手同时抓住了她的肩膀。她听到耳边有人轻声说："别出声！我不会伤害你的。我是泽伊德的朋友。告诉我实话，我就不伤害你和他。伊本加德从山谷带来的女人去哪了？"

说完，这个人把耳朵贴近阿泰雅的嘴唇，慢慢把手拿开。阿泰雅浑身发抖，就像风里的一片树叶一样。她从未见过神怪，也看不见靠在身边的这个生物，但她知道，他是今夜那些令人恐惧的生物之一。

"快说！"这个人在她耳边轻声说道，"要是你想救泽伊德的话，就快说，说实话！"

"昨天晚上，法赫德把那个女人从我们营地带走了，"她喘着气说，"但我不知道他们去哪儿了。"

这个人来无影去无踪,听完就从阿泰雅身边无声无息地离开了。阿泰雅恐惧不已,后来西尔华回来时,发现她已经昏迷过去了。

Chapter 22

巨猿的新娘

地牢里一片漆黑，布莱克蹲在石头地面上。守卫离开后，他开始和狱友聊天，但只有一个人回应。听他说起话来语言迟钝，布莱克确定，这个可怜人长期被关在这环境恶劣的地牢中，担惊受怕，可能已经完全疯了。

布莱克向来习惯自由，享受光明，喜欢运动，目前处境有多糟糕，他早已有数。他心想，被铁链这样锁着，不知道多久以后，铁链会生锈，自己开始和狱友一样胡言乱语起来，也不知道多久之后，自己也会变为地上一块块发霉的骨头。

这里完全一片黑暗，万籁俱寂，根本就没有时间这一说，因为这里根本没有任何方法可以计量时间。地牢里十分潮湿，里面的空气令人窒息，布莱克在这儿蹲了多久，他自己也不知道。这期间，他睡过一次，但只是打了会儿瞌睡还是睡了一天一夜，他毫无概念，猜都猜不了。现在是什么时间了？一秒钟、一天，还是一年，在这里没有任何意义。对布莱克来说，只有两件事可能还有意义可言——自由和死亡。他知道，不久之后他可能就要迎接死亡了。

突然，一个声音打破了地牢的安静。布莱克听见有脚步声正在慢慢靠近。过了一会儿，他看见有火光闪烁，越来越大，直到一根松枝火把将整个地牢照亮。起初，布莱克久处黑暗之中，突然见到光线有点不适应，看不清楚是谁举着火把来了。但不论是谁，他知道这个人走了过来，停在了他面前。

地牢里很少有光，布莱克先让眼睛适应了一下，然后往上看了看，只见两名骑士站在面前。

"不错，就是他。"其中一个人说。

"黑衣骑士，你不认识我们了吗？"另一个问道。

布莱克仔细看了看他们，一见到年轻点的骑士脖子上裹着绷带，他脸上就露出了微笑。

"我猜，"他说，"你们也要在脖子上给我一剑吧。"

"给你一剑！你什么意思？"较年长的骑士问道。

"好吧，你们两人来这里肯定不是为了给我送上一枚奖章吧，怀尔德瑞德爵士。"布莱克说这话时，脸上苦笑着。

"你说话就像打哑谜一样，"怀尔德瑞德爵士说，"我们来放你走。我们不想让年轻的国王对你做出邪恶之事而让圣墓骑士蒙羞。我和盖伊爵士听说他要把你绑在火刑柱上烧死。我们对彼此说，只要血液还在身体里流淌，我们就不能让一个英勇的骑士被一个暴君这样毫无尊严地践踏。"

怀尔德瑞德一边说着话，一边弯下腰来，用一把大锉刀去锉布莱克脚踝上的脚镣。

"你们要帮我逃跑！"布莱克惊讶地说，"但要是被发现了，国王不会惩罚你们吗？"

"我们不会被发现的，"怀尔德瑞德说，"就算被发现，为了你这样高尚的骑士，我也愿意冒险一试。盖伊爵士今晚正好在外堡值勤，所以，你经过那里没有什么危险，他可以放你出城。你可以沿着山路往下走，回到尼姆尔城。我们不能让你从城堡大门走，那里由忠于博亨的两个人把守着。但明天我或者盖伊爵士可能会找到路，让你骑着一匹好马去平原。要是一切顺利的话，就这样说定了。"

"有件事我们一直很迷惑，能否请您告诉我们？"盖伊爵士问道。

"我不明白你什么意思。"布莱克说。

"你那么英勇，把闺娜塔公主从博亨的眼皮底下救了回去，"盖伊继续说，"但后来又有人看见她和一群撒拉逊人一起。这是怎么回事？"

"有人看见她了？"布莱克问，"她们在哪里？"

"有人看见她在外堡外面被撒拉逊人掳走了，但没人知道他们要去哪里。"怀尔德瑞德说。

于是，布莱克把他从博亨手中救下闺娜塔公主以后的事，都详细讲了一遍。说完时，脚镣也正好被砍断，他又恢复了自由之身。

怀尔德瑞德沿着秘密通道，将布莱克带回了自己住处，给了他食物、新衣服和一套盔甲。他们知道，布莱克将要沿路骑到外面陌生的国家，只有给他穿上合适的盔甲，配备好武器和良马，才能让他回去。

午夜时分，怀尔德瑞德偷偷把布莱克带出城堡大门，和他一起骑马去外堡。盖伊爵士在这里和他们接应。几分钟后，布莱克和这两位英勇正直的"敌人"告别，然后骑上一匹强壮的战马策马而去，长矛上的彩旗迎风飘扬。他骑马从铁闸门下面离开，在星光照耀下，来到一条路上，向圣墓山顶奔驰而去。

猿王托亚特正从地面上一棵腐烂的树干上，抓起一只美味多汁的甲虫来吃。部落里其他体格壮大的猿也都在它周围。现在已经是下午了，这群猿在丛林里一小块空地旁边的树荫下歇凉，看着周围的一切，心里十分满足和平静。这时，有三个人逆风向它们走来，不论是托亚特还是它的同伴，都没闻到塔曼咖尼的气味。而且，前一天晚上刚刚下过雨，丛林小道十分柔软潮湿，三人走在路上也没什么声音。这三个人已经两天没吃东西了，正在寻找食物，走得十分小心。

这三人当中，其中一位是个老男人，满头灰发，发烧得厉害，憔悴不堪，正拄着一根破树枝蹒跚而行；一位是个贝多因人，拿着一把长火绳枪，眼里透出一股邪恶的目光；还有一位是个女孩，她那一身衣服虽然华丽，但已经变得又破又脏。她脸上满是尘土，又瘦又憔悴，但仍然遮不住美貌。女孩费力地走着，由于太过疲劳，有时不小心差点摔倒，但从未失去一丝王室风范，自始至终高高扬着下巴，一副高贵的模样。

这位贝多因人在前面带路，最先看见有只幼猿在空地边缘玩耍，距离托亚特部落的那些雄猿很远。他心想，这下有食物了！他赶紧举起那古老的武器，瞄准目标，扣动扳机，只听一声巨响，幼猿就受伤了，发出痛苦而害怕的惨叫声。

一听到这声音，那些雄猿立马跳了起来行动。他们对塔曼咖尼的枪又怕又恨，是要逃走还是为受伤的幼猿报仇呢？谁知道呢？相同情况下，它们今天可能这样做，明天又可能那样做。不过，今天它们选择要为幼猿报仇。

在托亚特的领导下，雄猿发出声声可怕的怒吼，一起走上前去查看。法赫德开枪后,三人连忙走上前去,看看是终于有东西吃了,还是要继续绝望地赶路,忍受饥饿的折磨,变得越来越虚弱。就在这时,他们看见了一群雄猿,顿时吓坏了。

法赫德和斯蒂姆博立马转身,沿着小道拼命往回逃。法赫德只顾逃命,一把将闺娜塔推到一边,把她扔到了地上。领头的雄猿看见女孩后,一下跳到她身上,想要一口咬进她的脖子。就在这时,托亚特一把抓住它,把它从女孩身上拖走。托亚特认出她是个塔曼咖尼,它以前看见过另外一位女塔曼咖尼,当时就决定以后要娶一个当老婆。

领头的雄猿看见托亚特想要这个猎物,觉得这摆明就是欺负自己,明明是自己先抓到的。它一下就怒了,决定要和托亚特争夺一番。它张牙舞爪地向托亚特走去,看起来非常危险。托亚特把女孩重新拉到空地,对着这只雄猿咆哮道:"滚开!这是我的女人。"

"这是我高亚特的。"雄猿一边喊道,一边向它靠近。托亚特转过身去,咆哮一声:"我杀了你!"高亚特继续向前逼近,托亚特突然把闺娜塔抓到它那毛茸茸的怀中,逃进了丛林。高亚特在后面追着,大声咆哮。

托亚特抓着闺娜塔逃跑,闺娜塔吓得瞪大双眼,挣扎着要从这毛茸茸的生物手中逃脱。她以前从未见过,也没听说过像巨猿这样的生物。她现在以为,这些巨猿是外面世界里某种可怕的低等居住者。从小到大,大家都告诉她,外面世界有许多撒拉逊敌人将他们团团包围,而在那之外很远很远的地方是一个美丽的国家——英国。除此之外,外面世界还有其他什么东西,她从没试着去猜过,但现在看来,这是一个可怕的地方,居住着包括龙在内的各种可怕的生物。

巨猿的新娘 | 225

托亚特没跑多远就意识到，带着这个女孩，自己根本难以逃脱。但它完全没有放弃她的打算，于是猛地回头，直面咆哮着的高亚特。高亚特没有停下来，它愤怒地口吐白沫，一直咆哮个不停。这完全就是一幅罕见的野兽之间愤怒对阵的场景。

托亚特不得不把女孩放下，全力以赴，逼上前去直面高亚特的猛攻。闰娜塔以前从来没有这么劳累过，再加上缺乏营养，身体已经虚弱不堪。她为眼前这可怕的情形所震惊，倒在地上气喘个不停，但根本起不来。

托亚特和高亚特一心只想着大战一场，完全没注意其他一切。它们现在都把闰娜塔给忘了，要是闰娜塔能够利用这短暂而又宝贵的时机，可能早就逃掉了。但她实在是太震惊，太虚弱了，根本就利用不了这个机会。她茫然不知所措，完全陷入了恐惧之中。她被眼前这两个像人一样的野兽给吓住了，只是呆呆地看着它们准备为争夺自己而大战一场。

其实，这两只雄猿为决斗做准备时，在场的并不止闰娜塔一人。还有一个观察者正隐藏在低矮的灌木丛里，不慌不忙、饶有兴致地看着这一幕。托亚特和高亚特都沉浸在决斗的激情中，都没发现灌木丛的树叶时不时发出的动静。这个观察者就躺在灌木丛后，它每次呼吸，每次移动，灌木丛的树叶就会动起来。

也许，这个观察者对即将来临的决斗并无多大兴趣，还没等两只雄猿开战，它就站起来走了出来。原来，这是一只黑鬃大狮子，黄色的狮毛在阳光下闪闪发亮。

托亚特首先看到了狮子，愤怒地狂吼一声后就转身逃跑了，留下对手和女孩听天由命。

高亚特还以为对手是怕了自己才弃战逃跑了，得意得不得了，连连用手拍打胸膛，发出一声胜利的长啸。它就像一个胜利者一样，

巨猿的新娘 | 227

昂首阔步地走去取回战利品。

就在这时,它突然发现自己和女孩的中间,赫然站着一只狮子,正用严厉而可怕的眼神盯着自己。高亚特赶紧停了下来。谁敢不停呢?这时,狮子就在它不远处,只要一跳就能将它扑倒。不过,狮子并不准备跳。于是,高亚特咆哮着后退了几步,看见狮子并未跟上来,突然转身逃进丛林里去。他一边逃,一边还不断回头观望,直到后来树叶遮住了视线。

高亚特一边咆哮着,一边往后逃。

接着,狮子转身向女孩走去。可怜的公主!她绝望地躺在那儿,眼睛睁得大大的,注视着这头狮子,听天由命。

狮子看了她一会儿后朝她走去。闺娜塔紧扣双手,心里暗暗祈祷,她不是祈祷活命——她早就放弃活下去的希望了——而是祈祷痛快地死去,免于痛苦折磨。

狮子一步步向她走近,闺娜塔吓得紧闭双眼,眼前一切太可怕了,她再也不想看了。她感觉一股热气呼到脸颊上,同时闻到一股恶臭。狮子闻来闻去,闻遍了她全身。上帝啊!为什么还不结束这一切!闺娜塔的神经备受折磨,最终昏迷了过去。这真是上帝大发慈悲,她终于不用再受折磨了。

Chapter 23

大金毛狮子

　　伊本加德带着剩下的队伍转向西方行进，他们一个个神经紧张，被迫加快速度前进，一心急于逃离这片有着神怪的可怕树林。阿布都·埃尔阿瑞原先带人从豹子林出发前往尼姆尔城，到现在还未回来。其实，他们再也回不来了，高本瑞德的骑士在尼姆尔城下面的平原上发现了他们。这些钢铁般勇敢的尼姆尔骑士，不畏古老火绳枪雷鸣般的威胁，挺起长矛，勇敢抗击撒拉逊人。终于，在七个多世纪的沉默之后，十字军胜利的欢呼声再次响起，又一次宣布了胜利。他们夺取圣地的战争从古代就开始了，似乎是一场没有终点的战争。

　　与此同时，一名身穿盔甲的骑士，穿过加拉土地上的树林，从北方骑马而来。他的长矛尖上飘扬着蓝色和银色的三角旗，胯下高大的战马，穿着奢华灿烂的马衣，上面满是来自怀尔德瑞德宝库的金银。那些加拉战士从远处就瞪大了双眼，看着这副威武的样子，还没等他走近，就全都落荒而逃了。

　　人猿泰山向西方前进的过程中，发现了法赫德、斯蒂姆博和闺娜塔三人的踪迹，于是循着脚印向南追踪他们三人。

　　与此同时，一百位黑人勇士正在向北方行进，他们就是泰山手下赫赫有名的瓦兹瑞战士，是身经百战的老战士。和他们一起的，还有阿泰雅的爱人泽伊德。一天，他们在路上看见了一些脚印，看起来刚走没多久，正好与他们前进的方向交叉而过，是向西南方向去的。看得出来，这是阿拉伯凉鞋留下的脚印，有一个女人和两个男人。瓦兹瑞战士把这指给泽伊德看后，他发誓说这个女人的足迹就是阿泰雅的，他绝对不会认错。阿泰雅那双小脚的形状和尺寸以及她做的凉鞋的样式，泽伊德再了解不过了。他祈求瓦兹瑞战士暂时改变前进方向，先往那边去帮他找到阿泰雅。正当副首领考虑时，他们听到什么东西正从树林里匆匆穿过，引起了每个人的注意。

　　正当他们仔细听着时，突然看见一个男人蹒跚而来。原来是法赫德，泽伊德一眼就认出了他。一见到法赫德，泽伊德更加确定，那女人脚印肯定就是阿泰雅的。

　　泽伊德气哼哼地走到法赫德身边，问他："阿泰雅在哪儿？"

　　"我怎么知道？我已经好几天没见她了。"法赫德回答说，显得很真诚。

　　"你撒谎！"泽伊德大声喊道。他指着地上说："你脚印旁边就是她的脚印！"

　　法赫德忽然眼睛一亮，露出狡诈的目光。他向来痛恨泽伊德，觉得现在正是个好机会，可以让他尝尝痛苦的滋味。他耸了耸肩，对他说："好吧，既然你知道这是阿泰雅的脚印，那你应该什么都知道了。"

"她在哪？"泽伊德又问道。

"她死了。我本来不想让你难过，没打算告诉你。"法赫德回答说。

"死了？""死"这一个字给人带来的痛苦足以熔化铁石心肠，但法赫德却无动于衷。

法赫德还不甘心，还想继续折磨情敌，于是继续说："我把她从她父亲的营帐里偷了出来，几天几夜里，她都是我的人。但后来，一只巨猿把她从我这儿抢走了，她现在肯定早就死了。"

但法赫德万万没想到，他这下说得太过了，简直是自寻死路。泽伊德愤怒地大叫一声，拿起一把利刀，一下扑到了法赫德身上，一刀刺向他心脏。瓦兹瑞战士还来不及阻止，法赫德也没来得及自卫，那锋利的刀刃就已插进了他的心脏。

此后，泽伊德继续跟着瓦兹瑞战士一起继续向北行进，一路上垂着头，双眼呆滞，一副无精打采的模样。与此同时，就在他们队伍一英里之后，一位穿着破旧的老人正发着高烧，在路上跟跟跄跄地走着，最终倒在了地上。他曾两次试着站起来，但实在是太虚弱了，一次又一次倒了下去。他衣衫褴褛，又乱又脏，一身老骨头躺在那儿，有时说几句胡话，有时一动不动，就像死人一样。

人猿泰山循着闺娜塔三人的足迹从北方而来，知道这条路蜿蜒曲折，于是直接抄捷径，从树林里穿过。就这样，他竟然和瓦兹瑞战士的队伍失之交臂了。但不久之后，泰山就闻到了远处飘来一阵巨猿的气味。

泰山立马加快脚步朝猿走去，担心万一闺娜塔不幸落入了它们手中，恐怕会受到伤害。他来到空地后，看见猿群正在此消闲。托亚特和高亚特回来后，不久就重归于好了，反正决斗的奖品都被别人抢走了，它们两个也都敌不过人家。

一见面，这些猿就认出了泰山。泰山也顾不上打招呼，直接问它们最近是否见到过塔曼咖尼从丛林里穿过。

蒙瓦拉特指了指托亚特，泰山转过去面对着托亚特。

"你见过她？"泰山问道。他心里有点担心，因为他不喜欢这位猿王的行为举止。

托亚特伸出拇指，指了指南边说："努玛。"说罢，它就继续寻找食物了。虽然没有多说，但泰山已经明白它的意思了。它说几个字，就相当于说了一大堆话，泰山已经完全确定了。

"哪里？"泰山问。

托亚特指向它放弃闺娜塔、把她撂给狮子的地方。泰山径直穿过丛林，沿着托亚特指的路飞奔而去。虽然他已猜到了可能见到的惨象，但心中还是不免伤心。不过，至少他可以把狮子从她尸体边赶走，好好埋葬这不幸的女孩。

闺娜塔终于慢慢恢复了意识。她没有睁开眼睛，只是静静地躺着，不知道这是不是死亡的感觉。只是，她并没有感到哪里有什么痛。

不一会儿，她闻到了一股刺鼻的气味，甜得令人作呕。她感觉有什么东西正在靠近，好像就顶着自己的后背，在轻轻地碰自己，她甚至能感觉到它身体的温度。

她害怕地睁开双眼，看见狮子就躺在边上靠着自己，一股恐惧立马涌上心来。她又看了看，只见狮子背对着自己，头抬得高高的，目不转睛地望向北方，黑黑的鬃毛几乎从她的脸庞擦过。

闺娜塔躺在那儿，一动不动。不久，虽然没有听到声音，但她清楚地感觉到狮子的胸膛里发出了一声咕噜声。

什么东西正在靠近！就连闺娜塔都察觉出来了。但她觉得，不管是谁,都不可能是救兵,有谁能把她从这头可怕的野兽手中救走呢?

就在这时,一百英尺外的地方,响起了一阵树枝碰撞发出的沙沙声,只见一个像神一样的巨人,突然从树上跳到了地上。狮子立马起来,面对着他,四目相对。没一会儿,这个人就开始说话了。

"杰达·保·贾!过来!"

这只大金狮听到呼唤后,立即跑了起来,嘴里还发出呜呜的声音。不一会儿,它就跑过空地,来到了这个人面前。闺娜塔看见狮子抬头往上看着这个人,而这个人亲切地摸了摸狮子的头。闺娜塔不知道他是人还是神,只见他朝自己看了看,见到自己平安无事时,好像顿时舒了一口气似的。

泰山离开狮子,走到闺娜塔躺着的地方,在她身边跪了下来。

"你是闺娜塔公主?"泰山问。

女孩点点头,好奇他怎么会知道自己。但她太震惊了,一时说不出话来。

"你受伤了吗?"他问道。闺娜塔摇摇头。

"不用怕,"他轻柔地宽慰道,"我是你的朋友。你现在安全了。"

他说这话的方式和语气,都让闺娜塔感受到一种安全感,这种安全感就连她父亲所有身穿盔甲的骑士也很难给她。

"我再也不怕了。"她简单地说道。

"你的同伴呢?"他问道。

闺娜塔把发生的一切都一五一十地告诉了泰山。

"你现在已经摆脱他们了,"泰山说,"我们也不需要去找他们。丛林自会在合适的时间,以它自己的方式惩罚他们的。"

"你是谁?"闺娜塔问道。

"我是泰山。"

"你怎么知道我的名字的？"她问道。

"我是詹姆斯爵士的朋友，"他解释道，"我们都在找你。"

"你是他的朋友？"她大声叫道，"啊，可爱的先生，那你也是我的朋友了！"

泰山笑了笑，说："永远都是！"

"为什么这只狮子不杀你呢，泰山爵士？"闺娜塔问他说。她以为泰山只是一名普通骑士，因为在她那里，只有王室成员身边和圣墓城伪国王身边的骑士。第三次十字军东征时，最初到达非洲海岸的那群人之中，除了亨利二世的一个私生子外，其余都是骑士。自从他们在塞浦路斯和理查分开以后，他们再也没和英国国王联系上。高本瑞德有权将贵族的特权赐予他的追随者，这和君权无异。

"为什么狮子不杀我？"泰山重复道，"因为它是大金狮杰达·保·贾，从小就是我养大的。它一辈子都把我当作朋友和主人，绝不会伤害我。也正是因为它一直都和人类生活在一起，所以才没有伤害你。不过，看见它靠在你身边时，我还是很担心——狮子毕竟是狮子！"

"你就住在附近吗？"闺娜塔问道。

"我住的地方离这里很远，"泰山说，"不过，这附近肯定有我的人，否则杰达·保·贾不会出现在这里。我派了战士来找我，它肯定是和他们一起来的。"

泰山知道闺娜塔很饿后，吩咐大金狮留在身旁保护她，他去找些食物来。

"不用怕它，"泰山告诉闺娜塔说，"记住，有它在这儿保护你，没有哪个敌人敢靠近你。"

"嗯，我相信你。"闺娜塔承认道。

不一会儿，泰山就找来了食物。看见天还未晚，泰山决定带着闺娜塔启程回尼姆尔城，但闺娜塔身体太虚弱了，走都走不动，只能叫泰山背着。这只黑鬃大金狮则跟在他们身边，昂首阔步地走着。

一路上，泰山得知了许多关于尼姆尔城的情况，发现不单布莱克深爱着这个公主，公主也深爱着布莱克。每当聊到布莱克或者问及他遥远的国家和他过去的生活时，闺娜塔都显得十分开心满足。可惜布莱克的这些情况，泰山也不知道，无法回答她的问题。

第二天，他们终于来到了大十字架前。泰山向守卫打招呼，叫他们来把公主送回去。

闺娜塔坚持要邀请泰山一起回到城堡，接受父母的谢意，但泰山告诉她，他必须马上去找布莱克。听他这样说，闺娜塔也不再强求了。

"你找到他后，"闺娜塔说，"告诉他，尼姆尔城的大门永远为他敞开，闺娜塔公主等他回来。"

泰山带着他的大金狮经过十字架，向山下走去。闺娜塔一直站在那里目送他们，直到他们到了一个转弯处从视线中消失后，她才回到隧道，往城堡走去。

闺娜塔小声地祈祷着："愿我主耶稣保佑你，可爱的骑士先生，保佑你和我的爱人早日归来。"

Chapter 24

团圆之路

布莱克骑马穿过树林，寻找阿拉伯人留下的蛛丝马迹，查明他们的行踪。一路上，布莱克一会儿沿这条路走，一会儿沿那条路走。

一天，布莱克突然走进了一大片空地。这里原来是一个土著人的村庄，丛林似乎还没有蔓延到这里来。他进去后看见空地的另一头蜷伏着一只猎豹，而猎豹前面躺着一个人。一开始，布莱克以为这个可怜人已经死了，但不久却看见他慢慢地爬了几步，似乎是想要站起来。

豹子咆哮了几声，向地上那个人靠近。布莱克一见到这情形，立刻大声喊了起来，催马向前跑去。但猎豹根本不以为意，完全不打算放弃眼前的猎物。不过，见到布莱克靠得越来越近，这只豹马上转过身来，对着他愤怒地咆哮。

布莱克不确定距离猎豹这么近，自己的坐骑会不会怕，但其实他根本不需要担心。要是他熟悉圣墓谷的习俗,他就不会担心了。圣墓谷中一项伟大的运动就是,等猎豹从它们的庇护所——豹子林出来后,双方骑士一起骑马用长矛猎杀豹子。

布莱克所骑战马早就见过许多凶猛的猎豹了,有些比这头还要大些,所以它大步向前,直逼猎豹而去,没表现出丝毫的恐惧或紧张。而一旁的那个人睁大眼睛,满脸惊恐地看着布莱克和战马。要不是他们,他差点就成了这头猎豹的猎物。

这时,猎豹距离战马已经很近了,只要一跳就能扑到他们身上。终于,它一下跳了起来,迅速扑向战马和布莱克。当它跳起来的时候,布莱克将长矛的金属矛尖用力插进它的身体里,就连木柄都插了进去。由于插得实在太深了,他花了很大力气才把长矛从尸体里拔出来。布莱克杀了豹子后,见那人绝望地躺在地上,便骑马来到他身边。

"我的上帝啊!"他一看见地上的那张脸就大声惊叫道,"斯蒂姆博!"

"布莱克!"

布莱克连忙跳下马来。

"我快要死了,布莱克,"斯蒂姆博小声说道,"临死之前,我想对你说声对不起。我以前的所作所为简直就是混蛋。我猜,我现在是得到报应了。"

"先别管那些了,斯蒂姆博,"布莱克说,"你现在还没死呢。当务之急是给你找个地方,让你吃点东西,喝点水。"布莱克弯下腰来,抬起瘦骨嶙峋的斯蒂姆博,把他放到马鞍上。"往回走几英里处有个村庄。那里的人见了我都跑开了,但我们可以去那里看看能不能找点吃的。"

"你来这儿干什么?你这身盔甲又是哪来的?看在亚瑟王的面

上，你就告诉我吧。"斯蒂姆博问道。

"等到了村里，我再告诉你，说来话长，我在找一个女孩，几天前阿拉伯人把她给偷走了。"布莱克说。

"上帝啊！"斯蒂姆博惊呼道。

"你有她的消息？"布莱克问道。

"我原先就和偷走她的人一起，"斯蒂姆博说，"更确切地说，我和那个把她从其他阿拉伯人手里抢来的人一起。"

"她现在在哪？"

"她死了，布莱克！"

"死了？"

"一群巨猿把她抢走了。我想，它们肯定一下就把那个可怜的孩子杀了。"

布莱克沉默了许久，牵着马沿着小道向前走着。他一直低垂着头，仿佛是被重重的盔甲压的一样。

"那些阿拉伯人伤害她了吗？"布莱尔问道。

"没有，"斯蒂姆博回答说，"酋长偷她，不过是为了索要赎金，或者想把她带到北方卖了，但法赫德偷她是为了自己。他带我一起走是因为我曾承诺，如果救了我，我就给他一大笔钱。我不让他伤害那个女孩，明确警告他说，如果他伤害了那女孩，就别想从我这儿得到一分钱。我觉得这孩子太可怜了，心里下定决心，但凡有一点可能，我肯定会救她。"

布莱克和斯蒂姆博来到村庄后，黑人们见到后拔脚就跑，只剩下他们两个白人留在这儿。布莱克很快就找到了食物来吃。

布莱克把斯蒂姆博安置得舒舒服服后，又找了些饲料给马吃，然后重新回到斯蒂姆博身边，告诉了他自己的经历。突然，他察觉到有许多人正在靠近，可以听到嘈杂的讲话声和光脚走路的声音。很明显，村民们回来了。

布莱克原准备友善待之，但第一眼就被深深地震惊了。原来，来者并非刚才那些受到惊吓急忙跑进丛林的村民。

这时，他看见一群英勇强健的战士，正沿着小道向下而来。他们头上插着白色羽毛，背上背着椭圆形盾牌，手中都拿着长长的战矛。

"糟了，"布莱克说，"看来我们要倒霉了。村民们把帮手都叫来了。"

这些战士都进了村庄，看到布莱克后都惊讶地停了下来。他们其中一个来到布莱克身边，更让布莱克吃惊的是，他竟然能说一口流利的英语。

"我们是泰山的瓦兹瑞战士，"他说，"我们正在找我们的首领和主人。这位先生，你见到过他吗？"

瓦兹瑞战士！布莱克激动得差点要抱住他们。在这之前，布莱克早已智尽技穷，不知拿斯蒂姆博怎么办。单凭自己一人，他根本就没法把斯蒂姆博送回文明社会，但现在他不用再担心了。

如果不是布莱克和泽伊德两人心中悲痛难平，他们那天晚上可能会开一个愉快的派对，这里有足够的木薯和啤酒，可以尽情享用。瓦兹瑞战士并不担心他们的首领。

布莱克问副首领是否担心主人的安全，副首领对他说："泰山绝不会死的。"他口气中所表露出来的坚定信念，让布莱克对这简单几个字深信不疑。

伊本加德一行人沿着小道缓慢地走着。那几个男人，背着沉重的行李，艰难地走着，早已疲惫不堪，而妇女们手里拿的东西也不比他们少。伊本加德一直盯着掠夺来的财宝，眼里流露出贪婪的目光。突然，一支箭从天而降，直接刺穿一个背着财宝之人

团圆之路 | 239

的心脏。当时,伊本加德就在那人后面。接着,丛林中又传来那空洞的声音:"所夺珠宝必用鲜血偿还!"

这些贝多因人吓得赶紧加快步伐。谁会是下一个?他们甚至想把财宝扔到一边,但贪婪的伊本加德不允许他们这样做。他们往队伍后面看,发现有只大狮子正跟着他们!这只狮子既不追上去也不离开,只是保持一定距离,默默跟在后边,这让他们吓破了胆,一个都不敢掉队。

一个小时过去了,这只狮子一直跟在队伍后面。伊本加德队伍领头的位置从没像此刻这样受欢迎过,每个人都巴不得走在最前面。

突然,又有一个背着财宝的人惨叫了一声,一支箭从他的肺部直接穿过。接着,又响起了那个声音:"所夺珠宝必用鲜血偿还!"

到了这个时候,这些阿拉伯人吓得赶紧扔掉了财宝,大声喊道:"这些东西受了诅咒,我们再也不背了!"接着,这个声音又说话了。

"把财宝捡起来,伊本加德!"这个声音说道,"把财宝捡起来!你为得到这些不惜杀人。捡起来,你这个小偷,你这个杀人犯,你必须亲自背着!"

这些阿拉伯人一起把所有财宝都装进了一个袋里,放到伊本加德背上。伊本加德不堪重负,被压得弯腰弓背,跟跟跄跄地走着。

"我背不了这些!"他大声喊着,"我老了,没有力气了。"

"你要么背着,要么死!"这空洞的声音斩钉截铁地说道。此时,这只狮子依然站在他们后面的路上,雄赳赳地盯着他们。

伊本加德背着沉重的行李,蹒跚着前行。他走得不如其他人快,落在了队伍后面,只有那只狮子和他一起走着。不过,没过多久,阿泰雅就来了。她见到父亲身陷困境,于心不忍,拿了一把火绳枪,回来陪在他身边。

240

"别怕,虽然你一直渴望有个儿子,而我只是个女儿,但我会像儿子一样保护你!"她说。

天马上要黑时,走在前头的贝多因人才发现一座村庄。他们一走进村庄就被一百个战士团团围住,这才意识到周围全是泰山的士兵。所有部落里面,最让他们闻风丧胆的便是泰山的瓦兹瑞战士。

副首领立刻解除了他们的武装。

"伊本加德在哪儿?"泽伊德问道。

"他在后面,就快来了!"其中一个人回答说。

他们沿着小道往回望,不久,泽伊德就看见两个身影正向这边走来。其中一个男人背着一大袋包袱,被压得弯下了腰,另外一个是个年轻女孩。但他一开始并没看见他们身后影子里那只大狮子。

泽伊德屏住呼吸,有那么一瞬间,他的心脏停止了跳动。

"阿泰雅!"他大声喊道,连忙向前跑去接她,一把将她抱进怀里。

伊本加德摇晃着走进村庄里,看了看瓦兹瑞战士,只见他们一脸严肃,令人胆寒。他太虚弱了,一下子倒到了地上,身上背着的财宝把他的肩和头都盖住了。

西尔华突然惊叫了一声,手指着他们刚刚走回来的路。大家都转过去往那边看,只见一只大金毛狮子走进了村里,篝火的火光正好把它照亮,而它旁边走着的正是丛林之王泰山。

泰山走进村里后,布莱克连忙跑上前去,一把握住他的手。

"我们都来晚了!"布莱克伤心地说。

"你这话什么意思?"泰山问道。

"闺娜塔公主已经死了!"

"胡说！"泰山激动地说，"我今天上午才把她带到了尼姆尔城的入口。"

布莱克一开始怎么都不相信，泰山不得不一次又一次地向他保证这绝非戏言，一次又一次地重复闺娜塔公主要他带的消息："你找到他后，告诉他，尼姆尔的大门永远为他敞开，闺娜塔公主等他回来！"

这天夜里晚些时候，斯蒂姆博祈求布莱克，无论如何都要把泰山带到他躺着的小屋里。

"感谢上帝！"斯蒂姆博热忱地喊道，"我以为自己杀了你。这件事一直在我脑海挥之不去，折磨着我，现在知道那不是你，我心里好过多了。我相信我会好起来的。"

"有人会好好照顾你的，斯蒂姆博，"泰山对他说，"一旦身体恢复得差不多，就会有人带你去海岸边。"说完，泰山就走开了。对于一个违背自己命令，还试图杀害自己的人，泰山虽然还会对他负责，尽力帮他，但绝不会伴装出任何好感或友情。

次日早晨，大家准备离开这个村庄。泽伊德和阿泰雅请求泰山带他们回去伺候他。几个瓦兹瑞战士将伊本加德和其他阿拉伯人押往最近的加拉村庄。到了那里，他们将被转交给加拉人，然后，加拉人肯定会把他们转卖到阿比西尼亚当奴隶。

斯蒂姆博躺在担架上，由四个结实的瓦兹瑞战士抬着。他们准备往南行进，前往泰山的国家。另外四个人背着圣墓城得来的财宝。

队伍启程离开村庄时，布莱克却重新穿上了盔甲，骑上了战马。当时，泰山和金狮就站在他一旁，布莱克俯身伸手握住泰山的手。

"再见了，先生！"他说。

"再见？难道你不和我们一起回家吗？"泰山惊奇地问。

团圆之路 | 243

布莱克摇了摇头。

"不,我要回到中世纪,和我心爱的女人在一起。"他说。

泰山和他的金毛狮子站在路上,望着布莱克策马前往尼姆尔城,只见长矛尖上蓝银两色的三角旗,迎着风不断地飘扬。